Harper et le pompier

*

Ivy et le play-boy

AMY ANDREWS

Harper et le pompier

Traduction française de
ADELINE MAGNE

BLANCHE

HARLEQUIN

Collection : Blanche

Titre original :
HARPER AND THE SINGLE DAD

HARPERCOLLINS FRANCE
83-85, boulevard Vincent-Auriol, 75646 PARIS CEDEX 13
Service Lectrices — Tél. : 01 45 82 47 47 - www.harlequin.fr
ISBN 978-2-2804-9805-0 — ISSN 0223-5056

Composé et édité par HarperCollins France.
Imprimé en décembre 2023 par CPI Black Print (Barcelone)
en utilisant 100% d'électricité renouvelable.
Dépôt légal : janvier 2024.

MIXTE
Papier issu de sources responsables
FSC® C159065
FSC www.fsc.org

Pour limiter l'empreinte environnementale de ses livres, HarperCollins France s'engage à n'utiliser que du papier fabriqué à partir de bois provenant de forêts gérées durablement et de manière responsable.

1

Harper Jones ne savait pas si c'était une bonne ou une mauvaise chose d'intervenir sur un arrêt cardiaque dès son premier jour à la tête des urgences de l'hôpital central de Sydney. Elle aurait apprécié de faire un peu connaissance avec son équipe, au moins : rencontrer les infirmiers et les médecins pour mettre des noms sur des visages… Résumer son parcours professionnel et ses attentes dans un petit discours.

Seulement, lorsqu'un patient s'effondrait devant la réception, la priorité n'était plus à échanger des poignées de mains et des politesses. Mais, au fond, c'était une manière comme une autre de se familiariser avec ses nouveaux collègues. Une heure plus tard, alors que le malade était transféré en soins intensifs de cardiologie, Harper avait le sentiment d'en avoir appris plus sur ses collègues qu'après une séance de présentations classique. Elle savait qu'ils étaient efficaces et dévoués, et aussi qu'ils formaient une équipe soudée. Elle connaissait leurs forces et leurs faiblesses. Surtout, elle était rassurée sur le fait qu'elle trouverait sa place parmi eux. Elle avait bien fait de quitter Londres et de retourner chez elle, en Australie.

— Docteur Jones ?

Harper leva les yeux de l'ordinateur sur lequel elle complétait le dossier du patient qui venait d'être sauvé.

— Appelez-moi Harper, dit-elle à l'infirmière en souriant.

— Le poste ambulancier nous signale une arrivée imminente. Il s'agit d'un incendie domestique. La victime se nomme Emma Wilson, vingt-six ans, enceinte de jumeaux, elle en est à vingt-quatre semaines de grossesse. D'après les ambulanciers, elle a été brûlée sur 20 % de la surface corporelle, au deuxième et au troisième degré.

À ce mot d'« incendie », Harper sentit quelque chose de sombre remuer dans le tréfonds de son être, et ses pensées allèrent automatiquement vers l'homme auquel elle avait évité de penser depuis qu'elle était revenue en Australie, cinq jours plus tôt.

Yarran.

Il habitait encore à Sydney et était toujours pompier. Non qu'elle se soit renseignée sur lui, mais à l'époque des réseaux sociaux il était difficile de ne pas être au courant de certaines choses. Yarran avait été inextricablement mêlé au petit cercle de ses amies, et pour cause : il était le frère jumeau d'Alinta. Alinta, dont elle avait été inséparable, fut un temps.

Mais Harper n'avait pas le loisir de songer à tout cela. La prise en charge de cette patiente s'annonçait délicate. Avec une grossesse gémellaire, le traitement de remplacement liquidien risquait d'être d'autant plus compliqué.

— Elle était coincée sous des débris, poursuivit l'infirmière – Taylor, d'après son badge. Elle présente des brûlures aux jambes et d'autres, plus légères, au niveau des narines. On note également un faible stridor. La saturation en oxygène est à 100 % avec un masque respiratoire. L'ambulance arrive dans cinq minutes.

Harper hocha la tête. Songeuse, elle se mordilla la lèvre inférieure. Un stridor... Il était sûrement dû au gonflement des voies respiratoires imputable à des brûlures par inhalation. Autrement dit, il faudrait sans doute l'intuber. Ce qui n'était franchement pas l'idéal chez une femme enceinte.

— C'est la femme d'Aaron Wilson, ajouta Taylor.

— Je suis censée le connaître ?

— C'est une star de la télé. Il anime une émission de bricolage très regardée.

— Ah ! d'accord.

Voilà qui corsait l'affaire. Si le mari était célèbre, ils risquaient de se retrouver sous le feu des médias. Mais il devait exister des protocoles de sécurité pour ce type de situation. C'était à espérer parce qu'elle n'avait vraiment pas envie d'avoir des paparazzis dans les pattes.

— Il est à ses côtés ? Ils vous l'ont dit ?

— Non. Apparemment, il n'est pas à Sydney, mais il est en chemin.

— OK.

Avec un peu de chance, Emma Wilson ne serait déjà plus aux urgences à l'arrivée de son mari. Auquel cas, ce serait aux collègues des soins intensifs de se débrouiller.

— On l'installe où ?

— En réa 5.

— OK, répondit Harper. Je vous rejoins tout de suite.

Harper terminait d'enfiler une blouse en plastique par-dessus sa tenue médicale vert olive lorsqu'elle entendit les sirènes de l'ambulance. Des confrères des unités d'obstétrique et des grands brûlés devaient également venir en renfort. Alinta serait-elle des leurs ? Il y avait fort à parier que oui. Après tout, elle dirigeait le service de gynécologie-obstétrique. Harper se préparait donc mentalement à leurs retrouvailles, lorsqu'elle fut abordée par un homme d'une trentaine d'années, élégamment vêtu d'un pantalon anthracite et d'une chemise de marque.

— Bonjour. Je suis Felix Rothbury, interne en gynécologie-obstétrique. Vous devez être le docteur Jones. Alors ? Rien de tel qu'un saut dans le grand bain dès le premier jour, n'est-ce pas ?

— Euh… oui. Bonjour. Désolée, je m'attendais à voir Ali.

— La chef est en déplacement à Canberra toute la journée. Elle remplace un collègue au pied levé pour une présentation sur la morbidité maternelle. Elle revient demain.

Un soulagement intense gonfla la poitrine de Harper. Elle n'en était pas fière, mais c'était comme cela. De toute façon, ce n'était que partie remise, puisqu'elle serait amenée à croiser Ali tôt ou tard. Mais pas aujourd'hui. Pas lors de son tout premier jour.

Ouf !

— La réa liquidienne va être délicate, poursuivit Felix.

— C'est vrai. Si vous pouviez évaluer l'état des bébés…

Du menton, elle désigna l'échographe à l'entrée du box de réanimation. Au même instant, les sirènes s'arrêtèrent. Harper en déduisit que l'ambulance venait d'arriver.

— Nous, on travaillera avec les collègues des grands brûlés pour essayer de voir comment nous y prendre.

Il faudrait la perfuser en urgence afin de compenser la fuite de plasma et les pertes liquidiennes consécutives à ses brûlures, et surveiller de près le transfert de fluides. D'autant plus que le cas de cette patiente n'était pas ordinaire : la prise en charge allait porter sur trois personnes au lieu d'une seule : Emma Wilson et ses bébés. Et si elle présentait également des brûlures par inhalation qui nécessitaient une ventilation, comme les informations de l'infirmière le laissaient entendre, cela compliquerait encore la donne. Si la grossesse avait été plus avancée, ils auraient pu procéder à une césarienne, mais il était hors de question de faire naître des jumeaux à vingt-quatre semaines, sauf si la vie de la mère était en danger.

La porte d'accès au parking des ambulances s'ouvrit, et deux secouristes se précipitèrent à l'intérieur avec un brancard. Le regard de Harper se porta aussitôt sur la femme allongée dessus. Enveloppée d'une couverture de survie sous laquelle apparaissait la protubérance de son ventre, elle gémissait, et ses plaintes étaient audibles malgré le masque et le sifflement de l'apport d'oxygène à haut débit.

Une fois le brancard transféré dans le box, les secouristes firent leur rapport tandis que l'équipe médicale installait la patiente sur un lit de réanimation. Le dispositif d'apport en oxygène fut raccordé à une prise murale, puis Emma Wilson fut branchée au moniteur du box. Au creux de chaque coude, elle recevait une perfusion dont chacune fut connectée à une pompe, et les paramètres vitaux essentiels furent enregistrés.

À la tête du brancard, l'infirmier responsable de la réanimation s'efforçait de rassurer la victime d'une voix calme. Harper, quant à elle, se concentrait sur le compte rendu que le secouriste lui délivrait à la vitesse d'une mitraillette. Dans sa tête, elle organisa les priorités. Les voies respiratoires passaient avant tout. Ensuite, il faudrait évaluer les brûlures et mettre en place le protocole d'apport liquidien. Sans oublier de vérifier l'état des bébés, bien sûr.

Et ce n'était qu'un hors-d'œuvre…

Harper entendit à peine le bruit fait par la couverture de survie qu'on retirait pour découvrir les jambes d'Emma Wilson. Ce qu'il restait de ses vêtements était réduit à un amas de lambeaux déchiquetés remontés sur son bas-ventre. Harper inspecta les compresses humides appliquées depuis la moitié des cuisses jusqu'aux orteils. À première vue, il n'y avait pas d'atteinte circonférentielle.

— Je suis désolé, mais j'ai vraiment besoin d'entrer.

Le regard de Harper se porta sur Felix, puis sur le pompier à qui il s'adressait. Concentrée sur sa patiente et sur le rapport des secouristes, elle avait à peine fait attention à l'homme qui tenait la main d'Emma Wilson. Jusqu'à présent, du moins. Jusqu'à ce qu'il lève les yeux et qu'il la voie. Pendant quelques secondes complètement folles, Harper eut l'impression que le temps s'était arrêté. Un bourdonnement envahit ses oreilles.

Elle connaissait cette tête surmontée d'une épaisse chevelure sombre et souple. Et malgré la suie qui maculait ses traits fins, elle reconnaissait ce visage au menton carré et aux pommettes saillantes... Cette bouche aux lèvres pleines et ciselées... Ces prunelles brunes tirant sur le noir, au blanc injecté d'un peu de sang, comme par manque de sommeil...

Yarran.

Les douze années précédentes s'évanouirent comme s'ils n'avaient jamais été séparés. Harper ne parvenait pas à s'arracher à ce regard débordant de compassion, de sagesse... Une sagesse immémoriale qu'il puisait dans un incroyable sentiment d'identité, dans la conscience d'appartenir à une tradition plus grande que lui. Autant de concepts qui lui étaient complètement étrangers, à elle qui avait grandi en familles d'accueil.

Si Yarran fut surpris de la voir, il n'en montra rien. Il la dévisageait avec ce calme imperturbable qui lui était propre. L'espace d'un instant, Harper eut à nouveau vingt ans et ne désira rien tant que de se noyer dans son regard.

Mais elle n'avait plus vingt ans, justement. Et lui non plus. Ils avaient tous les deux quarante ans. Yarran s'était marié, il avait perdu sa femme et était le père d'un petit garçon de quatre ans. Quant à elle, elle n'était pas rentrée au pays pour raviver un amour de jeunesse. Elle n'était pas revenue pour lui, point final. C'était à sa carrière qu'elle avait pensé avant tout. De même qu'elle devait à présent penser à sa patiente.

Elle s'arracha à son regard et posa une main tremblante sur le lit. Au prix d'un immense effort de volonté, elle réprima un flot d'émotions douloureuses pour les enfermer dans un recoin de son âme, là où elle avait toujours dissimulé tout ce qu'elle avait eu l'audace d'éprouver.

— Désolé, répondit-il à Felix. Je vous laisse tout de suite la place.

Cela tombait sous le sens. Ils étaient déjà sept dans ce petit box, sans compter un appareillage médical volumineux. Certes, chacun semblait avoir trouvé sa place dans un ballet bizarre qui apportait une fluidité étrange au chaos ambiant, mais moins ils seraient nombreux autour du lit, mieux cela vaudrait. Les secouristes n'avaient pas terminé leur rapport, mais Harper se surprit à regarder Yarran, qui s'était penché vers Emma Wilson en souriant.

— Je dois partir pour les laisser faire leur travail.

— Non !

Elle lui serra le bras si fort que les jointures de ses doigts blanchirent.

— Allons, tout va bien se passer. Vous êtes entre de bonnes mains.

— Mais vous avez dit que…

La voix d'Emma Wilson se brisa dans un sanglot.

— … que vous resteriez avec moi !

Il lui tapota la main avec une patience mêlée de douceur tellement familière à Harper qu'elle en eut la gorge serrée.

— Je ne vous quitte pas. Je sors seulement du box pour ne pas les déranger, mais je reste juste à côté. Je reviens dès qu'ils me le permettront et, de toute façon, je ne pars pas tant qu'Aaron n'est pas arrivé.

— Promis ? demanda-t-elle d'une petite voix terrifiée, les yeux brillants de larmes.

— Promis.

Sur ces mots, Yarran s'en alla, non sans avoir lancé à Harper un bref regard qui voulait dire : « Moi, j'ai fait ma part. À toi de jouer, maintenant. » Harper se ressaisit et, concentrée sur sa patiente, se faufila jusqu'à la tête du lit mobile.

— Comment vont les bébés, Felix ?

— Ils ne montrent aucun signe de détresse, murmura-t-il sans lever les yeux de l'écran tandis qu'il manipulait la sonde d'une main et, de l'autre, les boutons de la machine. Les deux membranes sont intactes. Le rythme cardiaque du jumeau n° 1 est un chouia plus faible que celui du deuxième, mais il est dans des limites acceptables chez l'un et chez l'autre. Les mouvements fœtaux sont normaux.

Parfait ! Pour l'instant, du moins. Mais ce stridor demeurait préoccupant. Elle se tourna vers Emma Wilson avec un sourire rassurant.

— Bonjour, je me présente : Harper Jones. Je suis le médecin qui va s'occuper de vous.

Emma Wilson fixa sur elle de grands yeux affolés. D'après les secouristes, elle avait refusé de prendre quoi que ce soit contre la douleur parce qu'elle redoutait les effets des médicaments sur ses bébés. Elle ôta son masque à oxygène pour parler.

— Promettez-moi de faire tout votre possible pour sauver mes bébés.

— Bien sûr.

Mais les prochaines heures risquaient de faire l'objet d'un arbitrage délicat entre l'intérêt de la mère et celui des enfants qu'elle portait.

— Vous avez mal ?

Emma Wilson secoua la tête.

— C'est supportable.

La raideur de ses membres et sa tension élevée disaient, au contraire, qu'elle souffrait bel et bien. Paradoxalement, c'était encourageant. Les brûlures au troisième degré étaient souvent indolores, parce que les nerfs étaient endommagés. Avec un peu de chance, Emma Wilson serait surtout brûlée au deuxième degré. Bien sûr, il faudrait la greffer, mais ils pourraient sans doute s'en tirer avec un minimum d'interventions. Étant donné sa grossesse, ce serait préférable.

Harper en était là de ses réflexions lorsqu'un homme entra dans le box, stéthoscope au cou, suivi par deux femmes.

— Bonjour, lui dit-il. Je suis Lucas Matthews, responsable de l'unité de Chirurgie reconstructive.

La quarantaine avenante, grand et mince, les tempes grisonnantes, il était plutôt séduisant : du genre qui attirait le regard des femmes. Enfin, pas celui de Harper. Et surtout pas juste après avoir ressenti cette attraction viscérale pour Yarran Edwards. Cela dit, elle était contente de rencontrer le médecin qui allait s'occuper des greffes d'Emma Wilson.

— Harper Jones. Vous voulez bien évaluer ses brûlures ?

— Ça marche, dit-il en prenant une paire de gants dans une armoire murale.

Harper se tourna à nouveau vers sa patiente.

— Emma, votre respiration est bruyante, et cela m'inquiète. Lors d'un incendie, il arrive que les muqueuses des poumons et des voies respiratoires soient endommagées par les fumées, auquel cas des œdèmes peuvent apparaître. Ces sifflements quand vous respirez me laissent penser que c'est ce qui se passe.

— Et si c'est le cas, vous faites quoi ?

Si c'était le cas, alors, il faudrait sans doute l'intuber avant que l'œdème s'aggrave. Entre les brûlures et les transferts de liquides, son appareil respiratoire allait être mis à rude épreuve. Mais inutile de l'alarmer davantage alors que le diagnostic n'était pas définitif.

— Tout dépend de la gravité de l'atteinte. Si vous le voulez bien, je vais examiner votre gorge dans un premier temps, OK ?

Deux heures plus tard, l'état d'Emma était suffisamment stabilisé pour permettre son transfert en soins intensifs. L'examen n'avait décelé qu'une légère inflammation des voies aériennes supérieures, de sorte qu'il n'avait pas été nécessaire de l'intuber. Pas immédiatement, du moins : il n'était pas exclu qu'il faille en passer par là au cours des heures à venir. D'après Lucas Matthews, les brûlures couvraient 25 % de la surface corporelle, et 15 % d'entre elles étaient au troisième degré. Autrement dit, Emma devrait subir des greffes importantes. Les jours et les semaines qui allaient suivre s'annonçaient difficiles. Par bonheur, elle avait fini par accepter une légère sédation après que Felix lui avait assuré que ses bébés allaient bien et qu'ils ne risquaient rien. Suite à cela, sa détresse respiratoire avait diminué, et le stridor s'était atténué. Enfin, pour l'instant. L'hôpital central de Sydney était un établissement de premier plan, et Emma allait bénéficier des meilleurs soins possibles, mais sa grossesse compliquait sa prise en charge. À ce stade-là, il était impossible d'exclure une aggravation de son état qui mettrait en danger sa vie ou celle des bébés. Cela dit, pour le moment, elle était stabilisée et se reposait un peu. C'était déjà cela.

Harper retira ses gants et sa blouse en plastique pour les jeter dans une poubelle, puis se dirigea vers son bureau. Elle se figea à la vue de Yarran, dans le couloir juste devant la salle de réanimation. Il était assis seul sur une rangée de quatre chaises, la tête renversée en arrière dans une position inconfortable. Endormi.

De nouveau, Harper ressentit cet étrange picotement au creux de l'estomac, comme plus tôt, dans le box, lorsque leurs regards s'étaient croisés. Comment pouvait-il encore exercer un tel effet sur elle après douze ans sans avoir donné aucun signe de vie ? Avec un soupir, elle s'approcha de lui. Il allait se réveiller avec un torticolis s'il restait comme cela. Et puis, elle avait promis à Emma qu'elle informerait Yarran de son transfert en soins intensifs.

Apparemment, c'était lui qui l'avait sortie de sous les décombres. Harper n'en attendait pas moins de lui. Dans le temps, il avait été son héros à elle, et il était resté un concentré de masculinité. Du bout de ses lourdes bottes noircies de suie à ses larges épaules qui remplissaient un polo bleu marine, sans oublier les bandes réfléchissantes qui encerclaient son pantalon au niveau des cuisses et des mollets, tout en lui proclamait qu'il était un homme, un vrai. Celui sur lequel on pouvait compter pour que les choses soient faites, et bien faites.

— Yarran...

Elle le poussa légèrement, mais il ne réagit pas. Elle aurait voulu le laisser dormir... Mais elle aurait aussi voulu laisser glisser l'index le long de sa mâchoire ombrée de barbe et murmurer son prénom, comme avant. Comme s'ils ne s'étaient jamais quittés. Seigneur ! elle en avait tellement envie qu'elle en éprouvait des picotements dans les doigts. Mais elle ne pouvait pas se permettre une bêtise pareille. Ni maintenant ni jamais.

À défaut, elle lui secoua le bras. Yarran redressa la tête avec une grimace avant d'entrouvrir un œil, et fixa sur elle un regard confus. Puis il se leva brusquement, tout à fait réveillé malgré la fatigue qui se peignait sur ses traits.

— Emma ? Comment va-t-elle ?

Dominée par sa grande taille, Harper fut enveloppée par une odeur de fumée à laquelle se mêlait une note vaguement familière qui résonna dans son cerveau reptilien.

— Elle vient de partir en soins intensifs.

Yarran consulta sa montre.

— Aaron est arrivé ?

— Non, il ne sera pas là avant quelques heures, apparemment.

Harper remarqua alors une trace de sang à l'intérieur de son avant-bras.

— Tu t'es fait mal, remarqua-t-elle en fronçant les sourcils.

— Mmm ? Oh ! ça… Ce n'est rien.

— Tu ne veux pas me laisser en juger ?

— Puisque je te dis que ce n'est rien, répéta-t-il sèchement. Il faut que j'aille en soins intensifs.

— Non. Emma dort et, de toute façon, on ne te laissera pas entrer tant qu'elle ne sera pas tirée d'affaire.

— Elle va s'en sortir ? Et les bébés ? Ils vont bien ?

Harper croisa les bras et haussa les sourcils.

— Laisse-moi t'examiner, et je te dirai où elle en est.

Yarran la considéra en silence.

— Bon, très bien.

Alors qu'il suivait Harper, Yarran avait encore du mal à se faire à la situation. C'était fou, quand même. Harper… Après douze ans sans avoir donné aucune nouvelle, elle était là, à quelques mètres de lui, comme si de rien n'était. Il avait du mal à le croire. Certes, il n'était pas totalement pris au dépourvu puisqu'il savait déjà qu'elle était de retour en Australie et qu'elle avait obtenu ce poste à l'hôpital central. Mais de là à tomber sur elle, dès son premier jour, en plus… Et voilà qu'elle s'était mis en tête de lui soigner une égratignure sur le bras.

Alors qu'ils entraient dans une salle de consultation d'une blancheur clinique, une odeur d'antiseptique lui piqua les narines, mais il la trouva réconfortante. Sans un mot, Harper désigna du doigt un divan d'examen au bout de la pièce, et il s'y installa, les jambes dans le vide, gêné de salir le drap blanc avec ses vêtements couverts de suie.

Ni l'un ni l'autre ne disaient quoi que ce soit. Yarran se contentait de la regarder rassembler le nécessaire pour le soigner. Il retrouvait dans ses gestes ce calme et cette efficacité qui lui étaient propres. Elle avait gardé la même économie de mouvements. Sa silhouette n'avait pas changé non plus. Elle était toujours aussi jolie, et sous la blouse il devinait ses jambes minces, son corps svelte, sa poitrine haute et ferme. Au souvenir de son corps sous le sien, il sentit un picotement lui parcourir les paumes et serra les poings. Bon sang… Il fallait qu'il soit fatigué pour penser à des choses pareilles.

D'ailleurs, il était vraiment fatigué. Exténué, même. Chacun de ses muscles lui faisait mal. La nuit précédente, son équipe avait été mobilisée sur un feu dans un entrepôt, et ils n'étaient parvenus à le contrôler qu'au bout de sept heures. Pour manipuler une lance à incendie, dans la fournaise et des heures durant, il fallait une force hors du commun. Et comme si cela ne suffisait pas, deux heures avant la fin de sa garde, ils avaient dû intervenir chez les Wilson. Ils n'avaient pas mis longtemps à venir à bout du sinistre, mais l'adrénaline inhérente à ce genre d'opération l'avait épuisé. Dans ces cas-là, le risque c'était que l'incendie se propage aux bâtiments avoisinants ou que des personnes soient prisonnières des flammes.

Bref, il était moulu. Et il empestait la fumée, était noir de suie, avait les yeux qui piquaient. Tout ce qu'il voulait, c'était une bonne douche et son lit. Il n'avait rien à faire là, avec Harper Jones qui lui rappelait un passé pas totalement soldé, contrairement à ce qu'il avait cru jusqu'alors.

Elle poussa alors vers lui un chariot métallique qui contenait le matériel de soin et s'arrêta assez près pour que son genou lui effleure la cuisse. Aussi léger soit-il, ce contact lui envoya une décharge de chaleur dans la jambe. Harper, toutefois, enfila des gants d'un air parfaitement indifférent et tendit la main pour qu'il lui présente son bras. Yarran soupira.

— Puisque je te dis que ce n'est rien.

Mais elle demeurait immobile, implacable. Aussi implacable que ce soir où elle lui avait dit non.

Yarran n'opposa aucune résistance lorsqu'elle lui prit l'avant-bras pour examiner sa blessure. Il n'en avait pas la force, de toute façon, même si son corps était assez alerte pour éprouver un frisson électrique là où elle le touchait.

— Que s'est-il passé ?

— Je ne sais plus… Je crois que ma chemise s'est coincée quand j'ai sorti Emma des décombres.

Harper leva les yeux, et leurs regards s'accrochèrent. Ils étaient tout près l'un de l'autre, si près qu'il n'aurait eu qu'à tendre la main pour l'attirer à lui et enfouir le visage dans le creux de son cou. Elle sentait si bon, elle avait l'air si fraîche... Bon sang ! à la voir là, juste à côté de lui, il avait l'impression qu'ils s'étaient quittés la veille. Douze ans, Seigneur...

— Tu n'as rien senti, vraiment ? Ça a dû faire mal, pourtant.

— Bof ! non, dit-il en haussant les épaules.

En cours d'intervention, sous l'effet du stress et de l'adrénaline, il n'était pas rare qu'il se blesse sans même s'en rendre compte. Harper secoua la tête et reporta son attention sur sa blessure. Comme promis, elle le renseigna sur l'état de santé d'Emma, sur un ton professionnel qui permettait de relativiser la situation. Yarran laissa échapper un grognement lorsqu'elle tamponna à nouveau sa plaie.

— Désolée. Je ne veux pas que ça s'infecte.

— Aucun risque, répliqua-t-il d'un ton bourru. Mon bras n'a jamais été aussi propre.

Sans se formaliser de ses manières revêches, elle inspecta sa blessure avec soin.

— OK. La lésion est superficielle, c'est bon.

Yarran leva les yeux au ciel d'un air qui signifiait : « Je te l'avais bien dit. » Elle lui lâcha le bras le temps de chercher une compresse qu'elle appliqua avec un soin méticuleux. Elle prenait son temps pour faire adhérer les bords à sa peau et s'attarda sur un pli qui avait du mal à coller. Passif, il se laissait faire. C'était une douce torture de sentir ses doigts frais et légers lui tapoter l'intérieur de l'avant-bras. Une mèche de cheveux tomba sur son visage. Ils étaient restés du même roux, sans le moindre fil blanc. Par contre, elle les portait plus court : jusqu'aux épaules, alors qu'ils lui arrivaient à la taille douze ans plus tôt. Étaient-ils aussi doux que dans ses souvenirs ? À sa grande consternation, il eut envie de plonger les mains dans leur épaisseur soyeuse, de respirer à fond leur parfum. De les voir étalés sur l'oreiller à côté du sien, au réveil. Comme avant.

Sa poitrine se serra si douloureusement qu'il en eut le souffle coupé. À peine un quart d'heure plus tôt, tout ce qu'il voulait c'était une douche et se coucher, et voilà qu'il désirait... Qu'il désirait quoi, au juste ? Renouer avec celle-là même qui lui avait brisé le cœur en mille morceaux ? Cela faisait longtemps qu'il ne s'était pas intéressé à une femme, alors pourquoi maintenant ? Et à Harper, par-dessus le marché ?

— Et voilà. Tu veux un bonbon ?

Indifférente au trouble qui l'agitait, elle le regardait avec un sourire qui fit briller ses yeux bruns. Ces mêmes yeux qui s'étaient rembrunis lorsqu'il s'était agenouillé pour la demander en mariage.

« Qu'est-ce qui te prend, Yarran ? Lève-toi. Mais lève-toi donc ! »

Cet instant resterait à jamais gravé dans sa mémoire. Tout comme l'expression horrifiée avec laquelle elle l'avait considéré, ou cette sensation que des doigts glacés lui serraient le cœur à l'étouffer. Il avait été si sûr qu'elle lui dirait oui, qu'elle désirait la même chose que lui : construire une vie ensemble. Au lieu de cela, elle avait fui à l'autre bout du monde. Longtemps il s'était senti mort à l'intérieur. C'était Marnie qui l'avait tiré de cette mauvaise passe. Grâce à elle, il avait retrouvé l'envie de vivre, d'aimer, et lorsque leur petit garçon était né, Yarran avait enfin eu l'impression d'être un homme neuf, complet. L'illusion avait été de courte durée. Juste après le premier anniversaire de leur enfant, Marnie lui avait été arrachée dans un accident de la route. Et sa vie avait replongé dans les ténèbres.

Dieu merci, son fils lui avait donné la force de continuer. La force de rire, d'éprouver de la joie. Son petit Jarrah… Il était sa raison d'être, son rayon de soleil. Sans lui, il n'aurait sans doute jamais remonté la pente. Le chemin avait été long et difficile, mais il y était arrivé. Il avait son fils, un boulot qu'il adorait et une famille toujours prête à le soutenir en cas de besoin. Il n'avait besoin de rien d'autre. Envie de rien d'autre. En tout cas, il ne voulait pas revenir douze ans en arrière. Il était devenu un autre homme, sans rien de commun avec ce jeune idiot qui offrait son cœur et accordait sa confiance à tort et à travers. Surtout, il avait des responsabilités. Il avait Jarrah. Et Jarrah passerait toujours avant tout.

— Yarran ?

La voix légèrement voilée de Harper pénétra ses pensées et le ramena au présent. La femme qu'il avait devant lui était tellement familière et étrangère à la fois… Tellement proche. Trop, même. Alors qu'elle le dévisageait d'un air scrutateur, le temps sembla s'arrêter. Il n'entendit plus les bruits des urgences ; son cœur et son souffle se figèrent. Rien n'existait plus pour lui à part Harper, la caresse de son souffle tiède, et ses cheveux… Comme ils sentaient bon ! Interloquée, Harper le considérait en fronçant les sourcils. Il baissa les yeux vers sa bouche et fut pris d'une envie dévorante de l'embrasser.

— Yarran…

Ce murmure sourd résonna à ses oreilles comme un avertissement. Et il aurait été bien avisé de le suivre. Si seulement il n'avait pas été autant fasciné par une légère pulsation à la base du cou de Harper, là où il l'avait embrassée si souvent dans le temps. Ça avait été si bon…

Oui, jusqu'à ce que cela ne le soit plus.

Un élan de panique lui étreignit la gorge. Il était dingue, bon sang ! Embrasser *Harper* ?À croire qu'il ne lui restait plus aucun neurone en état de fonctionnement. À sa décharge, il était mort de fatigue, et tomber sur elle, après tout ce temps, lui avait causé un sacré choc. Il se leva si vite que Harper dut reculer d'un pas.

— Il faut que j'y aille, dit-il d'une voix bourrue. J'ai promis à Emma que je ne la quitterai pas.

Comme Harper ne bougeait pas, il la contourna et sortit de la pièce sans un regard pour elle. Un peu plus, et il aurait commis une bêtise monumentale. Son corps était peut-être coincé dans une faille temporelle, mais par bonheur ce n'était pas le cas de sa tête. Harper Jones appartenait à son passé. Elle n'avait pas sa place dans son avenir, point final.

2

Quelques heures plus tard, Harper faisait la queue au café en face de l'hôpital. À en juger par le nombre de clients, l'endroit jouissait d'une popularité certaine, et Harper n'avait aucun mal à comprendre pourquoi. De gros fauteuils en cuir se faisaient face sur des tapis orientaux, et une myriade d'ampoules rondes pendaient du plafond. De grandes baies vitrées ouvraient sur la rue animée, dont le spectacle était en partie masqué par le feuillage tombant de plantes posées sur des étagères au-dessus de la devanture. Un tout autre jour, Harper aurait pris plaisir à admirer ce décor.

Mais pas ce jour-là, alors qu'elle se remettait à peine du choc de ses retrouvailles avec Yarran. Un peu plus, et ils se seraient embrassés ! Avec deux urgences à gérer coup sur coup, cela faisait beaucoup, surtout pour une première journée. C'était fou, quand même... Après toutes ces années, comment pouvaient-ils éprouver l'un pour l'autre une attirance aussi intense ? Car lui aussi avait ressenti ce... cette tension, pour la nommer ainsi. Cela faisait douze ans, bon sang ! Douze ans... Ils n'étaient pourtant plus des gamins de vingt ans. Depuis, ils avaient tracé leur route chacun de leur côté. Yarran s'était marié, il avait eu un enfant. Elle avait connu d'autres hommes, même si elle ne s'était attachée à aucun.

— Coucou !

La voix d'Ivy la fit sursauter, mais Harper fut ravie d'être arrachée à ses pensées qui tournaient en rond. Elle fit face à son amie en souriant.

— Coucou.

Bien des années avant de devenir le Dr Hurst, Ivy avait fait partie de son groupe de grandes copines, avec Ali et Phoebe Mason. Elles s'étaient toutes rencontrées à la fac de médecine et étaient devenues inséparables. Harper en avait été la première surprise, d'ailleurs.

Elle n'avait jamais vraiment compris ce qu'elles voyaient en elle, ni pourquoi elles avaient eu la patience de surmonter ses réticences et de lui tendre la main, alors que son instinct lui commandait sans cesse de fuir.

— Il paraît que tu as commencé sur les chapeaux de roue, toi.

— On peut dire ça comme ça.

— Comment va ta patiente ?

— J'ai appelé les soins intensifs avant de venir. L'œdème respiratoire s'est aggravé, et ils ont été contraints de l'intuber. Sa grossesse complique énormément la donne.

Ivy eut un hochement de tête qui fit danser ses cheveux couleur caramel.

— C'est vrai, mais l'une des meilleures équipes pluridisciplinaires du pays s'occupera d'elle et de ses bébés à toute heure du jour et de la nuit. Et puis elle a eu de la chance dans son malheur. Imagine : le toit de sa maison s'est effondré sur elle lors d'un incendie. Elle peut s'estimer heureuse d'être encore en vie.

Aussitôt, les pensées de Harper revinrent à Yarran, et elle le revit, musclé, couvert de suie, exténué.

— Eh oh !

Ivy fit claquer les doigts devant ses yeux pour la ramener au présent.

— Tu étais passée où ?

— Désolée. Je…

Harper secoua la tête, indécise. Devait-elle lui parler de Yarran ? Pourquoi pas, après tout ? Si ses amies lui avaient appris une chose, c'était qu'elle pouvait leur confier ses secrets sans craindre d'être jugée. Au contraire, elles l'avaient toujours écoutée avec bienveillance, elles lui avaient fourni soutien et conseils.

Du moins, c'était comme cela que ça fonctionnait entre elles auparavant. Mais maintenant, après douze ans d'absence ? En revenant à Sydney, Harper avait nourri l'espoir de raviver cette amitié, alors pourquoi ne pas s'y mettre dès maintenant ?

— Je suis tombée sur Yarran.

— Quoi ? Pas possible !

Harper se mit à rire. C'était plus fort qu'elle. Le visage sidéré d'Ivy avait quelque chose de comique.

— Il est arrivé aux urgences en tenant la main d'Emma.

— C'est bien lui, ça. Toujours aussi chevaleresque. En plus, il porte bien ses quarante ans, pas vrai ? Donc, c'était comment ?

Comment c'était ? Eh bien, intense. Cataclysmique, même. Troublant, en tout cas.

— Bizarre, se résolut-elle à répondre.

— Bizarre en mal ou en bien ?

— Ça existe, bizarre en bien ?

— Entre d'anciens amants ? Évidemment, quelle question ! Alors ? Il y avait encore quelques bonnes ondes entre vous ?

Oh oui ! Des ondes telluriques, même.

Mais Harper n'était pas disposée à en parler. Pas tant qu'elle en était encore à faire le tri dans ses émotions.

— Tu sembles avoir oublié un petit détail : je lui ai brisé le cœur.

Ivy évacua la remarque d'un petit geste de la main.

— Oui, oui... Mais si tu constates un léger frémissement au-dessous de la ceinture, alors que ferais-tu ?

— Ali m'écorcherait vivante. Je ne sais même pas si elle m'a pardonné d'avoir plaqué son frère.

— Raison de plus pour réunir le gang au grand complet.

Harper ouvrit la bouche pour protester, mais Ivy la fit taire d'une main levée.

— OK, OK : tu voudrais d'abord prendre tes marques et emménager dans ton nouvel appartement avant de renouer avec Ali, j'ai bien compris cela. Mais ma chérie, maintenant, ce n'est plus possible. Tu peux être sûre que Yarran va tout raconter à Ali. Ils n'ont jamais eu aucun secret l'un pour l'autre.

Oui, Ivy avait raison. Et puis, Harper avait envie de retrouver ses anciennes amies. Mine de rien, elles lui manquaient. Y compris Ali, tellement loyale, entière, protectrice. Ivy avait dû sentir ses hésitations, car elle en profita pour porter l'estocade.

— Ça s'appelle « arracher le pansement ». Sur le coup, ça pique, mais on se sent beaucoup mieux par la suite, crois-moi.

Harper émit un soupir.

— Oui, bon... OK.

— Yes ! C'est dit, alors : dîner entre filles vendredi prochain.

Ivy exécuta un petit pas de danse victorieux.

— Phoebe sera revenue de sa conférence, et il faut battre le fer tant qu'il est chaud. Ce sera comme au bon vieux temps, tu verras !

Harper hocha la tête avec un sourire poli. Elle ne voulait pas doucher l'enthousiasme de son amie, mais il leur faudrait un peu de temps pour que tout redevienne « comme au bon vieux temps ». Sauf en ce qui concernait Yarran, bien sûr. Dès qu'il était question de lui, son corps était résolument branché sur le passé, comme s'il avait gardé la mémoire de tous ses baisers, de toutes ses caresses.

Génial… Franchement, génial.

Il était six heures du soir bien sonnées lorsque Harper put enfin quitter son poste. Pour un premier jour, celui-ci allait rester dans les annales. Elle avait hâte de prendre une bonne douche et de se détendre un moment en compagnie d'Ivy lorsque celle-ci aurait terminé la tournée de ses patients.

Dans le vaste hall, Harper admira la grande verrière qui laissait filtrer les derniers rayons du soleil. La lumière dorée du crépuscule nimbait les nuages d'orange et de rouges intenses. Les architectes qui avaient conçu l'hôpital avaient privilégié le verre afin d'accroître l'impression d'espace et la luminosité, choix qui leur avait valu plusieurs prix. À ce qu'il paraissait, le jardin sur le toit du bâtiment valait également le détour. Harper se promit d'y monter à l'occasion pour admirer le coucher du soleil. Mais pas ce soir-là. Pour l'heure, elle avait surtout envie d'une douche.

Alors qu'elle approchait des ascenseurs, elle remarqua un petit attroupement autour de l'entrée principale, gardée par des agents de sécurité. À voir tous ces paparazzi, on aurait pu croire qu'un Royal Baby venait de naître chez eux. Au cours de l'après-midi, la direction de l'hôpital et l'équipe de relations publiques d'Aaron Wilson avaient publié un communiqué laconique spécifiant qu'ils se refusaient à tout commentaire. De toute évidence, il en fallait plus pour décourager les photographes. Une demi-heure plus tôt, Aaron avait dû les braver pour s'engouffrer dans l'hôpital, et ils semblaient bien décidés à faire le pied de grue aussi longtemps qu'il le faudrait.

D'une oreille distraite, elle entendit la sonnerie d'un ascenseur, dont la porte coulissa. Yarran jaillit de la cabine et faillit la heurter au passage. Tous deux se figèrent. Puis ils se dévisagèrent pendant un instant qui lui sembla beaucoup plus long qu'il ne le fut effectivement. Yarran s'était lavé, mais il sentait toujours la fumée, sans oublier ce parfum familier qu'elle n'arrivait pas à cerner. Ses boucles sombres étaient en bataille comme s'il les avait coiffées avec les doigts pendant des heures. L'espace d'un instant complètement fou, Harper fut tentée de plonger les mains dans leur épaisseur soyeuse pour y remettre un peu d'ordre.

Sauf qu'elle était incapable de bouger lorsqu'il laissait ainsi errer les yeux sur ses cheveux, son visage, son corps pris dans sa blouse. On aurait dit qu'il la voyait pour la première fois. Harper éprouvait dans chaque fibre de son corps la brûlure de ce regard. Son ventre se noua, et une veine se mit à battre follement à la base de son cou. Yarran le remarqua, et son attention se concentra sur cette pulsation erratique. Consternée, Harper sentit la pointe de ses seins durcir. Il fallait qu'elle s'arrache à cette fascination, et vite.

— Tu es encore ici ?

Yarran s'éclaircit la voix comme si l'effort pour se ressaisir avait été difficile pour lui aussi.

— Oui. Aaron est au chevet d'Emma, donc...

— Tu n'es pas de garde ce soir ?

— Non. J'ai deux jours de repos.

La porte du hall s'ouvrit pour laisser entrer quelques membres du personnel hélés par les journalistes, et des flashs crépitèrent comme des mitraillettes. Harper grimaça.

— Youpi ! on va s'amuser. Ou pas.

Elle jeta un coup d'œil à Yarran. Avec sa tenue de pompier, il serait une proie de choix pour cette meute.

— Prêt pour la bataille ?

Yarran secoua la tête d'un air sombre.

— Jamais de la vie. Viens, je connais une autre sortie.

Le contraire l'aurait étonnée. Après tout, sa sœur travaillait ici. De plus, en bon pompier, c'était un habitué des urgences, et il connaissait par cœur le plan des hôpitaux de Sydney en cas d'évacuation. En revanche, Harper ne s'était pas attendue qu'il lui prenne la main tandis qu'il pivotait sur ses talons pour s'en aller.

Elle le suivit sans faire de commentaire, trop sensible à sa présence, à l'intimité de ce contact pour risquer le moindre mot, et se contenta d'allonger le pas pour le suivre. Ils se retrouvèrent bientôt au pied d'un escalier qui menait à une issue de secours. Yarran passa devant à grandes enjambées et poussa une porte de service située un peu plus loin. Ils pénétrèrent dans un large couloir qui semblait réservé au personnel à en juger par la présence de matériel de manutention. Alors seulement il lui lâcha la main.

— Merci, dit-elle d'une voix sourde.

Comme par un fait exprès, elle était seule avec lui, une fois de plus. Sa paume la picotait. Franchement, on n'avait pas idée de se mettre dans des états pareils ! Ils se trouvaient dans un couloir de service, à deux pas d'un chariot de levage. Pour le glamour, on faisait mieux. Cela dit, la lumière douce du crépuscule baignait l'endroit de teintes lavande qu'elle ne pouvait s'empêcher de trouver romantiques.

— Tu es garée au parking ?

— Oui. Et toi ?

— Je vais rentrer en Uber.

Bien sûr, qu'elle était bête : il était arrivé à l'arrière d'une ambulance.

— Veux-tu que je te dépose à ta caserne ? Tu y récupérerais ta voiture.

Elle ne savait pas où était sa caserne, et se retrouver seule en voiture avec lui n'était sans doute pas l'idée du siècle, mais elle n'aurait quand même pas eu la grossièreté de le laisser en plan. Après tout, à une certaine époque, ils étaient amis tous les deux. De plus, si elle voulait renouer avec Ali, elle devrait accepter Yarran dans sa vie. Autrement dit, ils devraient trouver le moyen de s'affranchir de leur passé et de renouer avec leur amitié. Justement, entre amis, on se rendait service, non ?

— Ça ira, merci. Je suis venu au travail en bus. Et puis, commander un Uber, ce n'est pas la mer à boire.

Non, bien sûr. Mais en pleine heure de pointe, la course allait lui coûter les yeux de la tête. Yarran pouvait sûrement se permettre une telle dépense, là n'était pas la question, mais puisqu'elle pouvait le ramener chez lui… Elle sentit un sourire s'épanouir sur son visage à cette pensée.

— Ou alors, je te dépose chez toi.

— J'habite à Sunrise Bay.

— Je sais.

Il écarquilla légèrement les yeux.

— Tu m'as espionné ?

Harper se sentit rougir.

— Je ne connais pas ton adresse exacte, mais je suis amie avec ta sœur sur Facebook, répliqua-t-elle d'un ton acerbe. Et même si j'ai autre chose à faire que de perdre mon temps sur les réseaux sociaux, le peu que j'y ai vu m'a permis de deviner que tu vis près de chez tes parents.

— C'est vrai, concéda-t-il avec un léger sourire. Autrement dit, à l'opposé de là où habite Ivy.

Donc, il était au courant qu'elle logeait chez Ivy… Dieu savait comment il l'avait appris. Harper était seulement sur Facebook et ne publiait jamais rien sur sa page. D'ailleurs, elle consultait rarement son fil d'actualité.

— Toi aussi, tu m'as espionnée ?

— C'est Ali qui l'a dit à maman, répondit-il en haussant les épaules. J'ai surpris leur conversation, voilà tout.

— Ah !

Harper hocha la tête d'un air absent. Elle n'arrivait pas à savoir si elle devait se féliciter que Yarran n'ait pas cherché à se renseigner sur elle.

Bon, bref… Un crochet d'une vingtaine de minutes jusqu'à Sunrise Bay, ce n'est pas ça qui va me tuer.

Pendant un instant, Yarran la considéra d'un air grave, les lèvres pincées, comme s'il pesait le pour et le contre. Harper fut tentée de lever les yeux au ciel. Le Yarran de ses souvenirs était quelqu'un de spontané. C'était même l'un des traits de caractère qu'elle appréciait le plus chez lui, sans doute parce qu'il était aux antipodes de la prudence avec laquelle elle abordait la vie. Cela dit, elle ne pouvait pas lui en vouloir d'avoir changé. Les projets de Yarran n'avaient pas franchement fonctionné comme sur des roulettes ces dernières années.

— OK, dit-il en hochant lentement la tête. Merci.

Ni l'un ni l'autre ne parlèrent tandis que Harper effectuait ses manœuvres pour sortir du parking. Les yeux tournés vers la vitre, Yarran écoutait la radio en silence. Il ne lui donna aucune indication pour le trajet. Du reste, elle n'en avait pas besoin ou, du moins, pas pour le moment. Cela faisait une bonne dizaine d'années qu'elle n'avait pas mis les pieds à Sydney, mais elle n'avait pas oublié la route jusqu'à Sunrise Bay. Elle s'y était rendue si souvent dans le temps… À l'époque bénie de la fac, elle s'était sentie chez elle dans la maison familiale des Edwards. C'était là qu'elle avait passé d'innombrables soirées à potasser ses examens avec Ali, Phoebe et Ivy, ravitaillées en café et en sandwichs par Mme Edwards. Et lorsqu'elle s'était mise en couple avec Yarran, elle y était restée aussi la nuit et les week-ends.

C'était le bon temps… Un temps où elle s'était sentie enfin aimée, acceptée. Pour un peu, elle aurait cru qu'elle faisait partie de leur famille. Enfin, presque. Tout au fond d'elle-même, confusément, elle avait toujours su qu'elle ne pouvait pas tout avoir. À mesure que les années avaient passé, le sujet des enfants était revenu avec de plus en plus d'insistance. Et elle avait paniqué. Elle avait attendu ce moment où, fatalement, tout s'effondrerait et elle devrait partir. Parce que c'était mieux de prendre les devants, n'est-ce pas ? Plaquer avant d'être plaquée. Quand cette offre de travail à Londres s'était présentée à elle, elle avait donc sauté sur l'occasion. Comment aurait-elle pu deviner que Yarran avait prévu de la demander en mariage le soir où elle devait lui annoncer qu'elle le quittait ? Enfin… Tout cela, c'était de l'histoire ancienne.

— Qui s'occupe de ton fils quand tu es au travail ?

— Jarrah, dit-il en se tournant vers elle. Il s'appelle Jarrah.

Harper hocha la tête, les mains crispées sur le volant.

— Il a une nounou, il va à la crèche ?

— Ça dépend des jours. Comme tous les parents isolés, je jongle entre différentes solutions. Entre la crèche, l'école maternelle, les parents et Ali, sans oublier les voisins, je me débrouille. Ces derniers jours, il est resté chez ses grands-parents. Ils le gardent quand je travaille la nuit ou les week-ends.

— Tu as de la chance de les avoir.

— À qui le dis-tu ! Sans eux, je ne m'en serais jamais sorti après…

Sa phrase demeura en suspens tandis qu'il se tournait à nouveau vers la vitre. Harper avait compris, de toute façon.

— Je suis navrée pour ta femme… pour Marnie. Je t'ai envoyé une lettre de condoléances.

Elle s'en voulait encore de s'être contentée du minimum syndical. Elle aurait dû décrocher son téléphone, lui parler, mais tant d'années s'étaient écoulées sans qu'ils échangent la moindre parole. Bref, elle n'avait pas su quoi lui dire, d'autant plus que les mots étaient tellement dérisoires face à un tel malheur. Alors, elle s'était dégonflée. Elle n'en était pas fière.

— Je l'ai reçue. Merci.

Harper aurait voulu en dire plus. Elle aurait voulu en savoir plus. Sur elle : Marnie. La femme qu'il avait aimée lorsqu'il avait cessé de l'aimer, elle. Harper ne s'était jamais sentie jalouse ou blessée par le fait qu'il avait tourné la page. Au contraire, elle avait eu l'impression d'être unie par un lien étrange à cette femme. Yarran était l'une des meilleures personnes qu'elle ait jamais connues, et elle était heureuse et soulagée qu'il ait réussi à prendre un nouveau départ. On ne pouvait pas en dire autant pour elle…

Elle aurait voulu lui dire tout cela, et plus encore, mais les mots demeuraient coincés dans sa gorge. La voix de Yarran et sa manière de se tenir exprimaient une distance infranchissable. Mieux valait sans doute ne pas chercher à aller trop loin d'un seul coup. C'était déjà inespéré qu'ils se revoient tous les deux.

Le reste du trajet s'effectua en silence jusqu'à ce qu'ils arrivent à Sunrise Bay et que Yarran lui indique le chemin. Harper se gara devant un coquet pavillon en brique à un étage avec un jardin bien entretenu. À coup sûr, il devait y avoir un grand terrain à l'arrière avec, peut-être, une piscine.

— Tu vis ici depuis combien de temps ?

— Depuis quelques années. Mes parents n'habitent pas loin, et quand Jarrah est né, c'était plus simple de nous rapprocher d'eux.

— C'est joli, comme endroit.

— Oui, c'est un quartier très agréable. Ce pauvre Wally a eu du mal à s'habituer, par contre. Tout cet espace alors qu'il n'avait qu'un bout de jardin dans notre ancienne maison…

Harper écarquilla les yeux.

— Wally est encore en vie ?

— Oui : quatorze ans et toujours en pleine forme.

Wally était un labrador au pelage chocolat qu'ils avaient adopté à l'âge de quatre mois dans un refuge. Ça avait été un déchirement de lui dire adieu.

— L'arthrite le gêne un peu, mais il sait encore ouvrir le frigo quand on a le dos tourné. Et il est très protecteur avec Jarrah.

Une fois de plus, Harper sentit sa gorge se serrer. C'était bête, à la fin !

— Je crois… Enfin, je ne savais pas… Waouh !

— Eh oui.

Il eut alors un sourire qui la prit de court. Ces fossettes… Et ces pommettes… Dire qu'il avait les deux à la fois. Ce n'était pas juste.

— Ça te dit de le revoir ?

Harper savait qu'elle aurait dû dire non. La journée avait été longue, et ce moment où ils avaient failli s'embrasser constituait un sérieux coup de semonce. Seulement, c'était Wally !

— Avec plaisir, dit-elle en coupant le contact.

Yarran ouvrit la porte et s'effaça pour la laisser passer. Alors qu'elle entrait, Harper inspira une nouvelle bouffée de ce parfum vaguement familier. Elle réprima l'envie d'essayer de le reconnaître et pénétra dans un vaste salon avec un coin cuisine. Un canapé en patchwork encombré de peluches faisait face à un grand écran de télévision, et plusieurs caisses de jouets en plastique étaient empilées dans un coin. Les éléments d'un train miniature encombraient une table basse au pied de laquelle un circuit avait été installé. Tout au fond de la pièce, une porte vitrée coulissante donnait sur une terrasse décorée de guirlandes lumineuses.

Derrière elle, Harper entendit le cliquetis de la porte qui se refermait, et Yarran passa devant elle pour rejoindre le coin cuisine.

— C'est joli, chez toi, dit-elle en le suivant d'un pas lent.

— Merci. On s'y plaît bien.

Il déposa ses clés et son portable sur le plan de travail, puis ouvrit la porte du réfrigérateur.

— Je te sers quelque chose ? Un thé, un café ? Un verre de vin ?

Du vin ? Non merci…

Perdre ses inhibitions était bien la dernière chose dont elle avait besoin en cet instant. Se retrouver chez lui et avoir un aperçu de ce qu'était sa vie sans elle, c'était suffisamment déstabilisant en l'état. La douleur douce-amère de la nostalgie se mêla à un regret poignant qui lui picota les yeux.

— Non, merci.

Il prit une brique de jus d'orange qu'il but à même le carton, les yeux clos, à grandes goulées qui faisaient tressauter sa pomme d'Adam. Harper le regardait, fascinée. Il avait toujours eu cette habitude. Sa mère ne l'avait jamais supportée, d'ailleurs. Harper, pour sa part, l'avait toujours trouvée incroyablement masculine. Érotique, même. Comme si son besoin d'étancher sa soif prenait le pas sur les convenances et les bonnes manières. Leurs regards se croisèrent brièvement, mais cela suffit pour qu'elle sente son cœur cogner contre sa poitrine, ses jambes trembler et ses seins pointer.

Par bonheur, des aboiements l'arrachèrent aux sables mouvants émotionnels dans lesquels elle s'était embourbée, et elle revint au présent. Sur le réfrigérateur, un dessin au crayon était fixé par un aimant portant la mention *Super Papa*. Non, Yarran n'était plus le même homme. Les oreilles bourdonnantes, Harper se tourna vers la baie vitrée.

— Wally !

Elle jeta ses clés sur le plan de travail et se dirigea à grands pas vers la porte coulissante. Aussitôt, le chien lui fit la fête et bondit vers elle comme s'ils s'étaient quittés de la veille. Harper tomba à genoux et le serra contre elle avec émotion, les larmes aux yeux. Elle soupira, puis se mit à rire lorsqu'il essaya de se loger tout entier entre ses bras. Aux aboiements joyeux de Wally, elle devina la présence de Yarran derrière elle.

— Je sais, mon gars, dit-il en lui flattant les oreilles. Elle est de retour.

« Elle est de retour. »

Ces petits mots transpercèrent l'âme de Harper comme un coup de poignard. Avait-il toujours su qu'elle finirait par revenir ? L'avait-il espéré ? Avait-il rêvé d'elle la nuit comme elle avait rêvé de lui ? S'arrachant à ces questions, Harper leva les yeux vers lui.

— Tu crois qu'il me reconnaît ?

— Bien sûr. Quelle question !

— Mais ça fait si longtemps… Je pensais qu'il m'avait oubliée.

— On peut dire beaucoup de choses sur toi, Harper Jones, mais certainement pas que tu es facile à oublier.

Harper inspira profondément pour déloger la boule qui lui bloquait la gorge. Ce chien qui se tortillait contre elle lui rappelait mille souvenirs. Elle était consciente de Yarran, debout près d'elle… Consciente d'un manque, d'une énergie aux relents purement sexuels qui vibrait entre eux. C'en était trop. Elle était saturée de nostalgie, elle avait besoin d'air, vite.

— Je dois m'en aller, dit-elle en se levant brusquement.

— Harper…

Sans un regard pour lui, elle retourna vers le coin cuisine et saisit ses clés sur le plan de travail. Puis elle prit une grande inspiration avant de lui dire :

— Merci.

Elle se tourna légèrement vers lui. Il l'avait suivie et était juste derrière elle. Seigneur, elle aurait voulu se lover entre ses bras et poser la joue sur son torse massif, comme avant. Mais c'était impossible parce qu'elle avait tout gâché. Harper respira profondément pour ravaler ses larmes. Calmement, Yarran fit un pas vers elle.

— Harper…

— Ça va, ça va.

Il secoua lentement la tête.

— C'est vrai, ce mensonge ?

Il avança encore et leva la main vers elle. Sa large paume glissa le long de son cou, et ses doigts se promenèrent dans ses cheveux, sur sa nuque. Son pouce effleura langoureusement l'angle de sa mâchoire.

— Harper, murmura-t-il.

Son regard brûlant s'appesantit sur sa bouche, et elle sentit une chaleur sourde monter au creux de ses reins tandis qu'un frisson langoureux se répandait dans tout son corps. Elle aurait pu reculer, s'écarter, tout arrêter… Seulement, elle n'en avait pas la volonté. Pas l'envie du tout.

Lorsqu'il effleura ses lèvres des siennes avec douceur, presque de la timidité, elle soupira contre sa bouche comme si elle avait attendu cet instant depuis la seconde où leurs yeux s'étaient croisés, aux urgences. C'était incroyable comme la plus légère des caresses avait le pouvoir de la faire littéralement fondre. Leurs jambes, leurs hanches, leurs torses se touchaient à peine, mais Harper crut que son cœur allait bondir hors de sa poitrine. Son baiser avait un goût de jus d'orange. Elle ferma les paupières et huma son odeur, une odeur de fumée sous laquelle perçait cette note indéfinissable qui l'avait intriguée toute la journée. Sauf qu'à présent elle la reconnaissait : *Acqua di Giò*. C'était elle qui lui avait offert son tout premier flacon.

— Bon sang ! Harper… C'est comme si tu n'étais jamais partie.

Il l'embrassa à nouveau. Un grondement primaire surgit du fond de sa gorge et se réverbéra dans le corps de Harper telle une onde brûlante. Leur baiser devint alors explosif. En une seconde, il avait pris des proportions incroyables. D'une main ferme, Yarran la pressa contre lui tandis que ses lèvres la dévoraient, avides, implacables. Noyée de désir et d'*Acqua di Giò*, Harper s'accrochait à lui et se pliait à ses caresses. Elle aurait voulu se fondre en lui, ne former plus qu'un avec lui. Yarran bougea légèrement, et elle se retrouva coincée entre la masse dure de son corps et le plan de travail. Sa peau était en feu, et ses seins durcis l'élançaient presque douloureusement. Il glissa alors entre ses jambes une cuisse musculeuse qu'il pressa contre sa féminité palpitante. Le souffle court, elle plongea les mains dans les cheveux de Yarran et crispa les doigts sur son crâne avec une force qui lui arracha un grognement sourd. Mais dans son état d'hébétude, Harper l'entendit à peine.

— Yarran, murmura-t-elle avec fièvre contre sa bouche.

La sonnerie de son téléphone transperça brusquement le voile trouble qui enveloppait Yarran, et il s'arracha à leur baiser comme s'il avait reçu un choc électrique. Son sang battait follement à son cou, à son cœur, et il peinait à retrouver son souffle. Il jeta un bref regard à Harper. Ces yeux noyés de désir, cette expression stupéfaite, ces lèvres humides et gonflées… Tout cela, c'était son œuvre.

— C'est ma mère, dit-il comme la sonnerie continuait. Je dois répondre.

Harper hocha la tête, manifestement incapable de prononcer des paroles cohérentes, et son désarroi lui inspira un élan de satisfaction purement masculine. Il retira la jambe d'entre les siennes, et elle se figea, le souffle coupé. Pendant une seconde, il fut tenté d'ignorer ce fichu téléphone et de la reprendre dans ses bras… De se frotter contre elle et de l'entendre murmurer à nouveau son prénom comme si elle n'en aurait jamais assez de lui. Comme s'ils n'avaient jamais été séparés. Au lieu de cela, il répondit à l'appel.

— Salut, maman.

Adossé au plan de travail, il suivait Harper des yeux tandis qu'elle s'éloignait, le dos tourné.

— Coucou, mon chou. Je voulais simplement savoir si tu étais rentré de l'hôpital. Auquel cas, on te ramène Jarrah ou tu préfères qu'on le garde pour la nuit ? Tu as peut-être besoin de te reposer.

À cet instant, Harper lui fit face, le regard vague. Sa main se crispa sur le téléphone.

— Non, c'est bon. Je viens de rentrer. Venez quand vous êtes prêts.

Il n'était pas fier de se protéger de la tentation derrière son fils, mais pour le moment il ne voyait pas d'autre planche de salut. Ce qui venait de se passer entre Harper et lui était une pure folie. Une folie nostalgique. Harper l'avait plaqué, bon sang ! Il ferait bien de ne jamais l'oublier. Peut-être qu'elle avait changé, mais Yarran ne pouvait pas risquer à nouveau son cœur. Il avait un fils, à présent, et Jarrah avait déjà perdu une figure féminine importante dans sa jeune vie. Alors, non, Yarran n'avait plus le loisir de se comporter comme s'il était jeune et stupide. Il ne pouvait pas placer ses espoirs sur une personne qui n'avait jamais réussi à se fixer nulle part. À l'époque, dans sa grande naïveté, il avait pensé que leur amour viendrait à bout des réticences de Harper, qu'il lui donnerait envie de rester. Mal lui en avait pris.

— Jarrah va bientôt arriver, déclara-t-il en raccrochant.

Harper s'éclaircit la voix avec un hochement de tête.

— Bien sûr. Je m'en vais tout de suite.

— Attends...

Il leva une main, et Harper se figea.

— Allons boire un verre quelque part samedi soir.

— Tu crois vraiment que c'est une bonne idée ?

— Écoute...

Avec un soupir, il plongea une main dans ses cheveux.

— Tu es de retour, et on sera forcément amenés à se croiser à nouveau. Entre nos boulots et Ali, c'est inévitable. Alors, autant crever l'abcès et discuter franchement de ce qui s'est passé il y a douze ans. Nos problèmes actuels viennent en grande partie du fait qu'on n'a jamais tiré tout ça au clair. Ça nous permettrait peut-être de dépasser les sentiments qu'on pourrait encore avoir l'un pour l'autre. Et même de redevenir amis. Comme avant.

Elle hocha la tête avec lenteur.

— Ça faciliterait les choses avec Ali si nous étions amis.

— Parfait ! Tu me donnes ton numéro ? Je t'enverrai les détails du rendez-vous.

Elle le lui communiqua puis, ses clés à la main, se dirigea vers la porte sans se retourner. Yarran la suivit du regard. Avec le temps, était-il plus facile de la voir partir ? Il n'en était pas sûr du tout.

3

— Tu es nerveuse ? demanda Ivy.

Harper hocha la tête.

— Un peu, oui.

C'était un euphémisme. À la perspective de revoir Ali, elle était sur des charbons ardents. Dieu merci, elles n'auraient pas à marcher longtemps, puisque Ali n'habitait pas loin de l'hôpital. En comparaison, ses retrouvailles avec Yarran avaient été difficiles, mais inattendues. Prise de court, elle n'avait pas eu le temps de stresser. Contrairement à ce soir-là. Comment serait-elle accueillie ? Ali lui en voulait-elle encore ? À une certaine époque, elles avaient été très proches. Du moins, aussi proches qu'il était possible de l'être avec Harper. Et puis, elle avait plaqué Yarran et avait tout fichu en l'air.

Ali lui en avait voulu d'avoir brisé le cœur de son frère, à tel point que, la veille du départ de Harper pour l'Angleterre, elles avaient eu une dispute terrible et qu'Ali lui avait dit ses quatre vérités. Malgré tout, Harper n'avait jamais douté d'avoir pris la bonne décision. Yarran et elle étaient restés ensemble trop longtemps. Tôt ou tard, il l'aurait quittée. Comme tout le monde. Mais allez expliquer cela à la sœur de votre ex… Au fond, Harper ne lui en voulait pas de faire bloc avec son frère, pas plus qu'elle ne lui tenait grief d'avoir proféré des horreurs à son encontre. Ali ressentait dans sa chair toutes les blessures de son frère jumeau. Elle avait dû souffrir de cette rupture autant que Yarran.

Mais douze ans plus tard, avait-elle pris du recul ? Après tout, beaucoup d'eau avait coulé sous les ponts. Yarran lui avait-il dit qu'ils s'étaient revus ? Si c'était le cas, Harper devrait marcher sur des œufs. Inutile d'être un génie pour deviner qu'Ali serait très protectrice avec Yarran et qu'elle verrait d'un très mauvais œil tout retour de flamme entre eux. Elle ne serait sûrement pas ravie d'apprendre qu'ils se reverraient le lendemain, même s'ils le faisaient pour des raisons tout à fait pragmatiques.

— Allons ! elle ne va pas te mordre !

— Oui, je sais bien. Mais elle a toutes les raisons de m'en vouloir.

— Hein ?

Ivy leva au ciel des yeux indignés.

— Ça remonte à *douze* ans, Harper. Yarran a tourné la page, crois-moi. Il s'est marié et a eu un enfant. Il va bien. Enfin, je veux dire… mis à part le fait qu'il a perdu sa femme. Mais bon, tu m'avais comprise. Et s'il s'en est remis, Ali aussi.

— Peut-être. Mais ils sont tellement en phase qu'elle a dû ressentir chacune de ses émotions.

— Et alors ? Quand bien même, il faut savoir pardonner, non ?

— Si tu le dis…

Harper adorait Ivy pour sa loyauté et pour son esprit pratique. Ivy était du genre à s'entendre bien avec tout le monde, et sa personnalité solaire l'avait toujours aidée à trouver sa place, où qu'elle aille. Tout le contraire de Harper, en quelque sorte. Ancienne enfant placée, elle avait été victime de dynamiques familiales dont la plupart des gens n'avaient même pas idée.

En tout cas, elle n'avait aucun mal à se mettre à la place d'Ali. Harper continuait d'éprouver des remords, donc pourquoi Ali aurait-elle cessé de lui en vouloir ?

— Il lui faudra sans doute du temps pour s'habituer à mon retour, Ivy. Tu aimerais qu'on redevienne toutes amies, mais pour le moment inutile de lui mettre la pression, OK ?

Ivy pinça les lèvres d'un air boudeur.

— Bon, comme tu voudras. C'est là…

Elles s'arrêtèrent devant un élégant immeuble à la façade garnie de balcons.

— Allez, viens, dit Ivy en se dirigeant vers l'entrée du bâtiment. Après, tout sera plus facile, tu verras.

Harper avala sa salive. Pourvu qu'il en soit ainsi…

La porte s'ouvrit à la volée et, tout sourire, Phoebe apparut dans l'encadrement. Bon sang ! elle n'avait pas changé : elle avait toujours les mêmes cheveux raides, d'un blond sombre, la même silhouette menue aux jolies formes.

— Harper !

— Phoebe !

Elles tombèrent dans les bras l'une de l'autre, et Harper ferma les yeux pour refouler ses larmes. Bien des années plus tôt, elle avait fait le choix d'espacer ses relations avec ses amies. Elles étaient toutes accaparées par un métier qui leur prenait un temps fou, et leurs contacts avaient fini par se limiter à quelques messages à l'occasion des fêtes de fin d'année ou des anniversaires. Et puis, comme toujours, Harper avait le sentiment qu'en leur imposant des limites elle gardait le contrôle sur sa vie.

— Tu m'as manqué, murmura Phoebe d'une voix étranglée par l'émotion. Ça me fait tellement plaisir que tu sois revenue.

Leur étreinte s'éternisait, et Harper eut un petit rire gêné. Les manifestations d'affection l'avaient toujours mise mal à l'aise. Sur le point de dire qu'elle étouffait, Harper croisa deux yeux sombres, si semblables à ceux de Yarran que c'en était étrange. Mais ces yeux étaient froids comme de l'acier. Le rire de Harper mourut sur ses lèvres.

Alinta.

Elles ne s'étaient pas vues depuis une éternité, mais Harper avait le sentiment de l'avoir quittée la veille. Sans Ali, sa vie n'aurait jamais été la même. C'était Ali qui avait insisté pour qu'elle rejoigne leur petit cercle d'amies… Ali, qui lui avait ouvert les portes de sa famille, qui lui avait fait connaître Yarran… Et qui avait été ravie de leur relation. Elle l'avait même encouragée avec enthousiasme. Elles étaient devenues comme des sœurs, toutes les deux.

« Sœurs », le mot magique. L'un des grands regrets de Harper était de ne jamais avoir connu l'affection inconditionnelle d'un frère ou d'une sœur. Cela l'aurait changée de ces gosses qui avaient à peine toléré sa présence au sein des familles qui l'avaient accueillie. Mais justement, elle avait fini par se convaincre qu'elle fréquentait Yarran moins par amour que pour combler un manque affectif. Et ce n'était pas juste. Yarran méritait mieux qu'une gamine au lourd passé, incapable d'entretenir une relation saine avec un homme. C'était l'une des raisons qui l'avaient poussée à partir.

— Salut, Ali, murmura-t-elle en se dégageant des bras de Phoebe.

Ali hocha la tête avec raideur.

— Salut.

Comme sa mère, ancienne championne d'athlétisme, Alinta était grande et mince, et ses boucles brunes effleuraient ses épaules. Son débardeur ajusté, d'une blancheur éclatante sur sa peau mate, mettait en valeur ses bras fermes.

— Je suis contente de te revoir, ajouta Harper avec timidité.

Elle ne s'attendait pas qu'Ali lui réponde par une formule de politesse toute faite. Ce n'était pas son genre et, de toute façon, Harper ne cherchait pas à recevoir des compliments. Non, ce n'était que la vérité. Elle était vraiment contente de revoir sa vieille amie. Pourtant, elle fut surprise lorsque celle-ci lui répondit :

— Oui... À moi aussi, ça me fait plaisir.

Elles se dévisagèrent un instant en silence. Le regard d'Ali était rempli d'un océan de défiance dans lequel Harper reconnut de la sincérité. Pour l'instant, elle devrait s'en contenter. Ce n'était déjà pas si mal.

— Parfait ! déclara Ivy en prenant le bras de chacune. Passons aux choses sérieuses. Je ne sais pas vous, mais moi, je vendrais mon âme pour un verre de vin.

Une heure plus tard, Harper se sentait déjà beaucoup plus détendue. Un restaurant du quartier leur avait livré de délicieuses spécialités grecques qu'elles avaient partagées sur le balcon, puis elles s'étaient assises dans le salon autour d'une table basse pour discuter en grignotant du pop-corn, comme au bon vieux temps, lorsqu'elles potassaient leurs examens. Aucune n'était d'astreinte ce soir-là, et elles s'étaient autorisé deux bouteilles de vin rouge.

Et elles avaient bien ri. Bon sang ! ce qu'elles avaient ri en racontant mille et une anecdotes que Harper ne connaissait pas. Elle en avait mal au ventre. Puis ce fut son tour de les amuser avec ses petites histoires à elle. Certes, Ali demeurait encore sur la réserve, mais elle ne plombait pas l'ambiance par son attitude. Harper aurait même été prête à parier que Phoebe et Ivy ne s'en apercevaient même pas. Simplement, comme beaucoup d'anciens enfants placés, Harper était particulièrement sensible à toute forme de tension. Mais ce n'était pas grave. Ainsi qu'elle l'avait dit à Ivy un peu plus tôt, il leur faudrait un peu de temps pour se réhabituer les unes aux autres.

Toutefois, à présent qu'elle était assise avec ces trois femmes qui avaient tellement compté pour elle, Harper se rendit compte qu'elle voulait vraiment voir leur bande renaître de ses cendres. Cette complicité féminine lui avait manqué durant son séjour à Londres. Revenir au bercail, cela ne signifiait pas seulement avoir un toit sur la tête et un salaire à la fin du mois. Cela impliquait surtout de tisser des liens, de nouer des amitiés. Et ces trois femmes-là étaient les meilleures amies qu'elle ait jamais eues.

— Tu as du nouveau au sujet d'Emma Wilson, Phoebe ? demanda soudain Ali.

Parce qu'elle dirigeait le service de chirurgie néonatale, Phoebe faisait partie de l'équipe pluridisciplinaire qui suivait Emma.

— Son état général est stable, mais les œdèmes persistent du fait de la réa liquidienne, ce qui accroît la pression sur le cœur et les poumons. Les soins intensifs font de leur mieux pour prendre en charge ces différents éléments tout en jonglant avec les besoins de sédation pour la ventilation. Et tout cela sans causer de dommage aux bébés.

Ali hocha la tête.

— Ils vont bien ?

— Étonnamment, oui. Ils sont sous étroite surveillance, mais tout semble normal. Cela dit, Emma reste dans un état critique. N'importe quoi peut arriver à tout moment et nous obliger à provoquer l'accouchement. Le problème, c'est qu'ils sont encore bien trop petits.

— Et le mari ? Comment prend-il tout cela ? demanda Ivy.

— Il essaye de faire bonne figure, mais c'est difficile, comme tu peux t'en douter. Pour lui, la seule chose qui compte, c'est la survie d'Emma. Il nous a fait savoir que *sa* vie passe avant tout. À tel point qu'il est détaché par rapport aux bébés, je crois. Et il a mauvaise conscience parce qu'il sait qu'Emma souhaiterait l'inverse : qu'il faudrait surtout sauver les jumeaux. Bref, il est placé devant un choix impossible. Il consulte le psychologue des soins intensifs.

— Pauvre homme…

Phoebe hocha la tête.

— Ça ne doit pas être facile pour toi non plus, Phoebe, remarqua Harper. C'est toi qui t'occupes des bébés. Tu as eu des problèmes ?

— Pas à proprement parler. Il s'agit surtout d'arbitrer entre plusieurs priorités divergentes. Comme par exemple avec Lucas Matthews qui m'appelle vingt fois par jour pour me rappeler de commencer les greffes le plus tôt possible.

Les yeux plissés, Harper s'efforçait de mettre un visage sur ce nom.

— Lucas Matthews... C'est le chef de Chirurgie reconstructive, c'est ça ?

— Tout à fait, dit Ivy avec une moue dédaigneuse. C'est la spécialité idéale pour ce bellâtre.

Trois paires d'yeux se braquèrent sur elle.

— Eh bien, quoi ?

Phoebe jeta un coup d'œil à Ali, puis à Harper avant de revenir à Ivy.

— Tu as un problème avec Lucas ?

— Tu veux dire, à part le fait qu'il est arrogant et présomptueux, et qu'il passe son temps à se pavaner en costume Gucci ?

Alors que Phoebe promenait à nouveau les yeux autour de la table, Ali regarda Ivy en haussant un sourcil et pinça la bouche pour dissimuler son amusement. Phoebe en fit de même, et Harper sentit un sourire lui chatouiller les lèvres. Ivy en faisait peut-être un peu trop...

— Oui, bon... C'est vrai qu'il est plutôt mignon, murmura Ali.

— Pff ! C'est ce qu'il pense, lui.

Harper se prit le menton dans une main.

— Oui, tu as raison. Un mâle alpha qui ne porte que du sur-mesure et qui roule sûrement en voiture de sport, cela n'a rien de sexy.

Phoebe et Ali éclatèrent de rire, et cette dernière gratifia Harper d'un clin d'œil qui la prit de court. Il y avait dans ce petit geste une complicité qui lui gonfla le cœur d'une chaleur délicieuse. Pas de doute, Harper était à nouveau chez elle, avec les siens, et même si ses retrouvailles avec Yarran avaient été compliquées, elle se consolait parce qu'elle avait renoué avec ses amies. Y compris Ali.

— Tu n'en pincerais pas un peu pour lui, Ivy ? demanda Phoebe en souriant.

— Quoi, moi ? Non, merci. Les don Juan égocentriques, j'en ai soupé.

— Quand même, dit Ali. Ne le prends pas mal, mais tu protestes un peu trop. Et puis, tu sais bien quelle est la meilleure manière d'oublier un mec…

Phoebe remua les sourcils d'un air suggestif, le regard pétillant.

— C'est de céder à la tentation avant de le remplacer par un autre !

Mais Ivy plissa le nez d'un air dégoûté.

— Beurk ! Plutôt m'opérer moi-même de l'appendicite, et sans anesthésie !

De nouveaux rires éclatèrent, et les joues d'Ivy rosirent.

— Je conçois qu'il t'énerve, insista Phoebe avec douceur. Mais admets qu'il est plutôt bel homme.

— S'il te plaît autant, vas-y, ne te prive pas.

Phoebe prit un grain de pop-corn qu'elle glissa entre ses lèvres d'un air songeur.

— Pourquoi pas ? Je vais y penser.

Ivy afficha une mine pincée, et Phoebe sourit de plus belle.

— Ouh ! Ivy est amoureuse !

— Oh ! ça va… Tais-toi, veux-tu ?

Elle jeta un grain de pop-corn sur le front de Phoebe, puis leva des yeux résignés tandis que des rires éclataient autour de la table.

— Et toi, Harper ? demanda Phoebe. Tu n'as toujours pas trouvé le grand amour ?

Harper se crispa et jeta un coup d'œil à Ali, mais cette dernière haussa les épaules.

— Pas de problème. C'est normal que tu aies tourné la page, toi aussi.

Sous-entendu « comme Yarran ». Car il avait tourné la page, même s'il avait souffert de leur rupture. Que le message ait été délibéré ou non, peu importait : Harper l'avait reçu 10 sur 10.

— Alors ? insista Ivy. Tu as rencontré un bel Anglais qui t'attend là-bas ?

Harper secoua la tête.

— Non. En fait, je me suis surtout concentrée sur ma carrière.

Phoebe ouvrit de grands yeux.

— Pendant *douze* ans ? Ne me dis pas que tu n'as fréquenté personne pendant tout ce temps !

Son expression horrifiée arracha un petit rire à Harper.

— Non, j'ai eu quelques aventures par-ci, par-là, mais rien de sérieux.

— Dieu merci, dit Ivy, une main sur la poitrine. Tu ne peux pas garder tout ça en toi. Je ne crois pas aux chakras bloqués, mais bon sang ! tout le monde a besoin de se soulager un peu.

Harper aurait voulu changer de sujet. Elle n'avait jamais été à l'aise avec les ragots sur la vie sexuelle des gens, et la présence d'Ali n'arrangeait rien.

— J'espère que tu mets tes propres conseils en pratique, Ivy. À ce qu'il paraît, il y aurait un mec en tenue Gucci qui saurait te débloquer deux ou trois chakras.

Ivy se renfrogna aussitôt.

— Humph ! Celui-là, il est hors de question qu'il s'approche de mes chakras.

Sa mine boudeuse était tellement adorable que les trois autres pouffèrent. En guise de représailles, Ivy prit une poignée de pop-corn et en jeta un grain à chacune. L'hilarité monta d'un cran, et Harper profita de cette ambiance de légèreté pour prendre une décision. Au départ, elle n'avait pas eu l'intention de parler de ses retrouvailles avec Yarran, mais si elle voulait renouer avec Ali, elle devait jouer cartes sur table. D'autant plus que Yarran n'avait jamais eu aucun secret pour sa sœur. Si jamais il lui avait parlé de cette rencontre – ce qui était fort probable –, Harper pouvait difficilement la passer sous silence.

Lorsque les rires s'apaisèrent, elle tendit une main vers le saladier, les yeux baissés.

— J'ai rencontré Yarran.

Un grand silence se fit. Phoebe et Ivy échangèrent un regard.

— Quand ça ? demanda Ali.

— Lundi, à l'hôpital. Avec Emma.

Ali hocha lentement la tête.

— Ah ? Il ne m'en a pas parlé.

Elle avait repris un air distant, et Harper en eut le cœur serré. Mais ce qui était fait était fait. Autant tout raconter, à présent. Enfin, presque tout : inutile d'évoquer ce baiser, n'est-ce pas ?

— On s'est revus par la suite.

Ivy ouvrit de grands yeux.

— Ah bon ? Tu ne me l'avais pas dit, ça.

Ali se tourna brusquement vers Ivy.

— Tu étais au courant ?

Ivy ouvrit la bouche pour répondre, mais Harper la devança.

— On s'est trouvés à quitter l'hôpital en même temps, lui et moi. Comme il n'avait pas sa voiture, je l'ai déposé chez lui.

Ali cligna lentement les paupières.

— Je vois.

Pendant un long moment, personne ne dit rien. Harper devinait qu'Ivy et Phoebe mouraient d'envie d'en savoir plus, mais elle savait aussi qu'elles s'abstiendraient de poser des questions. Pour le moment, du moins.

— Il va bien, maintenant, Harper, lui dit Ali.

Elle hocha la tête. Des picotements brûlants lui parcouraient la nuque.

— Oui, je sais. Et puis, rien…

« Rien n'est arrivé », faillit-elle dire avant de se raviser. Inutile d'aggraver la situation avec un mensonge.

— Il n'y a rien entre nous.

Voilà ! Là, elle ne mentait pas. Aussi gênante soit-elle, cette tension sexuelle ne pouvait pas s'assimiler à des sentiments.

— Pendant longtemps, ça n'a pas été le cas, ajouta Ali comme si Harper n'avait pas parlé. Heureusement, il y a eu Marnie et…

Un soupir tremblant lui échappa.

— Bref, il en a vu de toutes les couleurs, mais il commence à refaire surface.

Il aurait fallu que Harper soit sourde pour ne pas saisir le message. Mais ce n'était pas grave, puisqu'elle n'avait pas l'intention de se remettre avec Yarran.

— Oui, je sais.

Ali la considéra un long moment avant de hocher la tête.

— Très bien.

Un silence tomba, et Phoebe et Ivy échangèrent un coup d'œil.

— Bon, dit cette dernière en souriant. Qui veut du café ?

Harper s'arracha au regard d'Ali.

— Moi, s'il te plaît. Je vais t'aider.

Les jambes vacillantes, elle suivit Ivy dans la cuisine. Malgré ce moment un peu lourd, Harper ne regrettait pas d'avoir évoqué le sujet. Elle désirait commencer cette nouvelle page de sa vie avec franchise et honnêteté. Ce serait une première, d'ailleurs. Elle n'avait jamais été totalement franche et honnête avec ses amies. Bien sûr, elles savaient qu'elle avait eu une enfance compliquée et qu'elle avait été placée dans différentes familles, mais elle n'était jamais entrée dans les détails. Comment auraient-elles pu comprendre les dégâts engendrés par l'angoisse de la précarité, elles qui avaient grandi dans des familles stables et aimantes, bref, *normales* ?

Mais désormais, Harper avait envie de se confier sur ses jeunes années. À partir de ce moment-là, son maître mot, ce serait « sincérité ». Enfin, sauf en ce qui concernait ce baiser avec Yarran. Mais d'une certaine manière, il n'y avait rien à en dire, puisqu'il s'agissait d'un dérapage bizarre causé par une alchimie sensuelle et nostalgique encore bien présente. En tout cas, il n'y aurait pas de seconde fois.

Installé à la terrasse du Bar de l'Opéra, Yarran consulta sa montre pour la troisième fois. Harper avait quinze minutes de retard. Voilà bien une chose qu'il n'avait pas regrettée pendant toutes ces années. C'était toujours comme cela avec les médecins : ils n'étaient jamais à l'heure. Mais il comprenait. Il était pompier, après tout. Il ne lui serait jamais venu à l'idée de laisser tomber la lance à eau ou de s'arrêter au beau milieu d'un massage cardiaque parce qu'il avait terminé sa journée.

Le problème était ailleurs. Ce retard lui donnait le temps de penser à certaines choses. À ce baiser, par exemple. Ou encore, à cette attirance qui vibrait entre eux, plus électrique que jamais. C'était fou, tout de même. Douze années s'étaient écoulées, mais dès qu'il l'avait revue, son cœur s'était affolé comme s'ils n'avaient jamais été séparés. C'était le choc des retrouvailles, sans doute.

Mais depuis, il avait eu le temps de s'habituer à l'idée qu'elle était de retour. Avec un peu de chance, leur discussion de ce soir-là leur permettrait de mettre les choses à plat et de redevenir amis. D'ailleurs, ils n'auraient jamais dû être autre chose que cela : des amis. Ça aurait été mieux pour tout le monde.

— Oh là là, Yarran... Je suis désolée !

Il s'arracha à la contemplation du port et vit Harper qui se hâtait vers lui à grands pas. Le vent agitait ses cheveux roux et faisait ondoyer sa robe tout en la plaquant sur ses cuisses fermes. Une étole de soie verte avait glissé le long de ses bras. Alors qu'il esquissait le geste de se lever, elle lui fit signe de rester assis et prit place en face de lui.

— Ouf ! La circulation est encore pire qu'avant. Mon Uber m'a amenée aussi près que possible, mais j'ai dû terminer à pied.

— Oui, beaucoup de choses ont changé en douze ans.

Peut-être qu'à force de le répéter à haute voix, il finirait par s'en souvenir. Lorsqu'il la voyait ainsi, pimpante et ravissante, si près qu'il aurait pu la toucher, il avait l'impression de faire un bond dans le passé. En tout cas, leur histoire avait un goût d'inachevé.

— Ça, par contre, cela n'a pas changé, dit-elle en promenant le regard autour d'elle. La vue est toujours aussi spectaculaire.

« Spectaculaire » était bien le mot. La terrasse donnait directement sur la jetée et, de leur siège, ils entendaient le clapotis de l'eau. Il faisait encore chaud pour un soir de mai, et les tables étaient garnies de clients qui profitaient des derniers beaux jours avant l'hiver austral. Les réverbères s'étaient allumés, tout comme les néons des immeubles environnants. Non loin, les grandes voiles de l'Opéra de Sydney étaient baignées d'une clarté chaude qui les rendait luminescentes. Tout étincelait, y compris le gloss sur les lèvres de Harper.

— C'est vrai, dit-il.

Un serveur approcha pour prendre la commande de Harper. Elle jeta un bref regard au verre de bière que Yarran avait à peine entamé.

— Du prosecco, s'il vous plaît.

— Tu veux manger quelque chose ? lui demanda Yarran.

— Non, merci. Pas pour l'instant.

Elle croisa les bras sur la table et regarda à nouveau autour d'elle, en se concentrant cette fois-ci sur les autres clients.

— Bon sang ! il y en a, du monde.

Yarran acquiesça d'un hochement de tête machinal. C'était elle qu'il regardait surtout. Il n'arrivait pas à détacher les yeux d'elle, de ses cheveux qui effleurait ses épaules, de la courbe de ses seins suggérée par le tissu de sa robe bleu-vert. Et il ne trouvait rien à lui dire parce que son esprit était accaparé par le souvenir de leur baiser. Il n'arrêtait pas d'y penser. Ce rendez-vous était censé les aider à mettre les choses à plat, et pourtant Yarran ne pouvait ôter de sa tête la saveur de ses lèvres, son odeur, la façon dont elle s'était coulée entre ses bras, dont elle avait gémi. Depuis la mort de Marnie, il ne s'était jamais intéressé à une autre femme, mais face à son premier amour, boum ! son cerveau disjonctait.

— Qui s'occupe de Jarrah ce soir ? demanda-t-elle soudain.

La question lui fit l'effet d'une claque, et il la remercia mentalement pour la diversion.

— Il est chez ses grands-parents.

— Et tu as… Tu as dit à ta mère où tu allais et avec qui ?

— Non.

— Et elle n'a pas cherché à le savoir ?

Yarran fut secoué d'un petit rire.

— Tu plaisantes ? Maman était tellement contente que je sorte un peu qu'elle n'a pas osé me demander de détails. Elle craignait trop de me faire changer d'avis.

— Où est passée ton âme de fêtard ?

— Aux oubliettes, dit-il en riant.

Il l'avait été, pourtant, à une certaine époque. Avant qu'elle le quitte. Mais inutile de lui dire cela. Il ne voulait pas gâcher cet instant.

— Avoir un petit garçon de quatre ans est difficilement compatible avec une vie de patachon, je suppose…

— On peut dire ça comme ça.

— Parle-moi de lui… De Jarrah. Si ça ne t'embête pas, bien sûr.

Yarran la considéra un instant sans mot dire. Elle était curieuse, mais c'était bien naturel. Le fait d'avoir des enfants attirait ce genre de questions. C'était le b.a.-ba d'une conversation polie.

— Non, ça ne me dérange pas.

— Tu as des photos ?

— À ton avis ?

Il leva les yeux au ciel en sortant son portable.

Pendant la demi-heure qui suivit, Yarran parla quasiment non-stop de son fils. S'il y avait un sujet sur lequel il était intarissable, c'était bien celui-là. Il raconta qu'il avait été un bébé à coliques, qu'il avait appris à marcher rapidement et qu'il se serait volontiers contenté d'un régime alimentaire à base de bananes et de pain de mie. Et aussi qu'un beau jour il lui avait fallu une veilleuse parce qu'il avait peur du noir. Il adorait se salir dans le jardin, aimait les fleurs et appelait sa tante Alinta « tata Lili ». Et il avait hâte de fêter son quatrième anniversaire, dans quelques semaines.

Quatre ans, Seigneur... Comme le temps file !

En revanche, Yarran ne parla pas de Marnie, encore moins pour dire que Jarrah n'avait aucun souvenir de sa mère. Ou pour dire qu'après l'accident il ne s'était effectivement nourri que de bananes et de pain de mie parce que Yarran se contentait de survivre au jour le jour et qu'il n'aurait pas eu la force de supporter des caprices. Yarran n'aurait su dire exactement pourquoi il évitait le sujet. Peut-être était-il trop pénible. Ou alors, il lui semblait bizarre de parler de la mère de son fils à son premier amour. Quoi qu'il en soit, Harper avait dû deviner sa réticence, car elle ne posa aucune question.

Elle secoua la tête lorsqu'il lui montra une photo de Jarrah occupé à ratisser une plate-bande avec son grand-père.

— C'est fou comme il ressemble à ton père !

Yarran acquiesça en riant. C'était assez inattendu, parce qu'Ali et lui tenaient davantage du côté maternel.

— Comment vont-ils, au fait ? demanda-t-elle en lui rendant son téléphone. Tes parents, tes frère et sœurs ?

Il surprit dans sa voix une note d'envie, comme avant. Harper avait adoré être mêlée au joyeux bazar de sa grande famille, mais cette joie avait été à double tranchant, puisqu'elle lui avait rappelé qu'elle n'avait pas d'attaches familiales.

— Ils vont très bien, dit-il en souriant. Maman est agent de liaison aborigène pour les athlètes olympiques. Quant à papa, il repousse autant que possible son départ à la retraite. En plus de son travail d'ambulancier, il dispense des cours de soins intensifs pour secouristes deux jours par semaine à la fac. C'est sa façon de prendre du recul par rapport au service actif. Quant à Kirra, Lucca et Marli, ils ont tous des enfants. Marli est même enceinte de son troisième. À eux trois, ils ont dix enfants. Je suis leur oncle préféré, naturellement.

— Tu as toujours eu du succès auprès des enfants.

C'était vrai. Son camion de pompier y était sans doute pour quelque chose mais, surtout, il ne refusait jamais de pousser une balançoire ou de prêter son dos pour jouer au cheval. Il allait lui demander si elle avait des enfants, mais se ravisa. Lorsqu'ils sortaient ensemble, elle n'avait jamais voulu en avoir, et le peu qu'il connaissait de son histoire personnelle l'avait incité à ne pas insister sur le sujet. Ce soir-là, il n'en parlerait pas non plus. Après tout, elle avait quarante ans. Si elle avait voulu se mettre en couple, fonder une famille, elle l'aurait déjà fait.

Leur conversation s'interrompit lorsqu'un serveur lui apporta une deuxième bière et des frites au romarin. Harper tourna la tête pour admirer le panorama, et Yarran en profita pour regarder ses cheveux agités par une brise légère. Il avait toujours adoré ces frisottis sur ses tempes.

— Parle-moi de ton séjour en Angleterre, dit-il en poussant l'assiette de frites vers le milieu de la table.

Un grand sourire jaillit sur les lèvres de Harper.

— Comment ça ? En entier ?

Le souffle de Yarran se figea. Lorsqu'elle souriait avec cette candeur, cette spontanéité, son visage tout entier s'illuminait. Il adorait cette Harper-là. Il lui avait fallu du temps pour venir à bout de ses défenses et pour gagner sa confiance, mais ses efforts avaient été largement récompensés, même s'il avait souvent été contraint de les reprendre à zéro. Parfois, avec Harper, il avait l'impression de devoir sans cesse réinventer la roue. Malgré cela, elle en valait la peine. Il l'avait tant aimée.

— OK, dit-il. Raconte-moi les grandes lignes, alors.

Au bout d'une heure, Harper avait fait le tour du sujet. Ils avaient beaucoup ri, bu deux verres chacun, et elle était tout à fait détendue. Yarran profita de cet instant pour lui poser la question qui lui brûlait les lèvres :

— Pourquoi es-tu revenue, Harper ?

Son sourire s'évanouit lentement, et elle le regarda un long moment sans rien dire. Yarran sentit son cœur taper à grands coups sourds dans sa poitrine. Pensive, Harper coinça une mèche derrière son oreille, révélant une créole dorée qui avait joué à cache-cache sous ses cheveux depuis le début de la soirée. Elle tapota le bijou distraitement et entrouvrit les lèvres pour parler, mais aucun son n'en sortit. Pendant un instant complètement fou, il pensa qu'elle allait dire : « À cause de toi. Je suis revenue *à cause de toi.* » Mais alors, elle referma la bouche, et son regard se perdit par-dessus l'épaule de Yarran. Il se morigéna d'avoir pris ses désirs pour des réalités. Comme s'il pouvait se permettre de retomber amoureux d'elle ! Il n'était pas bête à ce point.

Mais alors, elle le regarda à nouveau, et il sut qu'il était trop tard. Peu importait ce qu'elle avait été sur le point de lui dire, le moment était passé.

— J'ai été... repérée par un cabinet de recrutement. Et...

Elle haussa les épaules.

— Leur offre était géniale... Exactement ce que je recherchais. Pour moi, c'était la suite logique de ma carrière. La meilleure des suites.

Yarran hocha lentement la tête. Harper avait toujours fait preuve d'un choix très sûr dans ses décisions professionnelles. Elle avait grandi sans rien, mais avait réussi ses études de médecine et veillé à ne pas gaspiller son potentiel et les opportunités qui s'offraient à elle.

— C'est un poste prestigieux. Ali m'a dit que plusieurs candidats de haut vol avaient postulé.

— C'est vrai. J'ai eu beaucoup de chance.

— Non. Tu as été choisie parce que tu étais la meilleure.

Elle haussa les épaules en riant.

— Oui, aussi. Et toi ? Ivy m'a dit que tu es devenu capitaine. C'est ce que tu voulais, n'est-ce pas ?

— Mmm...

Yarran posa un coude sur la table et son menton sur sa paume.

— Plus maintenant. Ou du moins, pas pour le moment. C'est beaucoup de travail, et avec Jarrah... Mes parents m'aident beaucoup, mais ils ont leur vie eux aussi et... Enfin, je ne sais pas. Mes priorités ont changé après...

Sa phrase demeura en suspens, mais Harper opina d'un air compréhensif.

— Par ailleurs, qui voudrait rester enchaîné à un bureau au lieu d'affronter les flammes ?

Harper secoua la tête avec un petit rire.

— Aussi longtemps que je vivrai, je ne comprendrai jamais ce qui t'attire dans une chose aussi dangereuse.

— Que veux-tu ? Nous autres, pompiers, sommes une race à part.

Un serveur leur demanda alors s'ils souhaitaient autre chose.

— Non, merci, répondit-elle avant de s'adresser à Yarran : Il faut que j'y aille. J'ai dit à Ivy que je m'absentais deux heures.

— Oui, bien sûr. Je te dépose quelque part ?

Son offre parut la prendre de court, puis elle la déclina d'un signe de tête.

— Ça ira, merci. Tu habites à l'opposé de chez Ivy. Je vais commander un Uber.

Joignant le geste à la parole, elle sortit son téléphone de son sac. Le regard de Yarran erra sur son visage, et il admira les reflets mordorés des bougies dans ses cheveux.

— J'ai ma voiture, Harper. Et ça nous donnerait le temps de discuter un peu plus. S'il te plaît, permets-moi de te rendre la politesse.

Elle regarda son portable en se mordillant la lèvre inférieure d'un air indécis. Essayait-elle d'esquiver la conversation qu'ils auraient dû avoir ce soir-là ? Ou songeait-elle à ce qui s'était passé la dernière fois qu'ils avaient pris la voiture ensemble ?

— Je ne monterai pas chez Ivy, ajouta-t-il en souriant.

— Bon, OK.

Elle rangea son téléphone et ajusta son étole sur ses épaules.

— Merci.

4

Ils ne se parlèrent pas beaucoup sur le trajet jusqu'au parking. Le spectacle de la rue animée et bruyante leur fournissait une distraction qui leur tenait lieu de conversation. En revanche, dans la voiture, le silence ne tarda pas à devenir pesant. Tournée vers la vitre du côté du passager, Harper semblait éviter de le regarder ou de lui parler. Yarran cherchait dans sa tête les mots pour engager la discussion, mais Harper le devança.

— Je ne suis pas revenue seulement pour le travail, dit-elle sans lui faire face. Tout un tas de choses me manquaient. Me réveiller au son des kookaburras, par exemple... Fêter Noël sur la plage, voir la Croix du Sud... Voir des étoiles, tout court. Il n'y en a pas beaucoup à Londres.

— C'est vrai.

Yarran avait été à Londres deux fois dans sa vie : pour un voyage scolaire et pour son premier anniversaire de mariage. Cela lui avait fait bizarre de savoir que Harper se trouvait dans la même ville.

— J'avais envie de revoir mes amis, poursuivit-elle. Envie de...

« De te revoir, toi. »

Arrêté à un feu rouge, Yarran crispa les doigts autour du volant. Sa gorge se serra. Allait-elle lui dire ces mots ? Avait-il envie de les entendre ?

— Envie de rentrer, voilà. Pourtant, avec l'enfance que j'ai eue, je ne me croyais pas capable d'éprouver de la nostalgie. Au contraire, partir à Londres, ça avait été facile. Libérateur, même. Malgré tout, j'ai fini par comprendre que j'étais attachée à certaines choses.

Adossée à l'appuie-tête, elle pivota vers lui.

— Tu vois de quoi je parle ?

— Mmm...

Oui, il le voyait très bien. Le sang de ses ancêtres aborigènes, les histoires de sa mère et le sentiment d'appartenir à une communauté, tout cela avait contribué à l'enraciner dans son pays et son histoire. Mais pour une personne qui avait grandi sans attaches, dans l'instabilité ? Oui, partir devait être facile dans ce cas-là.

— Quand même, douze ans loin de chez soi, c'est long, marmonna-t-il.

Elle eut un petit sourire.

— Pas faux.

Puis elle se tourna à nouveau vers la vitre. Le feu passa au vert, et Yarran redémarra. Au fond, peut-être valait-il mieux laisser le passé au passé. Ce soir-là, ils s'étaient prouvé qu'ils pouvaient se côtoyer et rester polis l'un envers l'autre. Ce n'était pas si mal, non ?

— Je te demande pardon… Pour la façon dont tout s'est terminé entre nous.

Yarran serra les mains sur le volant.

— Ce n'est pas grave. Pas de souci.

— Si, justement.

Elle se tourna à moitié vers lui.

— On devait se voir pour cela, non ? Alors, parlons-en.

Yarran lui jeta un bref regard avant de reporter son attention sur la route. Les sourcils froncés, elle pinçait les lèvres en une petite moue qu'il ne connaissait que trop bien. En parler… En début de soirée, il en avait eu l'intention, mais maintenant, bizarrement, il aurait préféré esquiver le sujet. À quoi bon revenir sur de vieilles histoires ? En admettant qu'il lui avait manqué et qu'elle était revenue pour lui, qu'est-ce que cela changerait ? Il n'y avait plus rien entre eux. Rien, si ce n'était des souvenirs et des regrets. Des occasions manquées.

— Comprends-moi, poursuivit-elle. Ma vie allait si bien… Trop bien… C'était suspect. Avant de te connaître, rien n'avait jamais marché pour moi. Toujours, un problème me tombait dessus, et je perdais tout. Alors, j'ai appris à me méfier du bonheur et à anticiper les ennuis.

Yarran avait toujours soupçonné ce genre d'angoisses en elle. Simplement, il regrettait qu'elle n'ait jamais pu lui en parler lorsqu'ils étaient ensemble. Il aurait dû essayer de la questionner davantage.

— Tu pensais que je cesserais de t'aimer ?

— Comme tout le monde dans ma vie, tu veux dire ?

Elle se tourna à nouveau vers la vitre, mais il eut le temps d'apercevoir des larmes dans ses yeux.

— Exactement, ajouta-t-elle.

— Eh bien, tu t'es trompée. Je ne suis pas tout le monde.

— Écoute, la vie m'a appris à ne jamais rien considérer pour acquis. S'agissant de toi, j'avais franchi plusieurs lignes jaunes. Je t'aimais et je rêvais d'avoir une vie normale. Sauf qu'avec moi la normalité ne durait jamais longtemps. Autour de nous, tout le monde parlait de mariage, d'enfants... Alors, j'ai commencé à me sentir... comment dire... prise au piège. Ça me rendait nerveuse, j'avais l'impression d'avoir des fourmis sous la peau. La seule chose à laquelle je pouvais me raccrocher, c'était le boulot. Mais j'ignorais que tu me demanderais en mariage ce soir-là, Yarran. Je te le jure.

— Je sais.

— Quand tu l'as fait, j'ai eu l'impression de vivre un accident au ralenti et que jamais je ne m'en remettrais. Alors, j'ai paniqué.

— Oui...

Elle pivota à nouveau vers lui pour lui faire face.

— Je n'ai jamais voulu te faire de la peine, Yarran. Je suis vraiment navrée. Vraiment.

Yarran hocha la tête. Ce fameux soir, elle ne lui avait pas demandé pardon. Pas plus quand elle lui avait rendu visite avant son départ afin de « régler la situation ». Au contraire, elle l'avait attaqué bille en tête. Elle avait dit qu'elle n'avait qu'une vie et qu'elle était bien libre de décider de ce qu'elle voulait en faire. Clairement, elle n'avait pas su comment s'excuser, sans doute parce que personne dans sa vie ne lui avait jamais demandé pardon pour quoi que ce soit. Mais douze ans plus tard, elle avait besoin de faire amende honorable. Comme quoi, elle avait parcouru du chemin pendant ses années à l'étranger.

— Merci.

Yarran lui lança un sourire avant de s'engager dans la rue où résidait Ivy. Il ne s'était pas attendu que ses mots d'excuse lui fassent autant de bien. Était-ce la même chose pour elle ? Souvent, il s'était demandé si elle n'aurait pas eu intérêt à consulter un professionnel, notamment au sujet de son enfance. Mais lorsqu'ils sortaient ensemble, elle s'était fermée comme une huître chaque fois qu'il abordait le problème, et il n'avait jamais eu le courage d'insister. Soit par lâcheté, soit par égoïsme, il n'avait pas voulu mettre leur relation en péril.

— Penses-tu qu'on pourrait redevenir amis ? Je suis contente d'avoir retrouvé Ivy, et Phoebe, et Ali, mais ta sœur est encore sur la réserve avec moi. Elle m'en veut toujours de t'avoir fait de la peine, et je la comprends. Mais si on était amis, toi et moi... Si elle constatait qu'on a réussi à tourner la page, elle serait peut-être d'accord pour le faire elle aussi, tu ne crois pas ? Je te demande beaucoup, mais...

— Non. C'est une très bonne idée, au contraire.

La situation serait beaucoup plus simple, plus saine que cet entre-deux inconfortable. D'ailleurs, pourquoi ne pas commencer dès maintenant ?

Après s'être garé devant l'immeuble d'Ivy, Yarran coupa le contact et se tourna légèrement vers elle. La rue était déserte à cette heure-ci, et mal éclairée, et le visage de Harper se distinguait à peine dans la pénombre.

— Ne le prends pas mal, s'il te plaît, mais... Tu as pensé à voir un thérapeute ?

Harper garda le silence pendant un long moment, le regard perdu devant elle. À vingt ans, Yarran aurait déjà rétropédalé. Mais à quarante ans, les silences étaient beaucoup moins redoutables.

— C'est juste... enfin... Un conseil d'ami, quoi.

Elle le regarda en riant.

— Si, j'y ai pensé. Mais chaque fois, j'oublie, ajouta-t-elle avec un soupir.

— Sérieusement, Harper, ça doit être épuisant de supporter sans cesse un tel fardeau, non ? De se sentir « prise au piège », comme tu dis. D'avoir sans cesse l'impression que ton monde va basculer...

Elle hocha lentement la tête.

— Oui. Très.

La réaction de Harper était si mélancolique qu'il eut envie de la serrer dans ses bras.

— Il n'y a rien de déshonorant à cela, tu sais. Moi-même, j'ai consulté un thérapeute quelque temps après que...

Il s'interrompit avant de reprendre :

— Après la mort de ma femme. Ça m'a fait beaucoup de bien.

— Je sais, dit-elle sans le regarder. D'ailleurs, ça fait partie de ma liste de choses à faire. Voir un psy vient juste après renouer avec mes amies, trouver un appartement et devenir un chef de service du tonnerre de Dieu.

Ils échangèrent un sourire. Yarran espérait sincèrement qu'elle mettrait cette bonne résolution à exécution. Il ne connaissait pas la moitié de ce qu'elle avait enduré pendant son enfance et n'avait aucune formation médicale, mais il savait ce que c'était de souffrir. Parfois, il était impossible de s'en sortir sans l'aide de quelqu'un.

— Merci, dit-elle d'une voix douce. Je suis contente qu'on ait pu parler de tout ça.

Sa main glissa sur l'avant-bras de Yarran, et elle le pressa légèrement, en un geste tout ce qu'il y avait de plus amical. Dans sa tête, Yarran était partant pour en rester là, mais son corps réagissait différemment. Dans cette pénombre intime, il ressentait sa proximité avec une telle acuité que tous les poils de son corps se hérissaient. Un parfum frais et acidulé lui chatouillait les narines, et il se demanda si elle s'en passait encore derrière les genoux, comme avant. À ce souvenir, une chaleur irradia brusquement dans son bas-ventre, et l'air qu'il inspirait lui parut brûlant. Il s'éclaircit la voix.

— Oui, moi aussi.

Il ne demandait qu'à repartir sur de bonnes bases avec elle. Mais pour cela, encore fallait-il qu'elle sorte de sa voiture et que la tentation passe.

Harper se pencha vers lui avec un sourire, et il ferma les yeux dans l'attente de ce qui était censé être une petite bise amicale. Sa bouche ne fit que lui effleurer la joue, mais cela suffit à le faire démarrer au quart de tour. Des sensations le bombardaient partout, il arrivait à peine à respirer. Yarran se rendit alors compte que ses lèvres s'attardaient sur sa peau. Et que cette petite bise n'en était plus une. En tout cas, elle se prolongeait bien au-delà des limites de la décence. Un soupir tiède lui caressa le cou, et les doigts de Harper se crispèrent sur son avant-bras.

— Harper, murmura-t-il.

Il inclina la tête de manière à mieux lui offrir son cou sans égard pour la petite voix qui lui criait : « Amis, amis, amis. » Un gémissement presque animal s'échappa alors de la gorge de Harper. Le pouls de Yarran s'affola, et sa libido s'affranchit des liens ténus qui la bridaient.

— Bon sang ! Harper...

Il se tourna vers elle pour l'embrasser sur la joue, la tempe, l'oreille, et ses sens furent imprégnés par l'odeur de son shampooing. Il prit son visage en coupe entre ses mains et plongea le regard dans ses yeux fiévreux.

— Pourquoi je n'arrive pas à cesser de te désirer ? murmura-t-il contre ses lèvres.

Sa réponse – si tant était qu'elle lui répondît – s'égara dans un torrent de chaleur qui engloutit ses sens, les bruits environnants et toute notion même de temps. Yarran n'était plus conscient de rien, mis à part de la pression de ses lèvres sur celles de Harper, du tambourinement de son cœur, du murmure de leurs souffles précipités. Il sentit alors sa main glisser sur son torse et ses doigts s'accrocher à sa chemise. Leur baiser s'approfondit, malgré la présence gênante du levier de vitesse. Mû par un besoin irrésistible de la toucher, il fit descendre la main le long de son bras et la posa sur sa hanche. Elle avait un goût enivrant de prosecco et de limoncello. Pressé contre elle, il mêlait la langue à la sienne, fiévreuse, avide, et dans le brouillard de ses sens il l'entendit gémir avec une indécence qui porta son corps à incandescence. Bon sang ! il la voulait. Ici, maintenant. Dans sa voiture.

Un grand bruit leur parvint soudain de l'extérieur, et Harper s'arracha à son étreinte, le souffle court et les yeux embrumés. Yarran mit plusieurs secondes à comprendre ce qui se passait. Un type tapait sur le capot de la voiture comme sur un tambour. Derrière lui, deux hommes s'esclaffaient et criaient en les désignant du doigt. Aucun n'avait l'air bien stable sur ses jambes.

— Eh ! vous deux ! Faites ça dans une chambre.

Le tambourineur donna un dernier coup sur la voiture, puis le groupe s'éloigna en riant. Yarran jeta un coup d'œil à Harper : elle le considérait avec une stupéfaction égale à la sienne. Dans le silence grandissant, Yarran s'efforça de rassembler ses pensées, de comprendre ce qui venait de se passer. Avec Harper, pas avec ces idiots, naturellement.

C'était à n'y rien comprendre. La première fois, chez lui, passe encore. Mais à présent ? Comment en étaient-ils arrivés à se bécoter comme deux gamins ?

— Harper, je...

— Non, non...

Elle secoua la tête.

— Tout va bien.

Elle lui donna une tape machinale sur le torse avant de s'écarter.

— La prochaine fois, on sera plus crédibles en tant qu'amis.

— Tu crois ? dit-il avec un rire étouffé.

Harper le fixa un long moment, les yeux sur ses lèvres, et Yarran crut qu'elle allait rééditer l'expérience. Mais alors, elle secoua la tête.

— Il faut que j'y aille.

— OK.

— La prochaine fois, on y arrivera. Tu verras.

Sur ces mots, Harper sortit, referma la portière derrière elle et s'en alla.

Yarran espérait sincèrement qu'elle disait vrai. En tout cas, pour un début, ils pouvaient difficilement faire pire.

Harper embrassa du regard les trois infirmiers autour d'un brancard sur lequel un petit garçon les dévisageait avec des yeux brillants de fièvre et ronds de terreur. À son chevet, sa mère lui caressait les cheveux et déposait de petits baisers sur son front tout en murmurant des paroles apaisantes. Elle n'avait pour ainsi dire pas dormi depuis trois jours et, visiblement, elle était à bout.

— OK. Vous êtes prêts ?

Il était assez rare de faire appel au chef de service pour une simple intraveineuse, mais ce geste était souvent délicat chez les enfants, surtout en cas de déshydratation. Deux tentatives par des médecins moins expérimentés s'étaient soldées par des échecs qui avaient mis plus à cran encore et la mère, et l'enfant. Harper avait officié pendant un an au Great Ormond Street Hospital, un célèbre hôpital pédiatrique de Londres. Là-bas, elle avait posé des centaines de cathéters sur des enfants à divers endroits de leurs corps : les mains, les bras, les jambes et même le cuir chevelu. Elle saurait insérer celui-là dans un pied de ce garçon, du moment qu'il se tenait tranquille. Bien sûr, le site d'implantation avait été désinfecté et anesthésié, donc l'enfant ne sentirait rien du tout. Pour autant, il ne leur faisait pas confiance et n'avait qu'une idée en tête : fuir.

— OK, Remi.

Elle lui sourit tout en serrant le garrot autour de sa cheville pour faire saillir une veine. Le menton du garçonnet se mit à trembler.

— Maman va compter jusqu'à 20, et après tout sera fini, tu verras.

Il se mit à pleurer dès que les infirmiers prirent place autour de lui. L'un d'eux lui tenait le talon et les orteils de manière à exposer la veine. Un deuxième était penché au-dessus de ses genoux et un troisième, au-dessus de sa poitrine. Pour l'instant, ils ne le contraignaient pas, mais ils étaient prêts à le faire si jamais il se mettait à gigoter.

Harper prit le cathéter sur le chariot médical et le positionna tout près du point d'insertion, à quelques millimètres de la peau.

— OK, madame, on y va.

La mère commença à compter d'une voix hésitante, et Remi se tortilla en pleurant. Les deux infirmiers penchés au-dessus de lui resserrèrent leur emprise, tout en veillant à ne pas lui faire mal. Le troisième, un Anglais du nom de Darren, crispa les doigts sur son pied.

— C'est bien, Remi, dit-il. Tu es très courageux. Dès qu'on aura fini, je te fabrique un animal avec un gant en plastique.

Loin d'être amadoué, Remi cria encore plus fort, plus à cause de la contention que de la piqûre en elle-même. En tout cas, c'était l'avis de Harper. Dieu merci, il était maintenu avec la fermeté nécessaire pour lui permettre de faire son travail. Elle ferma son esprit aux cris de l'enfant et aux sanglots étouffés de sa mère, moyennant quoi elle parvint, avec un minimum de gestes, à insérer le cathéter.

— Et voilà ! dit-elle en haussant la voix pour couvrir le vacarme.

Elle détacha le garrot et, d'une main, saisit le prolongateur de cathéter, auquel était déjà raccordée une seringue de sérum physiologique. Une goutte de sang perla au bout du cathéter, signe qu'il était bien posé. D'un geste vif, Harper le brancha à la rallonge avant d'enclencher la perfusion avec un hochement de tête satisfait. Alors, l'infirmier qui maintenait le torse de Remi relâcha son étreinte pour aider Harper à fixer le cathéter au moyen d'un pansement adhésif.

Deux minutes plus tard, le pied bandé, Remi était blotti dans les bras de sa mère. Devant ce tableau, un sentiment totalement inconnu déferla sur Harper. Elle n'avait jamais vraiment connu ce lien particulier qui unissait un enfant à sa mère, mais lorsqu'elle voyait ces deux-là, elle était frappée par la force de ce qu'elle éprouvait.

Allons bon...

Perplexe, elle se tourna vers Darren, occupé à souffler dans un gant comme s'il s'agissait d'un ballon.

— Je vais rédiger une ordonnance, dit-elle en s'en allant précipitamment.

Sa tâche effectuée, Harper se réfugia sur le toit de l'hôpital. Sa journée était terminée, même si elle serait d'astreinte cette nuit. Elle attendait seulement qu'Ivy lui confirme si elle souhaitait rentrer avec elle. Et quel meilleur endroit pour patienter ? Les jardins étaient splendides et la vue, à couper le souffle. Le ciel se teintait d'un camaïeu magnifique de rose et de mauve, et l'étoile du Berger étincelait. Ici, elle pouvait respirer, elle pouvait réfléchir au calme. On était mercredi, mais depuis le début de la semaine, les urgences avaient tourné à plein régime, et Harper avait à peine eu le temps de se poser et de revenir sur ce qui s'était passé le samedi soir avec Yarran. Du moins, elle n'y avait pas réfléchi de manière cohérente. La nuit, c'était encore pire. Son sommeil était peuplé de rêves agités et torrides dans lesquels leurs baisers tournaient en boucle. Mais à quoi rimaient ces fantasmes, puisqu'ils étaient censés être amis ? Et pour ne rien arranger, voilà qu'une mère et son enfant achevaient de lui mettre l'esprit à l'envers... Qu'est-ce qui lui arrivait ?

C'était ce retour au pays. Il faisait surgir en elle une foule d'émotions, certaines familières, d'autres non. Elle ne regrettait pas sa décision, mais ne s'était pas attendue à être aussi déstabilisée. Tout cela remontait à douze ans, bon sang ! Et pourtant, quand Yarran lui avait demandé pourquoi elle était revenue, elle avait failli lui répondre : « À cause de toi. » Ce qui aurait été complètement fou. Et faux, de surcroît, puisque Yarran n'était pas entré en ligne de compte dans sa décision. Elle avait su qu'elle serait amenée à le revoir, bien sûr, mais normalement ils auraient dû avoir tourné la page tous les deux. Et pourtant, un peu plus, et elle l'aurait dit. « À cause de toi. » Sans même savoir d'où venaient ces mots.

La porte s'ouvrit, et Harper jeta un coup d'œil par-dessus son épaule. Aaron Wilson venait d'entrer dans le jardin. Leurs regards se croisèrent, et il s'approcha d'elle.

— Vous êtes le médecin des urgences, n'est-ce pas ?

Elle hocha la tête avec un sourire de compassion. Aaron était un bel homme, mais ces derniers jours l'avaient mis à rude épreuve. Le pauvre était visiblement sur les nerfs et exténué, comme s'il manquait de sommeil et qu'il tenait encore debout grâce au mauvais café de l'hôpital.

— Harper Jones, dit-elle en lui serrant la main.

Aaron s'accouda à la rambarde et contempla la ville qui s'étalait autour d'eux. Un grand soupir s'échappa de ses lèvres, comme s'il avait longtemps retenu son souffle.

— Vous les évitez ?

Du menton, Harper désigna les reporters. Ils étaient beaucoup moins nombreux qu'au début, mais une poignée d'irréductibles continuaient à faire le planton devant l'hôpital. Aaron les fixa d'un regard dur.

— Satanés vautours !

Un long silence tomba avant que Harper reprenne la parole.

— Comment vont-ils ? Emma et les bébés ?

— Ils sont stables, d'après les médecins. Mais bon...

Il se tut, le regard perdu devant lui, et Harper hocha la tête. Pour un non-initié, ce qualificatif, « stable », n'avait rien de rassurant.

— L'équipe de chirurgie réparatrice voudrait commencer les greffes, donc il va falloir trouver la meilleure approche possible pour Emma et pour les bébés.

— Il y a beaucoup d'éléments à prendre en compte, c'est vrai.

— Trop, même. Quand je pense à tout ce qui nous attend...

— Ça fait beaucoup, en effet. Prenez les choses une par une. À chaque jour suffit sa peine.

— C'est ce qu'on me répète sans cesse.

— Vous n'auriez pas pu avoir de meilleurs spécialistes. Lucas, Ivy, Alinta, Phoebe... Ce sont de vrais pros.

— Oui, j'en suis bien conscient et je ne remets pas en cause leur travail ou leurs efforts. Seulement...

Il s'interrompit à nouveau, abîmé dans ses pensées.

— Eh bien, vous pensez que votre vie va pour le mieux, et boum ! vous perdez tout en un clin d'œil. Et vous vous rendez compte que plus rien n'a d'importance quand vous voyez souffrir des êtres chers.

Harper s'était toujours sentie plus ou moins seule, mais elle savait ce que cela faisait quand le destin vous jouait des tours de cochon. D'aussi loin qu'elle s'en souvienne, elle avait toujours tout fait pour ne pas se laisser rattraper par les événements.

— Oui, c'est le genre de situation qui oblige à réévaluer certaines priorités.

Au même instant, le téléphone de Harper sonna.

— Désolée, je dois prendre cet appel.

— Bien sûr.

Harper le salua d'un signe de tête et se dirigea vers la porte du jardin.

— Salut, Ivy.

— Désolée, on vient de m'appeler pour une appendicite. Je dois filer au bloc. On se retrouve dans deux heures, OK ?

— Pas de souci.

Alors qu'elle descendait l'escalier de secours, son portable vibra dans sa main, et elle faillit trébucher en voyant le nom sur l'écran. Yarran venait de lui envoyer un texto !

J'ai quelque chose à toi. Appelle-moi quand tu as un moment.

Oh oui ! il avait quelque chose à elle… À tel point qu'elle en perdait sa lucidité. Mais elle sourit et, avant d'avoir eu le temps de se raviser, elle lui téléphona tout en descendant les marches. La voix de Yarran résonna dans son oreille, douce et chaude comme du miel, et Harper se sentit à nouveau chanceler.

— C'était rapide, dis donc.

— J'avais le téléphone dans la main, répondit-elle, les yeux baissés sur ses chaussures. Tu as quelque chose à moi, donc ?

— Tout à fait. Quelque chose de vert et de soyeux.

L'étole ! songea-t-elle, le ventre noué.

Elle avait dû l'oublier dans sa voiture.

— Ah ! Je ne me suis même pas aperçue que je ne l'avais plus.

— Elle a dû glisser quand…

Sa phrase demeura en suspens, et Harper sentit sa gorge se serrer. Quand ils s'étaient bécotés comme des adolescents ? Et quand ils avaient été pris sur le fait comme des adolescents, aussi.

— Bref, je l'ai trouvée sous un siège en cherchant un jouet de Jarrah.

Harper s'éclaircit la voix.

— Ah ! Merci bien. Et là, elle est où ?

— Encore dans la voiture. Si tu veux, je peux te l'amener à l'hôpital ou chez Ivy. Tu peux aussi passer à la maison si tu préfères.

Ouille !

Le pire serait qu'Ali le voie débarquer avec l'étole. Ou qu'Ivy soit à la maison quand il passerait. Quant à aller chez lui, après ce qui s'était passé la fois précédente ? Autant ne pas tenter le diable. En revanche, ils pouvaient se donner rendez-vous quelque part, de préférence dans un endroit où ils ne seraient pas seuls. Après quoi ils repartiraient chacun de leur côté.

— Où es-tu en ce moment ? lui demanda-t-elle.

— Au travail. Je suis de garde trois nuits de suite, et c'est la deuxième.

— Excellent.

C'était même mieux qu'excellent. À la caserne, ils seraient en public, et comme il était de garde, elle ne pourrait pas s'attarder.

— Je peux passer la récupérer maintenant ?

— Oui, sans problème.

— Parfait. Donne-moi l'adresse de ta caserne, et j'arrive.

Trois quarts d'heure plus tard, Harper se garait devant la caserne de Yarran après avoir fait un crochet par une enseigne de restauration rapide dans laquelle elle s'était procuré deux grands paquets de poulet frit et une douzaine de barquettes de frites. Pour avoir longtemps fréquenté Yarran et avoir travaillé avec des pompiers aux urgences, elle savait à quel point leur métier était difficile et risqué. Et qu'ils avaient un sacré coup de fourchette, aussi. Par ailleurs, elle avait terminé sa journée l'estomac dans les talons et avait dévoré une portion de frites en chemin.

Les victuailles dissimulées derrière son dos, Harper se posta devant l'entrée et appuya sur la sonnette de nuit. Le garage était fermé, mais de la lumière filtrait par les fenêtres étroites au-dessus des portes. Harper n'eut pas à attendre longtemps. À sa grande surprise, toutefois, ce ne fut pas Yarran qui lui ouvrit, mais un adonis blond d'environ vingt-cinq ans qui s'appuya contre l'encadrement avec un sourire nonchalant.

— Oh ! bonjour... Je souhaiterais voir Yarran Edwards.

L'adonis porta une main à son cœur d'un air mélodramatique.

— Ce vieux schnock ? Un peu de jeunesse, ça ne vous tente pas ?

Harper éclata de rire.

— Mais non, ce n'est pas ça. Nous sommes amis, lui et moi. Je viens pour récupérer quelque chose. Et aussi pour vous apporter ça.

Les yeux du jeune homme brillèrent à la vue du sac.

— Des amis comme vous, j'aimerais bien en avoir. Au fait, moi, c'est Brock.

— Enchantée. Harper.

Ils échangèrent une poignée de main, puis Brock s'effaça avec une révérence théâtrale. Harper pénétra dans un hall qui desservait plusieurs bureaux. Un escalier s'élevait devant elle.

— Il est là-haut, au téléphone avec le big boss. Suivez-moi.

Alors qu'ils arrivaient à l'étage, Brock annonça d'une voix sonore :

— Les gars, on a la visite d'une dame. Tout le monde s'habille, et vite !

Sur le palier, il tourna à gauche et leva le sac.

— On a du poulet !

Un tonnerre de cris et d'acclamations parvint jusqu'à Harper alors qu'elle terminait de monter les marches. Elle suivit Brock dans une vaste salle dont un mur était occupé par une énorme télévision. Une cuisine équipée était installée en face, avec une longue table. Plusieurs fauteuils étaient disséminés dans la pièce, et six hommes jouaient aux cartes autour d'une table basse. Loin d'être dévêtus, tous portaient le pantalon de treillis et le T-shirt bleu marine des pompiers. Ils étaient d'âges et de tailles variés, et sans être aussi jeunes et mignons que Brock, ils en imposaient tous par leur carrure.

— Je vous présente Harper. Elle est là pour Yarran.

Les rires s'éteignirent, et six paires d'yeux scrutateurs se braquèrent sur elle. Un homme bedonnant, le visage mangé par une barbe broussailleuse poivre et sel, la dévisagea d'un air soupçonneux.

— Ah bon ?

Sans être hostile, sa réaction montrait clairement qu'ils faisaient tous bloc autour de leur capitaine. Ils devaient forcément connaître l'histoire de Yarran, et une femme qui débarquait à l'improviste pour le voir ne pouvait qu'éveiller leur méfiance.

Harper secoua la tête avec empressement.

— Oh non ! ce n'est pas du tout ça… On est juste amis, lui et moi.

Mais cette phrase sonnait faux, même à ses propres oreilles. Pourtant, Barbe d'Argent hocha la tête lentement.

— Bon… Une femme qui vient avec du poulet sera toujours la bienvenue ici.

— Amen ! dit un rouquin qui prit le sac des mains de Brock. Les gars, le dîner est servi !

Alors qu'il en déversait le contenu sur la table, l'ambiance se détendit.

— Vous êtes des nôtres ? demanda-t-il à Harper.

Le bruit d'une porte qui s'ouvrit la dispensa de répondre. Elle se tourna et vit Yarran.

— Salut, Harper. Désolé, j'étais au téléphone.

— Pas grave, marmonna-t-elle.

— Je vois que tu as rencontré la fine équipe.

— Elle nous a apporté du poulet, dit Brock en brandissant un pilon frit.

Yarran se tourna alors vers elle en haussant un sourcil.

— Quelle fayotte tu fais, Jones !

Le rire de Harper fut instantané. Elle avait oublié qu'il l'appelait ainsi, dans le temps.

— Je sais ce que c'est, être de garde la nuit. Il faut bien se soutenir les uns les autres. Pas vrai, les gars ?

Un homme coiffé d'un bonnet opina du chef.

— Solidarité, ma sœur !

— Au fait, Harper, dit Brock en se léchant les doigts. Tu aimes les quiz de culture générale ?

— Dans mon ancien hôpital, j'ai fait partie de l'équipe gagnante cinq ans d'affilée.

Le barbu lui jeta un coup d'œil.

— Vous êtes infirmière ?

— Non, médecin.

La tablée approuva d'un air impressionné.

— Ça marche, dit Barbe d'Argent. Rendez-vous dimanche après-midi, alors.

— C'est vrai ? Vous m'invitez ?

— Bof ! il manque quelqu'un dans l'équipe.

Yarran le gratifia d'un regard noir.

— Ne fais pas attention à Riggs. Il a toujours eu du mal à parler aux femmes.

— Il paraît qu'il est encore puceau ! renchérit Brock.

La plaisanterie fut accueillie par de grands rires, d'autant plus que Riggs portait une alliance.

— Pas de problème, dit Harper. Ça me fait plaisir, au contraire.

Riggs et Brock se tapèrent dans la main.

— On va leur mettre la pâtée !

Yarran secoua la tête avec un soupir.

— Tu n'es pas obligée de venir, tu sais.

— Pourquoi ? Ça me fait plaisir, au contraire.

— Bon, comme tu voudras. Merci.

Mais son sourire avait quelque chose de contraint... Comme s'il n'avait pas vraiment envie qu'elle soit des leurs...

— Donc, mon étole ?

— Elle est dans ma voiture, dehors. Viens, je vais te montrer. Eh ! vous autres ! Laissez-moi ma part, hein ? ajouta-t-il par-dessus son épaule.

— On ne te garantit rien, répondit Brock.

Harper leur adressa un signe du bras.

— Au revoir. Enchantée de vous avoir rencontrés.

Riggs hocha la tête.

— À dimanche prochain.

5

Ils descendirent dans un vaste garage où stationnaient trois gros camions rouge vif dont la carrosserie rutilait sous la lumière crue des plafonniers. Harper n'avait pas mis les pieds dans une caserne depuis longtemps, mais cette odeur puissante de gasoil, de graisse et de fumée lui inspira aussitôt un sentiment écrasant de nostalgie.

Yarran tendit le bras vers la gauche.

— C'est la porte au fond.

Harper la repéra, mais ne bougea pas.

— Lequel est ton camion ?

Du menton, il désigna le plus proche.

— Le 352.

Avec un lent hochement de tête, Harper s'approcha du véhicule, consciente que Yarran la regardait intensément. Elle caressa distraitement d'une main la portière du côté du conducteur. Yarran lui avait expliqué un jour que les pompiers tiraient fierté de leurs camions : il fallait qu'ils reluisent autant que les boutons dorés et les chaussures vernies de leur uniforme de cérémonie. Un pompier se devait d'être toujours au mieux de sa forme, et il en allait de même pour son équipement : question de crédibilité.

— Toujours aussi brillant, remarqua-t-elle, plus pour elle-même que pour Yarran.

— Oui, ma chère.

Elle se tourna et s'adossa au véhicule. Les bras croisés, un pied posé à plat contre le mur, Yarran la dévisageait dans une pose décontractée, mais incroyablement masculine.

— Tu aimes toujours autant ça ?

Il eut un sourire qui creusa des fossettes sur ses joues.

— Passer mes heures de travail avec cette bande de clowns, tu veux dire ? Un peu, oui ! Et toi ? Ça te plaît toujours autant d'être médecin ?

— Oui.

— Tu es bonne dans ce que tu fais. L'autre jour, avec Emma... C'était ton premier jour, mais on aurait dit que tu dirigeais ce service depuis des années.

— Merci.

Le compliment lui faisait plaisir, mais ce qu'elle éprouvait surtout, c'était de l'envie. Oui, elle enviait ces rapports bon enfant entre Yarran et ses collègues. Bien sûr, elle était respectée à l'hôpital, son équipe s'en remettait à elle et à ses compétences... Mais cela n'avait rien à voir avec la camaraderie qui s'épanouissait dans la vie de caserne. Elle était avant tout chef de service, et on ne racontait pas sa vie à son chef. C'était d'ailleurs pour cela qu'elle tenait tant à renouer avec ses vieilles amies. Pour cela aussi, sans doute, qu'elle avait accepté l'invitation des amis de Yarran.

— À propos de ce quiz... Je ne suis pas obligée de venir si ça t'embête. Je me disais seulement qu'on serait plus à l'aise l'un avec l'autre si on se fréquentait au sein d'un groupe. La meilleure manière de redevenir amis, c'est peut-être de jouer le jeu, tu ne crois pas ?

— Oui, pourquoi pas ? Bonne idée.

— C'est vrai ? Tu semblais hésitant.

— Ce n'est pas ça. Ils t'ont mise au pied du mur, et j'ai eu peur que tu aies dit oui par politesse.

— Pas du tout !

Yarran la considéra en silence avant de répondre :

— Ça me ferait vraiment plaisir que tu viennes.

Sa voix et son regard avaient une intensité qui la fit trembler.

— OK, parfait. Bon, je te laisse retourner à ton équipe.

Yarran reposa le pied par terre et se dirigea vers la porte du fond, puis il appuya sur la barre anti-panique, et un claquement métallique résonna dans l'aire de stationnement. En bon gentleman, il s'effaça pour lui laisser le passage, et elle veilla à ne pas le frôler en passant. Ils traversèrent le parking dans un silence que seuls venaient troubler le bruit de leur pas sur le gravier et la rumeur de la circulation un peu plus loin. Yarran actionna l'ouverture à distance, et les phares de sa voiture s'allumèrent deux fois. Harper s'adossa contre la portière arrière tandis que Yarran se penchait dans l'habitacle pour fouiller dans la boîte à gants.

— Tiens... Elle n'a pas l'air trop froissée.

Harper prit l'étole et en enroula une extrémité autour de son poignet pour éviter qu'elle traîne par terre.

— Ce n'est rien. Merci de l'avoir retrouvée. Je ne porte pas souvent cette robe, donc j'aurais mis un certain temps avant de m'apercevoir que j'avais perdu son étole.

— Tu devrais la mettre plus souvent. Tu étais magnifique avec.

Harper leva les yeux et vit qu'il la dévisageait avec une insistance troublante. Dieu merci, elle était appuyée contre la voiture. Elle se rendit alors compte qu'ils étaient très près l'un de l'autre, si près qu'elle pouvait respirer son parfum. Tout à coup, elle se revit avec lui dans sa voiture, le samedi soir, les poumons remplis d'un air lourd et brûlant.

— N'importe qui serait à son avantage dans une robe bien dessinée, dit-elle en haussant les épaules.

— Tu as toujours eu du mal avec les compliments, remarqua-t-il avec un petit rire.

Harper ouvrit la bouche pour le contredire, mais elle se ravisa. Il avait raison. Elle n'avait jamais reçu beaucoup d'éloges dans sa jeunesse et avait appris à les accueillir avec méfiance. Il lui avait fallu du temps pour accepter ces marques de gentillesse dont Yarran avait toujours été si généreux avec elle.

Voyant qu'il regardait ses cheveux, elle regretta de ne pas les avoir laissés libres sur ses épaules. Tout aurait été mieux que cette queue-de-cheval flasque et lamentable, reflet d'une fin de journée fatigante.

— Le vert te va toujours aussi bien.

Yarran le lui avait souvent dit. Une fois de plus, Harper eut l'impression de faire un bond dans le temps. Face à lui dans ce parking, elle éprouvait la même tension sensuelle et agréable qu'avant, lorsqu'ils revenaient de soirée.

— Bon sang ! Harper...

Il secoua lentement la tête avec un soupir.

— Un jour peut-être, je te verrai sans avoir envie de t'embrasser, murmura-t-il, les yeux fixés sur sa bouche. Mais je n'en suis pas encore là.

Yarran fit un pas vers elle, et le souffle de Harper s'accéléra. Lorsqu'il lui prit les joues en coupe entre ses mains, elle ferma les yeux pour ne plus voir ce visage tentateur, cette bouche… Oh ! cette bouche ! Mais au lieu de l'embrasser, il pressa le front contre le sien. Leurs nez se frôlaient, leurs haleines saccadées se mêlaient, leurs lèvres se touchaient presque… Presque.

— Yarran, murmura-t-elle. On ne peut pas…

Un instant passa, puis il lâcha un soupir tremblant.

— Oui. Tu as raison.

Il laissa retomber les mains et recula.

— Allez, viens. Je te raccompagne.

Harper le suivit, les jambes flageolantes. À force de jouer avec le feu, ils allaient finir par se brûler, et de « On ne peut pas » à « Pourquoi pas ? » il n'y avait qu'un pas. Combien de temps leur faudrait-il pour le franchir ?

Le dimanche suivant, Harper arriva essoufflée dans le bar à bière où devait se dérouler le quiz. Elle détestait être en retard, mais la circulation avait été cauchemardesque. Apparemment, tout le monde s'était donné le mot pour descendre à Manly, un quartier de Sydney réputé pour sa station balnéaire, afin d'y profiter des derniers jours de beau temps avant l'hiver.

Elle promena le regard sur les tables et finit par repérer Riggs, à l'extrémité de l'une d'elles. Il lui adressa un grand geste du bras, et elle se faufila dans la foule pour le rejoindre. La moitié de la table était dissimulée derrière le comptoir central, mais en s'approchant Harper en eut une vue plus complète et reconnut plusieurs des pompiers rencontrés le mercredi précédent, à la caserne. Alors qu'elle arrivait près de Riggs, elle vit l'ensemble de l'équipe, dont Yarran, assis à l'autre bout.

Avec Jarrah sur les genoux. Bon sang ! on aurait dit Yarran en miniature : il avait la même peau sombre, les mêmes boucles brunes, les mêmes grands yeux bruns, presque noirs… Sans oublier deux petites fossettes espiègles, lorsqu'il sourit à son père. Yarran leva alors la tête, et leurs regards se croisèrent. Harper éprouva alors un sentiment confus. Savoir que Yarran était devenu père, c'était une chose, mais c'en était une autre de le voir pour de vrai. Cela dit, la paternité lui allait bien.

— Content de te voir, dit Riggs. On se tutoie, hein ? Le quiz commence dans un quart d'heure.

Harper s'efforçait de focaliser son attention sur Riggs, mais elle sentait avec acuité le regard de Yarran sur elle.

— Il y a un menu là-bas, ajouta Riggs. On t'a réservé une place.

Il désigna du menton l'autre bout de la table : celui où Yarran était assis. Juste à côté, Brock agita le bras.

— Par ici, Harper !

Il glissa sur le banc afin de lui permettre de s'asseoir entre lui et Yarran. Alors qu'elle s'installait, celui-ci hasarda vers elle un petit sourire de bienvenue. On aurait dit qu'il s'excusait d'avoir amené son fils, et cela l'énerva. Harper dissimula son agacement derrière un sourire et salua chacun tour à tour. Jarrah leva la tête de son coloriage et fixa sur elle ses yeux bruns étrangement familiers. Ils ressemblaient tellement à ceux de son père, à ceux de sa tante ! Puis il sourit et… oh là là ! ces fossettes !

— Tu dois être Jarrah.

Interloqué, il fronça les sourcils d'un air inquisiteur et comique comme seuls les petits enfants peuvent le faire.

— Tu sais comment je m'appelle ?

— Oui. Je suis une amie de ton père.

La phrase sonnait faux à ses oreilles. Harper avait pourtant devant elle la raison pour laquelle rien ne pouvait se passer entre elle et Yarran. Il avait un fils. Il avait tourné la page, avait désormais d'autres responsabilités.

— Oui, Harper est une amie à moi. Et à tata Lili aussi.

Jarrah ouvrit de grands yeux, comme si le fait de connaître Ali était incroyable.

— Tu connais tata Lili ?

— Oui, depuis longtemps. Nous sommes de vieilles amies, ajouta-t-elle en croisant les doigts sous la table.

— Et ma maman ? Tu l'as connue ?

De surprise, Yarran inspira de l'air brusquement. Harper aussi était prise de court, mais elle se ressaisit aussitôt.

— Non, mais ta tante Lili m'a dit qu'elle était quelqu'un de très bien. Et je sais qu'elle vous aimait beaucoup, toi et ton papa.

À vrai dire, Harper n'avait aucune idée de tout cela. En revanche, elle savait ce que c'était de grandir sans figure maternelle. Elle croisa le regard de Yarran et, l'espace d'un instant, ils se dévisagèrent sans rien dire.

— Merci, souffla-t-il par-dessus la tête de Jarrah.

Elle eut un léger haussement d'épaules. OK, elle n'était pas la femme la plus maternelle au monde, mais elle n'était ni stupide ni totalement novice avec les enfants. Son regard s'attarda sur Yarran avant de se reporter sur Jarrah.

— Donc, laisse-moi deviner. Tu as neuf ans, c'est ça ?

Jarrah éclata de rire.

— Pas neuf ans ! Trois ans !

Il leva deux doigts.

— Presque quatre, ajouta-t-il en dressant un troisième doigt. C'est mon anniversaire samedi !

— Et quand tu seras grand, tu voudrais être pompier comme ton papa ?

— Non, policier. Comme maman.

Harper hocha la tête, mais elle remarqua la grimace de Yarran.

— Super ! Je suis sûre qu'elle serait fière de toi.

Un bref coup d'œil vers Yarran lui apprit qu'il n'avait pas franchement envie d'aborder le sujet.

— Dis-moi, qu'est-ce que tu dessines ?

— Tous les cadeaux pour mon anniversaire, répondit-il en prenant un feutre bleu à la place du jaune.

— On va t'offrir un poney ?

Jarrah leva de grands yeux vers elle.

— Un zoo tout entier !

— Waouh !

Elle jeta un coup d'œil à Yarran en haussant un sourcil.

— C'est une ferme pédagogique itinérante, confirma celui-ci. Ils viennent pour l'après-midi.

— Mais tu le racontes à personne, hein ? dit Jarrah. C'est un secret.

— OK !

Harper fit mine de tirer une fermeture Éclair sur ses lèvres, et Jarrah eut un petit rire qui creusa ses jolies fossettes.

— Et tes copains ? Tu les as invités ?

À nouveau concentré sur son coloriage, Jarrah hocha la tête.

— Moi aussi, je serai là, dit Brock. Pas vrai, mec ?

Focalisée sur Yarran et son fils, Harper avait oublié jusqu'à la présence de Brock.

— Tonton Brock va s'habiller en pompier pour les mamans.

Yarran faillit s'étrangler dans son verre, et Harper jeta un coup d'œil suspicieux au jeune homme.

— Non, vraiment ?

Il haussa les épaules d'un air dégagé.

— Eh bien, quoi ? Elles ont bien le droit de s'amuser, elles aussi.

— Dis, papa… Elle peut venir, Harper ?

Yarran fit de son mieux pour dissimuler son désarroi, mais Harper le connaissait trop bien pour ne pas deviner ce qu'il ressentait, d'autant plus qu'elle aussi était décontenancée.

— Allez, papa, renchérit Brock avec un petit sourire.

Yarran fixa sur lui un regard noir auquel Harper fit à peine attention. Son esprit turbinait à la recherche d'une excuse pour se défiler, tellement qu'elle en oublia de donner un coup de pied à Brock sous la table.

— Oh ! je ne crois pas que…

— Je ne suis pas sûr que…, dit Yarran en même temps qu'elle.

Mais Jarrah leva vers son père un regard tellement sérieux qu'il en devenait adorable.

— S'il te plaît, papa ! Comme ça, tata Lili aura une amie pour la fête, elle aussi.

Harper aurait éclaté de rire si elle n'avait pas été au bord d'une crise de panique. Elle était sûrement la dernière personne que « tata Lili » aurait envie de rencontrer chez Yarran. À juste titre, d'ailleurs. OK pour être l'amie de Yarran, mais être à nouveau mêlée à la vie du clan Edwards ? Revoir ses parents, son frère, ses sœurs ? Si vite ? Harper avait espéré le faire en temps voulu, pas aussi rapidement !

— Voyons, Jarrah. Tata Lili connaîtra tout le monde à la fête.

— Mais Harper veut venir… Hein, Harper ?

Harper cligna des paupières, prise au dépourvu. Comment refuser quoi que ce soit à un tel petit chou ? On aurait dit que le bonheur de sa vie tout entière dépendait de la réponse qu'elle allait lui donner.

— Eh bien…

— S'il te plaît.

— Jarrah…

Yarran la regarda avec une expression d'excuse. Il aurait été simple de dire : « Désolée, mais je travaille ce jour-là. » Seulement, elle était incapable de faire de la peine à cet ange.

— Oui, ça me ferait plaisir de venir, dit-elle en souriant.

Jarrah leva les bras en l'air.

— Youpi !

À la stupéfaction de Harper, il se jeta contre elle. Mais gêné par l'angle de la table, il ne put que lui attraper le bras et appuyer sa petite joue contre son biceps. Harper nota aussitôt que ses cheveux sentaient bon la pomme et que sa main était poisseuse. Autour d'elle, tout sembla se figer : les conversations, le tintement des verres, leurs compagnons de table… Plus rien n'existait pour elle que ce petit garçon qui lui serrait le bras comme si elle venait de lui offrir une cargaison de bonbons. Sans oublier son père, qui les fixait tous les deux d'un regard éperdu. Dieu merci, la sonnerie du téléphone de Yarran la ramena au présent.

— Oui, allô ! OK, super. Merci. On arrive.

Il raccrocha et s'adressa à Jarrah.

— Allez, fiston, on se bouge. Mamie est là.

Jarrah lâcha le bras de Harper, puis attrapa son dessin et glissa à bas des genoux de son père.

— Dis au revoir, dit Yarran en rangeant les feutres dans un petit sac à dos.

— Au revoir ! lança l'enfant à la cantonade d'une voix chantonnante.

Tout le monde lui adressa un signe amical, et il tapa la main contre celle de Brock avant de suivre son père jusqu'à la sortie. Harper ne les quitta pas des yeux. Elle ne comprenait toujours pas ce qui venait de se passer.

— Il est mignon, ce gosse, hein ?

Elle se tourna vers Brock en clignant les paupières.

— Oui. Très.

Il était même carrément irrésistible.

Alors que Jarrah s'en allait avec sa grand-mère, Yarran prit une minute pour se ressaisir. Il était encore sous le choc. Ce qui le perturbait, ce n'était pas tant que Harper ait rencontré Jarrah. Yarran s'y était attendu dès lors que sa mère l'avait prévenu qu'elle aurait du retard. Pas de surprise, donc, même s'il s'était senti nerveux. En revanche, rien ne l'avait préparé à cette émotion violente lorsqu'il les avait vus ensemble. Le moins que l'on puisse dire, c'était que le courant était passé entre eux. Pas une seule fois elle n'avait bêtifié, contrairement à tant d'adultes. Pour une femme qui avait toujours proclamé haut et fort qu'elle ne voulait pas avoir d'enfants, elle s'était bien débrouillée.

Malgré tout, Jarrah lui avait posé quelques questions pièges... Sur Marnie, par exemple. D'habitude, pourtant, il ne parlait jamais de sa mère, ou presque. Mais le plus fort, c'était cette invitation, alors qu'il ne connaissait Harper que depuis cinq minutes. D'accord, à cet âge-là, on agissait avant de réfléchir, mais quand même... Quelle mouche l'avait piqué ? Sans oublier ce moment où il s'était jeté dans les bras de Harper, comme ça, sans prévenir. Un tel comportement avait de quoi surprendre. D'ordinaire, Jarrah était beaucoup plus réservé avec les inconnus. En tout cas, Yarran était tombé des nues. Et aussi Harper, à en juger par la tête qu'elle avait faite.

Surtout, ce geste d'affection l'avait atteint parce qu'il lui avait fait prendre conscience d'un vide dans sa vie et dans celle de son fils. Un vide béant, même. Le plus consternant, c'était qu'il n'avait alors pas pensé à la grande absente de leur vie. Non : pour la première fois depuis l'accident, ce n'était pas à Marnie qu'il associait ce manque, mais à Harper. Il avait songé qu'elle faisait plaisir à voir avec Jarrah, qu'il aurait aimé les voir ensemble plus souvent. Qu'elle aurait fait une bonne mère.

Bon sang ! il ne savait pas quoi penser de tout cela.

Cinq minutes plus tard, alors qu'il reprenait sa place auprès de Harper, Yarran l'observa plus en détail. Elle portait une robe à bretelles ornée d'un motif de vagues vert et bleu, et ses cheveux auburn tombaient librement sur sa nuque. Il dut lutter contre l'envie de les repousser pour déposer un baiser sur son épaule nue, comme au bon vieux temps. Le quiz avait commencé, mais Yarran n'en avait cure. Dans son trouble, il songeait seulement à présenter des excuses à Harper. C'était bien la moindre des choses, après tout : elle n'avait pas eu l'air ravie d'être mise au pied du mur par un enfant, a fortiori l'enfant d'un ex.

Harper lui avait à peine adressé un regard lorsqu'il était revenu s'asseoir à côté d'elle. Avec ses voisins de table, elle était en pleine concertation au sujet de la question du quiz.

— Je suis désolé, chuchota-t-il en se penchant vers elle. Jarrah n'aurait pas dû…

Elle lui fit face brusquement, les sourcils froncés.

— De quel sport vient l'expression : « Marcher sur la corde raide » ?

Ils se regardèrent fixement. OK, Yarran avait saisi le message 5 sur 5 : elle ne voulait pas en parler maintenant. Voire jamais, adepte qu'elle était de l'art d'éviter les conversations qui la gênaient.

— Ça doit être lié aux funambules, murmura Brock.

Riggs haussa un sourcil, dubitatif.

— Mmm… C'est trop simple, non ?

— Mon instinct me dit que Brock a raison, dit Harper.

Riggs la dévisagea sans ciller.

— On peut s'y fier, au moins, à ton instinct ?

— Presque toujours.

Il pinça les lèvres une seconde avant d'écrire la réponse sur un papier.

— Bon, d'accord. Mais si tu t'es trompée, on ne te demandera plus ton avis.

Yarran n'avait aucun doute que Riggs la faisait marcher : il le connaissait depuis plus de dix ans.

— Ne fais pas attention à lui. Riggs prend ce jeu trop à cœur.

Brock se pencha vers elle pour murmurer d'un air de conspirateur :

— Je t'ai déjà dit qu'il est puceau, le pauvre.

Tout le monde éclata de rire, sauf Harper qui se contenta de secouer la tête.

— Non, non. Je comprends sa réaction. Je la respecte, même.

Brock plaqua une main sur sa bouche, l'air horrifié.

— Mon Dieu, non ! Elle aussi.

Alors que tout le monde se taisait pour écouter la question suivante, Yarran hasarda un regard vers Harper. Il adora la voir rire et plaisanter avec ses amis, échanger des taquineries avec eux et s'énerver quand leur équipe fut coiffée au poteau. Alors qu'elle et Riggs vérifiaient pour la troisième fois leurs points sur le tableau, Brock secoua la tête.

— Ces deux-là, je vous jure… Ce n'est qu'un jeu.

— On s'est fait avoir, marmonna Harper.

Riggs renchérit d'un hochement de tête.

— La prochaine fois, ils n'auront qu'à bien se tenir, tu verras.

Leur équipe avait remporté le deuxième prix : une boîte de chocolats qui fit le tour de la table. Harper en prit un enveloppé dans du papier violet, puis se leva.

— C'est ma tournée. Qui veut quoi ?

Plusieurs bières légères furent commandées.

— Pas pour moi, désolé, dit Riggs en se levant. Je dois y aller. On se voit la semaine prochaine ?

Harper acquiesça d'un signe de tête.

— Avec plaisir.

Brock lui proposa son aide pour porter les boissons, et ils se dirigèrent tous les deux vers le comptoir. Riggs en profita pour s'asseoir à la place libérée par Harper, puis dévisagea Yarran en silence. Enfin, il désigna Harper, qui plaisantait et riait avec Brock.

— Celle-là, dis donc…

La mâchoire de Yarran se crispa.

— Ce n'est pas ce que tu crois.

— Ah bon ?

— Non. On est juste amis, elle et moi.

— Elle est avec quelqu'un ?

— Non.

— Alors ?

— Alors, rien. C'est trop tôt.

— Comment ça, trop tôt ? Ça va faire trois ans.

Yarran secoua la tête d'un air buté.

— J'ai déjà Jarrah. Ça me suffit.

Riggs leva les yeux au ciel.

— Le problème ne vient pas de lui. Au contraire, il s'entendait bien avec elle.

Yarran aurait voulu le contredire, mais c'était la vérité : Jarrah s'était vraiment entiché de Harper. Et vice versa, d'ailleurs, mais...

— Elle n'a jamais voulu avoir d'enfants.

— Peut-être, mais avoir les siens, ce n'est pas comme s'occuper du gamin d'un autre.

Peut-être... Yarran n'en savait rien. En revanche, il avait quarante ans, Harper était revenue dans sa vie depuis deux semaines, et avec elle son monde avait basculé sens dessus dessous.

— C'est une *amie*, Andy.

— Comme tu voudras, dit Riggs en se levant.

Il posa une main sur l'épaule de Yarran.

— Une dernière chose : si tu me perds cette partenaire de quiz, tu peux être sûr que je te laisserai coincé sur une échelle à la première occasion.

Yarran éclata de rire.

— Entendu, chef.

6

Une demi-heure plus tard, Harper avait terminé son soda au citron vert. Abstraction faite de quelques moments de gêne au début avec Jarrah, elle avait passé un excellent après-midi, et il était à peine 3 heures. Il faisait encore très beau, et elle fut saisie de l'envie de se balader sur la plage. Elle n'y était pas encore allée depuis son retour. Or, bientôt, le temps aurait tourné, et ce genre de promenade serait beaucoup moins agréable. Et la plage de Manly n'était qu'à cinq minutes de marche.

— Je vais me tremper les pieds dans l'océan. Quelqu'un m'accompagne ?

— Oui, moi, répondit Yarran.

Elle hocha la tête sans faire cas de son empressement. Ils étaient censés être amis, après tout, et elle avait lancé son invitation à la cantonade. Sauf que personne d'autre, apparemment, ne semblait tenté. Difficile de faire marche arrière, à présent. Pour quelle raison n'aurait-elle pas envie de se balader avec un vieux copain ?

Et donc, alors que tout le monde regagnait sa voiture, Yarran et elle prirent le chemin de la plage. Ils ne se parlèrent pas beaucoup tandis qu'ils se frayaient un chemin entre les promeneurs dans la grand-rue. En chemise blanche et bermuda fleuri, des tongs aux pieds, Yarran était mieux habillé qu'elle pour la circonstance, mais Harper savourait quand même la caresse du soleil sur ses épaules. Un camion de glaces était garé dans l'herbe, sous l'un des nombreux pins de Norfolk qui parsemaient le littoral. Yarran acheta deux cornets au chocolat et en tendit un à Harper, puis ils se dirigèrent vers l'esplanade.

Harper s'accouda à la balustrade et promena les yeux sur la plage, quelques mètres en contrebas. À cette heure-ci, la plupart des baigneurs étaient partis, et ceux qui restaient ne s'éloignaient pas des drapeaux jaune et rouge, même si l'océan turquoise était relativement calme. Une brise légère charriait des rires et les cris de mouettes qui se disputaient quelques frites délaissées.

— Il fait un peu froid pour se baigner, non ?

— Non, dit-il en secouant la tête. C'est le temps parfait, au contraire.

Harper le regarda au moment où il lécha sa glace d'un lent coup de langue. Des images très éloignées de l'amitié surgirent en elle, et elle détourna vite les yeux.

— Facile à dire pour toi. Tu as toujours eu le cuir épais.

— Tu es frileuse, voilà tout, Jones.

Elle ouvrit la bouche pour le reprendre sur sa manière de l'appeler, mais elle se ravisa et croqua dans son cornet. Il la taquinait, rien de plus. Inutile d'y voir une marque d'affection romantique.

— Tu viens ? dit-elle en se déchaussant. J'ai envie de marcher dans le sable.

Ses sandales dans une main et sa glace dans l'autre, elle descendit les marches de béton et s'engagea à l'opposé des autres promeneurs. Yarran lui emboîta le pas.

— Tu peux me donner une idée de cadeau d'anniversaire pour un enfant de quatre ans ?

— Écoute, je suis vraiment désolé. Il n'aurait pas dû te mettre au pied du mur.

— Pas du tout… Si tu n'as pas envie que je vienne, ce n'est pas grave. Seulement, je n'ai pas eu le cœur de lui dire non. Il me regardait avec ces grands yeux bruns qui ressemblent tellement…

Harper n'acheva pas sa phrase, mais elle sentit que Yarran la dévisageait longuement, et ce regard scrutateur avait l'intensité d'une caresse physique. Sans aucun doute, il avait parfaitement deviné ce qu'elle avait failli dire.

— C'est vrai, dit-il enfin. Il n'a pas son pareil pour mettre les gens dans sa poche.

Il observa une courte pause avant d'ajouter :

— Ça ne me dérange pas que tu viennes. Au contraire, plus on est de fous…

— Mais tes parents ? Ça ne va pas les déranger ?

— Pas du tout ! Au contraire, ils seront ravis de te revoir.

— Donc, ils ne sont pas en colère contre moi ? Pas comme Ali ?

— Non. En fait, ils étaient surtout déçus. Pour moi. Aucun parent n'aime voir son enfant malheureux.

Harper s'efforça de dissimuler une grimace. D'accord, il ne faisait qu'exprimer une généralité, mais elle en disait long sur les différences entre leurs enfances, à elle et à lui.

— Ils savent qu'en amour on n'est pas toujours gagnant, poursuivit Yarran. C'est la vie. Ali est juste...

Le regard perdu dans le lointain, il mordit dans son cornet.

— Ce que je ressens, elle le ressent aussi... Et vice versa. Tu comprends ?

Harper hocha la tête. À vrai dire, cette alchimie parfaite entre le frère et la sœur lui avait toujours semblé bizarre, incompréhensible. Mais elle était fille unique, après tout.

— Ils sont au courant de ton retour, et maman m'a déjà demandé si j'étais d'accord pour qu'ils t'invitent. Je suis sûr qu'ils seront contents de te revoir.

— Oh !

Le cœur plus léger, Harper mordilla le bord de son cornet. Elle avait coupé les ponts lorsqu'elle était partie, mais certains étaient encore debout, malgré tout.

— Et à toi, ça ne te pose pas de problème ?

— Non, bien sûr. On est amis, n'est-ce pas ?

Ils échangèrent un sourire. Elle avait de la chance, tout de même. Si quelqu'un au monde avait des raisons de concevoir du mépris pour elle, c'était bien Yarran. Et pourtant, il n'éprouvait rien de tel.

En deux bouchées, Yarran engloutit ce qui restait de son cornet, mais Harper continua de savourer le sien par petits bouts. Ils marchèrent un instant sans rien dire, bercés par le murmure rythmique des vagues.

— Merci encore pour ce que tu as dit à Jarrah... Quand il t'a demandé si tu connaissais Marnie.

— Oh ! il n'y a pas de quoi, répondit-elle avec un haussement d'épaules.

— Il ne parle pas beaucoup d'elle, donc ça m'a un peu étonné.

— C'est dur de l'entendre évoquer sa mère ?

— Non, pas du tout. On essaye tous de garder son souvenir vivant. Il a une photo d'elle sur sa table de chevet, par exemple. Seulement...

Il soupira.

— Je tiens à ce qu'il sache à quel point elle l'aimait.

Harper ralentit le pas et se tourna vers lui. Il avait prononcé ces mots d'une voix chargée de doutes, comme s'il ne savait plus à quel saint se vouer.

— Tu es un bon père, Yarran.

Il s'arrêta de marcher et plongea une main dans ses cheveux décoiffés par le vent.

— Ce n'est pas l'impression que j'ai la plupart du temps, répondit-il avec un petit rire amer.

— Ah bon ? Tu as quelle impression, d'habitude ?

— D'habitude ? Je me sens comme un hamster qui tourne dans sa roue en essayant de jongler avec une douzaine de morceaux de fromage. Fatalement, il en reçoit sur la tête.

— Tu n'as jamais su faire plusieurs choses en même temps, remarqua-t-elle en riant.

— N'est-ce pas ? Je peux foncer tête baissée dans un brasier, mais quand je rentre à la maison et que Jarrah me sourit comme si son monde se résumait à ma personne, je me rends compte qu'il dépend de moi pour tout et… et…

Il poussa un long soupir.

— Bref, je n'étais pas censé l'élever seul.

— Il a juste besoin d'amour, Yarran. Il faut qu'il sache qu'il est ta priorité, quoi qu'il arrive. Crois-moi, je sais de quoi je parle.

Leurs regards s'accrochèrent, puis il hocha lentement la tête.

— Oui, tu as raison.

Harper détourna les yeux, les épaules parcourues d'un frisson. Machinalement, elle se frotta les avant-bras avant de regarder ses mains.

— Beurk ! Elles sont poisseuses.

Elle laissa tomber ses sandales sur le sable et se dirigea vers l'océan, suivie d'un pas lent par Yarran. Quand les vaguelettes lui léchèrent les pieds, le froid faillit la faire glapir. Yarran s'accroupit à côté d'elle.

— Qu'est-ce que je t'avais dit ? Elle est carrément tiède.

— Ah oui ?

Harper ne sut jamais quel démon la saisit alors. Sans doute

avait-elle besoin d'un peu de légèreté après la conversation qu'ils venaient d'avoir. Quoi qu'il en soit, elle se pencha pour remplir le creux de ses mains d'eau « carrément tiède » et lui aspergea le visage. Yarran ferma les yeux, les traits figés. Puis il battit des paupières et la regarda fixement. Un frisson primal courut le long de l'échine de Harper.

— Tu vas me le payer, Jones.

— Attrape-moi si tu peux ! répliqua-t-elle en l'éclaboussant à nouveau.

Sur ces mots, elle détala. Avec un grondement sourd, Yarran se lança à sa poursuite, et elle émit un petit cri, ses cheveux et sa robe flottant au vent derrière elle.

— Quand j'aurai mis la main sur toi, je vais te balancer dans l'océan.

— Cause toujours !

Harper n'avait aucune chance de le semer, bien sûr, mais c'était si drôle d'essayer. C'était grisant, même, et elle se sentait légère, si légère ! Yarran ne tarda pas à la rattraper, et elle se déroba, vira, virevolta, secouée d'un tel rire qu'elle en avait mal au ventre. Il la saisit alors par une extrémité de sa robe.

— Je te tiens !

Hors d'haleine, elle tenta de lui échapper, mais il l'attira à lui, et leurs corps se heurtèrent. Leurs pieds s'emmêlèrent, et Harper sentit qu'elle perdait l'équilibre. Elle l'empoigna par la chemise pour se rétablir, mais ils tombèrent ensemble en riant. Au bout d'un moment, Harper finit par se rendre compte que Yarran était couché sur elle. Une cuisse musculeuse était calée entre ses jambes, son torse couvrait à moitié le sien, son front était appuyé contre sa tempe, ses cheveux soyeux la chatouillaient agréablement, et ses lèvres étaient dangereusement proches de ce point si sensible, sous son oreille. Son souffle tiède et saccadé lui donnait la chair de poule, et une chaleur sourde se mit à pulser au creux de son ventre. Cédant à une impulsion, elle tourna la tête afin de mieux respirer son odeur, et les notes fraîches d'*Acqua di Giò* achevèrent de l'enivrer.

— Tu n'as pas changé d'eau de toilette.

C'était si bon d'être entre ses bras, poitrine contre poitrine. Yarran redressa la tête, et son regard parcourut son visage comme pour recenser les changements qui s'y étaient imprimés en douze ans. Il avait l'air d'apprécier ce qu'il voyait.

— Pourquoi tout gâcher ? murmura-t-il sourdement.

Il enroula une de ses mèches autour d'un doigt et la frotta contre sa joue avant de la laisser retomber, puis son regard glissa vers sa bouche, et elle entrouvrit les lèvres inconsciemment. Dans un état second, elle émit un bruit du fond de la gorge, et les yeux de Yarran s'agrandirent.

— Pauvre de moi…

Il pencha alors la tête et l'embrassa. Lentement, ses lèvres explorèrent les siennes, comme pour s'en remémorer la saveur. Puis dans un embrasement de désir, Yarran émit un grondement qui se réverbéra en elle, au plus profond de son être. Il fit glisser une main le long de sa taille et la posa derrière sa hanche pour la soulever contre lui. Leurs corps étaient parfaitement synchronisés : leurs souffles et le battement de leurs cœurs étaient réglés sur la même cadence. Ils n'auraient pas dû se donner en spectacle de la sorte, mais Harper s'en fichait éperdument. Seul comptait pour elle cet homme qui l'embrassait comme si rien ne les avait jamais séparés. Plus près, elle voulait le tenir plus près d'elle… En elle. Et peu importait s'ils avaient du public.

Elle enroula une jambe autour de sa hanche et gémit lorsque son érection se nicha tout contre son intimité. Une main sur ses fesses, Yarran la pressa contre lui, et elle se trémoussa. Malgré la barrière de leurs vêtements, c'était si bon qu'elle gémit à nouveau, les doigts crispés sur la chemise de Yarran.

— Yarran, murmura-t-elle contre sa bouche. Je… Je veux…

— Je sais…

Il la rejoignit alors dans sa danse lascive, et Harper comprit qu'il savait vraiment ce qu'elle voulait. Il le savait parce qu'il désirait la même chose : aller plus loin… Ou plus près, cela revenait au même. Et Dieu savait jusqu'où ils seraient allés si une sirène n'avait pas transpercé le cocon de leur intimité. Ils sursautèrent, le souffle court. Le sang tapait si fort aux oreilles de Harper qu'il couvrait presque le bruit de la sonnerie.

— Qu'est-ce que c'est ?

Yarran se renversa sur le dos, une main sur le ventre.

— Une alerte au requin.

Malgré le tumulte qui l'agitait, Harper parvint à jeter un coup d'œil vers la portion de plage surveillée. Des sauveteurs en tenue rouge et jaune couraient dans les vagues en lançant des mises en garde à l'aide de haut-parleurs. Précaution inutile : tout le monde se hâtait de regagner la plage.

— Il y a un requin ? demanda-t-elle, l'air ailleurs.

Harper contemplait la scène avec un sentiment de détachement étrange. Un requin… Alors que Yarran et elle faisaient pratiquement l'amour tout habillés ! Pas de doute, elle était bien en Australie.

— Peut-être, marmonna-t-il, les yeux fixés sur le ciel.

Harper s'allongea à côté de lui, trop chamboulée pour se soucier de la présence éventuelle d'un prédateur mangeur d'hommes. Une fois de plus, ils avaient fini dans les bras l'un de l'autre. Si elle avait été d'un naturel mystique, elle aurait pu croire qu'une sorte d'intervention divine s'ingéniait à les séparer juste à temps.

— Sauvés par le requin, ajouta Yarran à mi-voix, sans quitter le ciel des yeux.

Harper réprima un fou rire hystérique.

— J'y vois comme un signe.

Un signe qui la renforçait dans l'idée qu'ils devaient rester amis, sans plus.

— Oui, moi aussi, dit-il avec un soupir.

Harper se redressa sans conviction.

— Bon, il faut que j'y aille.

— OK. Moi, je reste encore un peu.

— Comme tu voudras.

Elle se leva, remit sa robe en ordre, puis épousseta ses cheveux et ses bras avant de se diriger vers l'endroit où ils avaient abandonné leurs chaussures. Yarran n'avait pas bougé lorsqu'elle revint vers lui et laissa tomber ses tongs à ses pieds. L'immensité de la plage aurait dû le faire paraître tout petit, mais au contraire, ainsi allongé sur le sable, il était plus viril que jamais. Comment une posture aussi nonchalante pouvait-elle renvoyer l'image d'une masculinité aussi puissante ? C'était sans doute la façon dont ses yeux la dévoraient, ou alors la bosse dans son bermuda… Quoi qu'il en soit, mieux valait qu'elle s'en aille immédiatement.

— À plus, dit-elle, la gorge serrée.

Elle tourna alors les talons et partit sans même attendre sa réponse.

Le samedi suivant, en fin d'après-midi, des rires d'enfants résonnaient dans le chemin qui bordait la maison de Yarran. Harper avait laissé sa voiture un peu plus loin pour terminer le trajet à pied, en suivant les indications d'un panneau manuscrit décoré de ballons. Cela faisait presque une semaine qu'ils ne s'étaient pas vus, et son pouls battait comme un fou.

Le mercredi précédent, elle avait décidé de lui téléphoner le soir venu et d'avancer une excuse pour ne pas assister à l'anniversaire de Jarrah. Mais, au cours de l'après-midi, Ali était intervenue aux urgences pour un décollement placentaire et lui avait dit en passant que son neveu comptait sur sa présence. Alors, Harper n'avait pas eu le cœur de se désister.

La fête battait son plein lorsque Harper pénétra dans le jardin. Une fois de plus, elle était en retard. Elle avait mis une éternité à choisir une tenue et s'était rabattue, sans conviction, sur une robe mi-longue à la taille marquée et à l'encolure carrée.

Des serpentins colorés pendaient à toutes les branches de tous les arbres, et le terrain était sillonné de fines guirlandes lumineuses fixées à la rambarde du balcon et au garde-corps de la piscine. Des ballons gonflés à l'hélium se balançaient au bout de bâtons en plastique attachés à la haie au fond du jardin. Chacun portait une lettre dont l'ensemble formait les mots « Joyeux anniversaire ». Juste devant, une table ployait sous le poids des victuailles. La ferme pédagogique avait été installée dans un coin au fond du jardin, et quelques animaux étaient confiés à des enfants assis sur des balles de foin. Des camarades de Jarrah couraient entre les adultes, tandis que d'autres s'adonnaient au trampoline, protégés par un filet de sécurité. De son poste d'observation sur la terrasse, Wally suivait les événements, les oreilles dressées. Harper repéra plusieurs collègues de Yarran et, à côté de la table, Ali, qui bavardait avec Phoebe. Ivy avait été retenue par une urgence à l'hôpital et n'avait pas pu venir. Harper repéra alors Yarran. Comment faisait-il pour avoir l'air aussi sexy avec un chapeau pointu ?

Elle sentit son cœur tressauter en voyant avec qui il discutait.

Elle n'avait pas vu Lyn et Coen depuis douze ans, mais ils n'avaient pas changé. Le père de Yarran avait gardé son physique imposant, cette aura de calme héritée d'une longue carrière de secouriste. Ancienne championne olympique de sprint, Lyn avait toujours cette grâce qui lui venait d'une longue pratique sportive et de son héritage aborigène.

Coen raconta quelque chose qui fit rire Yarran, et Lyn passa un bras autour de la taille de son mari. Ces démonstrations d'affection avaient toujours eu le don d'exaspérer leurs enfants, au grand amusement de Harper. Pour sa part, elle avait toujours adoré cette complicité. Même à ce moment-là, elle ne pouvait les regarder sans un pincement d'envie. Il y avait tellement d'amour autour d'eux. Yarran et Ali avaient eu de la chance de grandir au sein d'une famille aussi soudée. Et Jarrah aussi, désormais.

Harper se détourna, et son regard tomba sur Brock, au beau milieu d'un groupe de femmes, dont l'une lui tâtait le biceps en riant. Celui-là, quel charmeur !

— Harper !

L'exclamation surexcitée la fit sursauter. L'instant d'après, Jarrah jaillissait d'un groupe d'enfants pour se précipiter vers elle. Il jeta ses petits bras autour de ses jambes, et plusieurs regards curieux se braquèrent sur elle. Harper se figea ne sachant comment réagir.

— Ça va, mon grand ?

Finalement, elle lui tapota le dos maladroitement. Réservait-il le même accueil enthousiaste à tout un chacun ? Enfin, Jarrah desserra son étreinte, son petit chapeau de travers sur ses boucles brunes.

— Viens voir mon poney !

— Ah ! Euh...

Harper promena autour d'elle un regard embarrassé, comme pour quêter des conseils concernant le protocole à respecter lors d'une fête pour enfants. Devait-elle commencer par lui offrir son cadeau ?

— Jarrah, laisse donc entrer Harper, la pauvre.

Lyn...

Levant les yeux, Harper la vit s'approcher avec ce grand sourire qui lui avait toujours été si naturel. Manifestement, Lyn Edwards n'avait pas l'air de lui en vouloir de quoi que ce soit. Aussitôt, la tension qui lui bloquait les cervicales se relâcha.

— Quel plaisir de te revoir ! Comment vas-tu ?

Puis elle l'attira dans une accolade chaleureuse. Submergée par ses émotions, Harper ferma les yeux et s'abandonna à cette étreinte familière. Lyn n'avait jamais été avare de son affection avec elle. Harper avait mis du temps à s'habituer à ces marques d'attachement, mais elles lui avaient vraiment manqué quand elle était partie. Lorsqu'elle rouvrit les yeux, Coen arrivait avec un sourire de bienvenue. Toutefois, c'était Yarran, derrière lui, qu'elle regardait surtout. Il ne fronçait pas les sourcils comme l'aurait fait Ali, mais il ne souriait pas non plus. Elle aurait donné une fortune pour arriver à lire ses pensées... À son tour, Coen la serra dans ses bras.

— Ça fait une paye, dis donc !

— Oui... Un bon bout de temps, répondit-elle, la voix étouffée contre son épaule.

Il lui tapota le dos affectueusement.

— C'est comme si c'était hier.

Alors que Harper se dégageait de ses bras, Lyn leva les yeux au ciel.

— Abstraction faite de mes rides et de mes cheveux blancs.

— Je les adore, tes rides, mamie.

Coen gratifia sa femme d'un clin d'œil malicieux avant de se tourner à nouveau vers Harper.

— Alors, tu retrouves tes marques ?

— Bien, bien. Mon appartement sera disponible la semaine prochaine. Ça aide.

— C'est mon cadeau, dis ?

Harper baissa les yeux vers Jarrah, qui trépignait d'impatience.

— Oui.

Elle lui tendit le paquet en priant pour que son idée lui plaise.

— Merci !

En trois secondes chrono, Jarrah avait déchiré l'emballage. Il ouvrit des yeux ronds devant son cadeau : un petit terrarium avec un saintpaulia qui arborait timidement une minuscule fleur violette. Harper se mordilla la lèvre inférieure. Bien fait pour elle ! Pourquoi ne lui avait-elle pas offert un jouet, tout bêtement ? Par bonheur, Coen eut un petit sifflement admiratif.

— Oh là là ! Un terrarium. C'est formidable !

Comme Jarrah scrutait la boule de verre d'un air dubitatif, Harper tenta de se justifier.

— Ton papa...

Elle buta sur ce mot. Cela lui faisait encore tout drôle de se dire que Yarran était papa.

— Il m'a dit que tu aimes l'aider à jardiner, alors j'ai pensé que ça te plairait d'avoir une plante d'intérieur.

— Excellente idée ! renchérit Yarran.

Mais Jarrah n'avait pas l'air convaincu.

Bravo, Harper ! Voilà ce qui s'appelle faire chou blanc.

Tout à coup, elle eut envie d'être ailleurs, n'importe où plutôt que dans ce jardin, jugée par tout un tas de gens qui, eux, savaient certainement s'y prendre avec les enfants.

— Et tu vois ces petits cailloux ? Ils brillent dans le noir.

Elle s'était souvenue que Jarrah avait peur du noir et qu'il avait besoin d'une veilleuse pour s'endormir.

— C'est vrai ? dit-il en ouvrant de grands yeux.

— Bien sûr. Tu verras, cette nuit.

— T'as vu ça, papa ? Des cailloux qui brillent dans le noir !

— Incroyable, dit celui-ci en riant.

— Merci, Harper. Je vais le montrer à Sammy.

Jarrah s'éloigna comme s'il tenait le Saint Graal. Tout le monde éclata de rire, mais Harper n'était pas rassérénée pour autant.

— Désolée, dit-elle à Yarran avec un sourire d'excuse. Je ne savais pas quoi lui offrir.

Yarran fronça les sourcils, mais sa mère le devança pour répondre :

— Pas du tout ! Tu as très bien choisi, au contraire. C'est un très beau cadeau, c'est très attentionné de ta part. En tout cas, il durera plus longtemps que la moitié des cochonneries en plastique qu'il va recevoir aujourd'hui.

— Il est parfait, renchérit Yarran. Vraiment.

Rassurée, Harper ouvrit la bouche pour les remercier, mais un « Papa ! » impérieux leur parvint de l'autre bout du jardin. Yarran eut un petit rire.

— Désolé, mes devoirs de père m'appellent.

« Mes devoirs de père. »

Il n'avait pas levé les yeux au ciel ni fait la grimace en disant cela. Non, il avait simplement ri avant de rejoindre son fils. C'était troublant de le voir se fondre dans ce rôle avec autant de naturel. Troublant et culpabilisant. Si elle était restée, douze ans auparavant, Harper l'aurait sûrement empêché de connaître un tel bonheur.

Lyn lui pressa légèrement le bras. Elle la regardait avec douceur, comme si elle avait deviné ces pensées qui lui pesaient sur le cœur.

— Allez, viens. Je vais te présenter à nos invités.

7

Une demi-heure plus tard, Harper avait fait le tour des convives et renoué avec les deux autres sœurs de Yarran, Kirra et Marli. Cela fait, elle rejoignit Ali et Phoebe, qui n'avaient pas bougé de la table de friandises.

De temps à autre, Wally aboyait depuis la terrasse tandis que des enfants couraient de-ci, de-là, et que d'autres s'ébrouaient dans la piscine sous la surveillance des adultes. Jarrah avait insisté pour qu'elle porte, elle aussi, un chapeau pointu, et elle n'avait pas osé jouer les rabat-joie. En tout cas, sans doute était-ce à cause du chapeau, ou parce que la plupart des invités ne la connaissaient pas, mais quoi qu'il en soit, elle ne tarda pas à se détendre, d'autant plus que la conversation avec Ali et Phoebe venait de s'orienter vers le travail et le cas d'Emma Wilson.

— Elle en est à combien ? demanda Harper. Vingt-sept semaines ?

Ali hocha la tête.

— Presque. Vingt-six semaines et six jours.

— La pauvre, dit Phoebe. Avec un seul bébé, ce serait déjà difficile, alors avec deux…

Ali prit une poignée de bonbons à la banane.

— Les bébés ont l'air de bien se porter, malgré la ventilation et le contrôle des fluides.

— J'ai jeté un coup d'œil hier à son compte rendu d'échographie, dit Phoebe. Le jumeau n° 2 est légèrement plus petit qu'attendu, mais il reste encore dans des valeurs normales. Aucun ne montre de signes de détresse.

— Tu m'étonnes, intervint Harper. Avec toute cette sédation, ils doivent planer là-dedans.

— Pas faux, dit Phoebe en riant.

— Sérieusement, vous n'avez aucune inquiétude concernant les effets à long terme de ces médicaments sur les bébés ?

Ali secoua la tête.

— Non, pas vraiment. Emma avait bien entamé son second trimestre lorsqu'elle a été brûlée, donc les bébés avaient terminé l'essentiel de leur développement. En plus, on évite les benzos et les opiacés. Mais qui sait ? On ne voit pas ce genre de cas tous les jours, et la littérature n'est pas abondante à ce sujet.

Tandis qu'elles discutaient, Harper suivait distraitement Yarran des yeux. Même si Jarrah et les autres enfants l'accaparaient, il arrivait à trouver le temps de discuter avec les autres parents. Bref, il gérait l'événement comme un pro. Un couple échangea quelques mots avec lui, et la femme lui effleura le bras avec un sourire de commisération.

— Il n'en a pas marre de tout ça ?

Harper se tourna brusquement vers Phoebe. Elle aussi regardait Yarran, les sourcils froncés.

— Marre de quoi ?

— Eh bien, tous ces gestes de sympathie, cette façon de lui tapoter le bras… Ce n'est pas un toutou, bon sang !

Ali haussa les épaules.

— Les gens ont de la peine pour lui. Cela dit, ils évitent de mentionner l'éléphant dans la pièce.

Harper cligna les yeux avec surprise.

« L'éléphant dans la pièce » ?

— C'est ça, dit Phoebe, énervée, avec un petit signe de tête. Comme s'il s'était levé ce matin sans penser : « Super, je vais devoir passer la journée à sourire à pleines dents pour mon fils alors que la femme qui lui a donné la vie ne sera pas des nôtres. »

Alors, Harper comprit. L'éléphant dans la pièce, c'était Marnie, bien sûr. Quelle idiote elle faisait, et quelle égoïste ! Toujours, elle n'avait songé qu'à elle. Elle s'était seulement souciée de faire face à Yarran et à sa famille après ce baiser torride sur la plage. De cela, et de trouver un cadeau pour Jarrah. Pas une seconde elle n'avait pensé à ce que cette journée allait représenter pour lui. À ce qu'il lui faudrait de sang-froid pour faire bonne figure un jour comme celui-ci. Il célébrait la joie de la naissance de Jarrah tout en sachant que la femme qui avait permis ce bonheur ne serait plus jamais là pour en profiter. Et malgré tout, il avait organisé une fête. Il prenait sur lui pour divertir ses invités et pour rendre son fils heureux.

La femme continuait de jacasser, mais Yarran ne la regardait plus. Ses yeux s'étaient posés sur Jarrah, à qui la mère d'un petit camarade expliquait comment réaliser une bulle de savon avec deux bâtons reliés par une ficelle. En riant, Jarrah la laissait guider ses bras, et lorsqu'une grosse bulle jaillit du fil en tremblotant, il dévisagea la femme comme si elle était investie de pouvoirs magiques. Un éclair de détresse traversa alors le regard de Yarran. Il ne dura pas plus d'une seconde et fut aussitôt remplacé par un grand sourire de circonstance, mais Harper en ressentit l'impact de manière physique, comme un coup de poing. Elle en avait le souffle coupé. Pensait-il que cette mère aurait pu être Marnie ? Que Jarrah n'avait pas la vie qu'il méritait ? Ou lui, Yarran ? Avait-il fait semblant de sourire depuis le début pour détourner l'attention de ce vide dans sa vie ? Harper aurait donné n'importe quoi pour ramener Marnie parmi les vivants. Pour Jarrah, afin qu'il connaisse l'amour de sa mère, mais pour Yarran, aussi. Même si ses sentiments pour lui étaient compliqués, Harper avait toujours voulu qu'il soit heureux. D'ailleurs, c'était en grande partie pour cette raison qu'elle l'avait quitté, douze ans auparavant. À présent, elle s'en rendait bien compte. Yarran avait mérité de connaître une femme capable de l'aimer sans aucune réserve. Il avait mérité Marnie.

La voix calme d'Ali la ramena au présent.

— Que veux-tu ? Ils pensent bien faire.

Phoebe soupira.

— Oui, sans doute. Mais ce soir, je suis sûre qu'il va brancher la chaîne hi-fi à plein tube et crier un bon coup.

Harper ne put s'empêcher de rire. Il y avait un tel fossé entre l'image de cet hôte poli et attentionné, et celle d'un homme qui se défoulait sur une musique assourdissante.

— En effet, il a toujours dit qu'il n'y avait rien de mieux que le metal pour vider son cœur, précisa-t-elle.

Ali eut un léger froncement de sourcils, et Harper devina qu'elle n'était toujours pas prête pour ce genre d'évocations affectueuses.

Elle avait peut-être digéré le chagrin que Harper avait causé en partant, mais elle n'avait rien oublié.

Par bonheur, Jarrah surgit alors telle une petite boule d'énergie.

— Tata Lili !

Il lui saisit la main et la secoua.

— Viens me voir sur le poney ! Toi aussi, ajouta-t-il en attrapant le bras de Harper.

Ali leva les yeux au ciel avec un sourire attendri.

— Un bisou d'abord.

— Encore ? T'en as déjà eu !

— Eh oui ! Tu as quatre ans aujourd'hui, donc tu dois me donner quatre bises. C'est la règle.

Comme Jarrah fronçait les sourcils d'un air suspicieux, Harper intervint :

— Ce n'est pas plutôt l'inverse ? On est censé embrasser celui dont c'est l'anniversaire...

— Oui ! s'écria Jarrah en ouvrant de grands yeux.

Ali gratifia Harper d'une moue espiègle.

— Dis donc, toi. Tu es de quel côté ?

— Moi ? Je suis pour le héros du jour, bien sûr.

Ali leva à nouveau les yeux au ciel.

— Bon, bon, puisque vous insistez...

Elle souleva son neveu dans ses bras et le cala contre sa hanche.

— Le héros du jour n'a qu'à bien se tenir. La livraison de bisous arrive !

Ali fit pleuvoir des baisers partout sur son visage, et Jarrah se mit à gigoter avec de petits cris entrecoupés de rires.

— Arrête, tata, arrête !

Ali le reposa au sol, et Jarrah lui saisit la main ainsi que celle de Harper.

— C'est mon tour de monter sur le poney !

Consciente que Yarran les observait de l'autre bout du jardin, Harper ne songea pas une seconde à résister à cette menotte qui l'entraînait avec autant d'insistance. De même qu'elle aurait été incapable de résister à l'émotion qui lui tiraillait le cœur.

Les guirlandes se mirent à scintiller autour de 6 heures du soir, alors que la fête s'achevait. Les enfants surexcités s'en allaient à contrecœur, un sac de cadeaux à la main, tandis que l'équipe de la ferme pédagogique pliait bagage. Ali et Phoebe étaient parties une demi-heure plus tôt, en raison d'engagements personnels, et Harper aurait fait de même si Jarrah n'avait pas insisté pour qu'elle le regarde faire des sauts sur le trampoline. Elle surveillait les jeux des enfants lorsque Lyn l'aborda pour lui demander un service.

— Ça t'embête de rester un moment ce soir ? Chaque année, Jarrah passe la nuit chez nous, mais… Enfin, ça m'inquiète de laisser Yarran tout seul.

Harper sentit son ventre se nouer. Oh non ! Pourquoi elle, bon sang ? Yarran ne devait pas manquer d'amis, non ?

— Il refuse toute compagnie, poursuivit Lyn comme si elle avait deviné ses réticences. Mais lorsqu'on lui ramène Jarrah, il fait toujours peine à voir. Je ne peux pas m'empêcher de me dire que s'il était en tête à tête avec autre chose qu'une bouteille, il ne ruminerait pas des idées noires toute la soirée.

— Lyn… Je ne suis pas sûre d'être la mieux placée pour l'aider.

— Je ne suis pas d'accord. Au contraire, ça lui ferait du bien d'avoir avec lui quelqu'un qui n'était pas là au moment des faits. Et puis, il est trop poli pour te mettre dehors, ajouta-t-elle avec un sourire malicieux.

Certes, mais Lyn ignorait ce qui s'était passé entre eux ces derniers temps. Alors que Harper ouvrait la bouche pour se défiler poliment, Lyn lui toucha le bras.

— S'il te plaît, Harper. Juste un moment.

Harper poussa un long soupir. Elle avait toujours été incapable de refuser quoi que ce soit à Lyn. Comme à son fils ou à son petit-fils, d'ailleurs. Décidément, dans la famille Edwards, tout le monde la menait par le bout du nez !

Et donc, la fête terminée, Harper s'attarda à ramasser des jouets dispersés dans le jardin. Lyn, Coen et quelques autres étaient restés un moment pour aider à ranger, mais tout le monde était parti depuis une vingtaine de minutes. Yarran était sorti pour dire au revoir à l'équipe de la ferme pédagogique. Autrement dit, Harper avait le jardin pour elle toute seule.

Quel calme ! Le silence n'était troublé que par les insectes. Adossé au garde-corps de la piscine, Harper terminait sa bière en regardant les lumières des maisons du voisinage. Autrefois, elle n'avait jamais imaginé Yarran en père de famille dans une banlieue résidentielle, mais il fallait avouer que cette vie lui allait bien. En tout cas, à en juger par le nombre de voisins qui étaient venus à la fête, il était apprécié par le quartier. Si elle était restée, auraient-ils eu cette vie-là ? Harper avait du mal à le concevoir, mais bizarrement cette pensée ne provoquait en elle aucune forme de regrets ou de panique.

Le claquement d'une portière la tira de ses rêveries. Son regard tomba sur le trampoline, et elle y vit un objet qui ressemblait à un jouet d'enfant. Elle posa sa bouteille et s'approcha. Il s'agissait bien d'un jouet : en l'occurrence, d'un ours en peluche élimé qui devait servir de doudou et qui serait sûrement réclamé rapidement. Harper ouvrit la fermeture Éclair du filet de protection et tapota la toile pour faire rebondir la peluche jusqu'à elle, mais elle obtint l'effet inverse. Elle grimpa donc l'échelle, releva sa robe et rampa jusqu'au centre du trampoline. L'ours à la main, elle se renversa alors sur le dos et savoura l'air frais du soir. C'était étonnamment agréable de rester étendue ainsi, à profiter de la tranquillité d'un samedi soir dans une banlieue paisible. Alors que les ombres grignotaient les teintes pastel du ciel, quelques étoiles firent timidement leur apparition, mais les lumières électriques masquaient la splendeur de la voûte céleste. Comme si l'univers avait entendu ses pensées, l'éclairage environnant s'éteignit petit à petit, et les étoiles se mirent alors à briller par centaines.

— Coucou là-haut, dit-elle.

Une fenêtre s'éclaira dans la maison.

— C'est toi, Harper ? Où es-tu ?

Yarran était sorti sur le balcon, flanqué de Wally, qui se grattait une oreille.

— Sur le trampoline.

— C'est ma mère qui t'a demandé de rester ?

— Oui, répondit-elle en riant.

Un profond soupir résonna dans le silence.

— Écoute, je suis vraiment désolé.

— Il n'y a pas de quoi. Tu pourrais éteindre s'il te plaît ? J'aimerais profiter des étoiles.

Il obtempéra et, tandis que les yeux de Harper s'ajustaient à la pénombre, elle entendit son pas dans l'escalier, puis dans l'herbe, assourdi.

— Ça t'embête si je monte avec toi ? demanda-t-il en bas de l'échelle.

Elle aurait dû répondre par l'affirmative. Elle aurait dû descendre, revenir dans la maison et préparer un café, bavarder de tout et de rien autour d'un reste de gâteau, puis trouver une excuse pour s'en aller le plus vite possible. Mais l'inquiétude de Lyn lui revint à l'esprit.

— Pas du tout, dit-elle. Viens.

Harper sentit son corps tanguer légèrement tandis que Yarran grimpait sur le trampoline et qu'il s'allongeait à côté d'elle. Elle se décala pour lui laisser de la place, mais le poids de leurs corps formait un creux au centre de la toile, et ils ne pouvaient faire autrement que de se toucher. C'était agréable de le sentir ainsi tout contre elle. Bien trop agréable, même. Yarran était-il aussi sensible qu'elle à ce contact ? En tout cas, il n'en laissait rien paraître.

— Là, regarde : la Croix du Sud, dit-il en tendant le bras en l'air.

Pendant quelques minutes, ils demeurèrent étendus sans rien dire ni rien faire d'autre que contempler le ciel tandis qu'il virait de l'indigo au noir profond. Harper se demandait à quoi Yarran pensait. À Marnie, certainement, et à Jarrah. Ou songeait-il à tous les anniversaires à venir, à toutes les autres grandes étapes dans la vie de son fils qui raviveraient la douleur de son deuil ?

— Il ne faut pas que tu en veuilles à ta mère.

— Je ne lui en veux pas.

— Elle se fait du souci pour toi.

— Oui, je sais bien. Seulement, ça fait du bien d'être un peu seul après avoir été sur le pied de guerre pendant des heures. C'est épuisant de répéter sans cesse à tout le monde que, oui, ça va.

— Mais justement, tu vas bien ?

Il marqua une pause avant de répondre :

— La plupart du temps, oui.

Un silence tomba.

Peut mieux faire, songea-t-elle.

Mais ce n'était déjà pas si mal, compte tenu du fait qu'il était veuf depuis seulement trois ans.

— Ça doit être dur pour toi… Ce jour.

Lyn n'aurait sans doute pas apprécié ce choix de conversation. Elle lui avait demandé de rester pour lui changer les idées, pas pour le confronter à son passé. Mais Harper savait aussi que les gens avaient parfois besoin de se confier, et qu'il leur fallait juste l'occasion pour le faire.

— C'est comme ça, dit-il. Il faut faire avec.

Au mouvement de son bras contre le sien, elle sentit qu'il haussait les épaules, et ce geste lui donna une conscience aiguë de sa proximité, de la chaleur de son corps. Elle se força à se concentrer sur leur conversation et décida de ne pas insister sur le sujet, puisqu'il n'avait manifestement pas envie d'en parler.

— Ça t'a fait quoi de revoir mes parents ?

— Oh ! C'était super.

Yarran eut un petit rire. Elle tourna la tête vers lui, mais il ne la regardait pas.

— Je t'avais bien dit que tout se passerait bien.

— C'est vrai, dit-elle en reportant son attention sur les étoiles. Ils n'ont absolument pas changé.

— Mis à part les rides et les cheveux blancs.

— Oh ! arrête… J'aimerais bien leur ressembler quand j'aurai leur âge. Quand je pense que Kirra a quatre enfants…

— C'est fou, hein ? Jarrah a dix petits cousins qui habitent tous dans le coin.

« À défaut de frères et de sœurs. » Il n'avait pas prononcé ces paroles, mais le sous-entendu était évident.

— Oui, il a de la chance.

Elle regretta aussitôt ces mots. Seigneur, comment pouvait-elle être aussi bête ? Surtout un jour comme celui-ci.

— Je veux dire… Enfin…

— Pas de problème.

Il tourna la tête vers elle, et leurs regards se croisèrent.

— Je comprends ce que tu voulais dire. Et c'est vrai, il a de la chance à beaucoup d'égards. Oui, sa mère est morte, mais il est très entouré et très choyé dans notre petit clan. Ça n'est pas rien.

Même si ma famille est envahissante et qu'ils ont tendance à en faire des tonnes.

« Notre petit clan »... Harper en avait fait partie, autrefois. Maintenant qu'elle était de retour, elle avait l'impression de les regarder de dehors, le nez appuyé contre une vitre.

— J'aurais aimé avoir une famille comme la tienne, dit-elle sans réfléchir.

Il hocha lentement la tête.

— Oui. J'aurais bien voulu ça pour toi.

Harper n'aurait su dire combien de temps ils demeurèrent ainsi à contempler le scintillement des étoiles. En tout cas, ce silence n'avait rien de pesant, bien au contraire. C'était sans doute un héritage de leur longue relation : ils n'avaient pas besoin de parler pour combler les moments de silence.

— Je peux te demander quelque chose ? demanda-t-il soudain.

— Oui, bien sûr.

— Tu ne vas pas... Enfin, tu n'es pas obligée de répondre.

Un frisson désagréable glissa le long du dos de Harper.

— Vas-y.

— C'était comment de grandir sans ta mère ?

La question la prit de court. Mine de rien, le simple fait qu'il n'en connaisse pas la réponse et qu'il soit toujours aussi gêné d'aborder le sujet en disait long sur le couple qu'ils avaient formé pendant huit ans.

— Tu as vécu dans des familles d'accueil, donc ce n'est pas pareil. Mais un deuil est un deuil... Et la mère est une figure centrale dans la vie d'un enfant. Tu es une femme formidable, intelligente, ambitieuse, mais je sais qu'au fond de toi il y aura toujours une petite fille qui a souffert.

Il se tourna vers elle, et leurs regards se lièrent.

— Et qui souffre encore, j'ai l'impression, ajouta-t-il. Et je ne supporte pas d'y penser.

Harper comprenait bien qu'il ne posait pas la question pour lui, mais pour Jarrah. En fait, il ne supportait pas de penser que son fils souffre de l'absence de sa mère. Dans le temps, elle l'avait rembarré chaque fois qu'il avait abordé ce sujet. Bien des années plus tard, il était prêt à se heurter aux mêmes réticences parce qu'il cherchait à se rassurer sur son fils. Alors, elle pouvait bien baisser un peu la garde et lui fournir quelques réponses. Pour Jarrah. Un peu plus tôt, elle avait justement pensé que les gens avaient parfois besoin qu'on leur offre l'occasion de se confier. Alors pourquoi ne pas saisir la balle au bond ?

Yarran attendait, suspendu à sa réponse. Aurait-elle enfin le courage d'aborder la question ? Point encourageant, elle ne s'était pas levée pour partir. Pas encore, du moins. Dans le silence qui s'éternisait, sa nervosité grandissait. Allait-elle se retrancher dans son mutisme et le renvoyer, comme avant, à ses interrogations ?

— Ma mère…

Harper buta sur le mot et prit une profonde inspiration. Poussé par une impulsion indéfinissable, il saisit sa main et la pressa légèrement dans la sienne.

— Elle est morte quand j'avais neuf ans.

Yarran pivota brusquement la tête vers elle.

— Oh ! Mais je croyais que tu l'avais perdue beaucoup plus jeune.

— Non, répondit-elle sans le regarder. Elle était toxico. Pendant longtemps, elle s'en est sortie, mais elle a replongé quand j'étais petite. C'est la première fois qu'on m'a retirée à sa garde.

« La première fois » ? Yarran ferma les yeux, consterné.

— Pendant six ans, j'ai été ballottée entre des familles d'accueil et ma mère. Quand elle était sevrée, je retournais chez elle. Et puis ça repartait pour un tour.

— Ça devait être… perturbateur.

— Oui, c'est le mot. Et pourtant, j'avais envie de retourner chez elle. C'était ma mère, et je l'aimais. Et elle aussi m'aimait, j'en suis convaincue. Elle avait du mal à se débrouiller dans la vie, mais ensemble on était heureuses. On n'était pas riches, je n'étais pas une enfant gâtée, mais j'adorais son rire. Et elle découpait toujours mes sandwichs dans des formes bizarroïdes. Je ne savais jamais à quoi m'attendre quand j'ouvrais la boîte de mon repas.

Sa voix avait des accents tristes, mais Yarran mesurait à quel point elle avait aimé sa mère.

— S'il avait été dans son pouvoir de changer, elle l'aurait fait, c'est sûr. Seulement, certaines personnes sont mal équipées pour se prendre en main.

Elle s'interrompit et secoua la tête.

— Bon sang ! je déteste cette expression. Ma mère était surtout victime de problèmes familiaux qui remontaient à des générations. J'en connais peu qui y auraient échappé. Bref, j'étais en famille d'accueil la fois où elle a fait une overdose. Quand l'assistante sociale m'a annoncé la nouvelle, je me rappelle que je me suis sentie… inerte… Elle n'arrêtait pas de me dire que ce serait normal de pleurer, mais je n'y arrivais pas. À mon avis, je m'étais toujours doutée que les choses se termineraient comme ça et j'étais furieuse que les faits me donnent raison.

Yarran lui pressa à nouveau la main.

— Je suis tellement navré, Harper. Navré aussi de ne pas t'avoir posé ces questions plus tôt.

— Mais tu as essayé.

Yarran hocha la tête. Oui, il avait bien tenté quelques fois, mais…

— Nous sommes restés ensemble pendant huit ans. J'aurais dû essayer davantage.

— Surtout pas. J'avais pris l'habitude d'enfouir toutes ces histoires. J'avais trop peur de révéler mes blessures au grand jour et d'être cataloguée comme une fille à problèmes. Peur de faire fuir les gens.

— Je n'aurais pas fui.

— Non, pas toi, bien sûr. Mais tout le monde m'avait quittée, alors…

Elle regarda à nouveau les étoiles.

— Excuse-moi. Ça n'a ni queue ni tête, mais pour moi non plus, tu sais. La logique n'a rien à voir là-dedans. Il s'agit d'une blessure très ancienne et très profonde contre laquelle j'essaye de me protéger depuis toute petite.

Bon sang ! Pas étonnant qu'il n'ait rien tiré d'elle à l'époque.

— Ce n'est pas grave, ajouta-t-elle en lui serrant la main. Je ne t'en veux pas de ne pas avoir insisté davantage. C'est ma faute, au contraire. À l'époque, je savais très bien te réduire au silence.

Oh oui ! Elle avait été une véritable experte à ce jeu-là. Et quelle que soit sa curiosité, Yarran s'était toujours dit qu'il n'avait pas le droit de fourrer son nez dans des histoires qu'elle préférait ne pas évoquer.

— J'aurais voulu savoir, mais je n'avais pas envie de te perdre.

— Et c'est ce qui serait arrivé. Si tu avais insisté, je t'aurais quitté plus tôt. Mon instinct de fuite a toujours été particulièrement développé.

— C'est vrai.

C'était d'ailleurs pour cela qu'il avait battu en retraite, systématiquement.

— Tu as assisté à son enterrement ? demanda-t-il après un long silence.

— Oui. J'y étais avec l'assistante sociale et quelques amis de ma mère des Narcotiques Anonymes.

La tristesse de sa voix était plus éloquente que mille mots. Yarran se tourna vers elle et attendit sans rien dire qu'elle poursuive son récit.

— J'ai perdu le compte des familles d'accueil qui m'ont hébergée au cours des années qui ont suivi.

— Ah bon ? Tu n'étais pas placée à titre permanent ?

— Eh non ! Comment dire ? J'étais une gamine… compliquée. En colère, surtout. Heureusement, à quinze ans, une grand-tante a débarqué dans ma vie. Elle s'appelait Jacqueline. J'ai passé deux ans avec elle.

Yarran fronça les sourcils.

— Elle a débarqué dans ta vie comme ça, du jour au lendemain ?

— Oui. Incroyable, non ? Elle était restée brouillée avec sa famille pendant des années. Enfin, ce n'est pas étonnant quand on connaît un peu mes tantes et ma grand-mère. Je suis presque sûre que ma mère n'a jamais rien su d'elle. Jacqueline avait vécu une vingtaine d'années en Angleterre. C'est à son retour qu'elle a appris le décès de ma mère et qu'elle a entendu parler de moi.

Harper secoua la tête.

— Elle est arrivée un beau jour, et tout est devenu merveilleux. Le paradis. Elle vivait dans un appartement bizarroïde, rempli de photos de Londres. Pour la première fois de ma vie, je me suis dit que les choses iraient pour le mieux.

Sans savoir pourquoi, Yarran se sentit saisi d'un pressentiment désagréable.

— Que s'est-il passé ?

Harper demeura silencieuse un long, un très long moment.

— Elle est morte. D'une crise cardiaque lors d'une partie de golf, un jour où j'étais au lycée.

— Oh non ! Harper…

Pivotant sur le côté, il lui embrassa la main et la posa contre son cœur.

— Ça va, parvint-elle à dire. J'ai eu la chance de vivre deux années merveilleuses avec elle.

Comment pouvait-elle parler de chance ? C'était horrible, au contraire. Le pire, c'était cette résignation. On aurait dit qu'elle s'était toujours attendue que sa bonne fortune ne dure pas, de toute façon.

— Jacqueline me disait toujours : « Écoute, ma petite : la vie ne t'a pas fait de cadeaux, et j'aimerais y changer quelque chose, mais c'est comme ça. Ton seul espoir de ne pas terminer comme ta mère et d'autres membres de la famille, c'est d'étudier, étudier, et encore étudier. J'aimerais t'aider financièrement, mais je ne peux pas. Par contre, tu es rusée comme un renard, et les bourses, ça sert à quelque chose. »

Harper éclata de rire, comme si les souvenirs la rattrapaient.

— Elle agitait l'index et disait : « Compris, petite ? » Et moi, je hochais la tête. Elle me répétait aussi qu'elle était fière de moi. Plus tard, quand j'ai été placée à nouveau, je me suis démenée pour obtenir une bourse. Pour moi, bien sûr, mais surtout pour elle.

Yarran savait que les études de Harper avaient été prises en charge intégralement par des bourses, mais il comprenait mieux pourquoi elle s'était donnée à fond dans son travail.

— Pour en revenir à ta question, oui, c'est dur de grandir sans sa mère. Dans un monde idéal, tous les enfants devraient avoir un père et une mère qui les aiment, mais tu sais aussi bien que moi que ce n'est pas toujours le cas.

Elle se tourna vers lui.

— Ma mère a eu une influence déstabilisatrice sur ma vie, mais chaque fois que je pense à elle, j'ai l'impression qu'il me manque quelque chose, un élément vital comme un organe, un membre. Avec le temps, ce sentiment s'est atténué, mais il n'a pas complètement disparu. Jarrah ressentira sans doute la même chose, mais sans le comprendre vraiment parce qu'il n'a pas connu sa mère. Par contre, il peut compter sur une famille qui l'aime.

Ils échangèrent un sourire.

— N'en déplaise aux préjugés, les enfants ont plus besoin

d'affection que d'une figure parentale. Ils ont besoin d'un amour inconditionnel, besoin d'être protégés contre vents et marées par une personne en qui ils ont toute confiance. Et cette personne n'est pas forcément un père ou une mère.

Le regard ailleurs, elle poussa un long soupir tremblant.

— Parfois, il suffit d'une grand-tante Jacqueline.

Une larme solitaire roula lentement le long de sa tempe. Yarran se redressa sur un coude pour la regarder. Elle pivota la tête vers lui et planta dans les siens des yeux remplis de larmes et de nuit. Bon sang ! il ne supportait pas de la voir aussi triste. Elle était là, juste à côté de lui, si près qu'ils se touchaient, mais elle avait l'air tellement seule… Son cœur se déchira lorsqu'une autre larme coula.

— Oh ! ma chérie…

Il prit sa joue en coupe dans une main, et le bout de ses doigts plongea dans ses cheveux.

— Je suis navré. Tellement navré…

Il posa un baiser sur une larme, puis sur une autre, puis sur ses yeux, son nez, son front, ses tempes. Des doigts frais encerclèrent son poignet.

— Je vais bien, dit-elle sourdement. Je t'assure que ça va.

— Je sais.

Il n'avait jamais rencontré personne capable d'un tel sang-froid. C'était d'ailleurs pour cela que ses larmes lui fendaient autant le cœur.

— Mais justement, tu n'as jamais eu envie de plus ?

Harper scruta son visage comme pour en graver chaque trait dans sa mémoire. Puis elle lui lâcha le poignet et sa main remonta le long de sa mâchoire, caressa la courbe de ses pommettes avant de plonger dans ses cheveux et de les ramener en arrière.

— Si. Souvent.

8

Alors, Yarran l'embrassa. Doucement tout d'abord, sans chercher à aller plus loin. Il se contentait de la tenir dans ses bras, malgré le sang qui lui martelait les tempes. Mais Harper remonta la main sur son épaule et gémit, les lèvres entrouvertes dans une invite implicite. Une invite à prendre ses lèvres… à s'immiscer derrière ses barrières, à combler le vide laissé par douze ans d'absence.

Yarran obéit, mais timidement. Il explorait ses lèvres avec lenteur et délicatesse, et prenait son temps pour se refamiliariser avec des sensations enfouies sous des années d'oubli. C'était aussi bon qu'avant. Mais nouveau, aussi. Ce baiser avait la saveur d'une redécouverte qui le tenait en haleine, tremblant de se laisser emporter, coincé entre le plaisir de l'instant et la crainte des conséquences.

Les gémissements de Harper se réverbéraient dans sa tête et faisaient vibrer toutes les fibres de son être ; ils saturaient ses sens à lui donner le vertige. Et pourtant, malgré la brûlure lancinante qui lui vrillait le bas-ventre, Yarran était trop mélancolique pour s'abandonner complètement.

— Bon sang ! Harper…

Il s'écarta légèrement, le cœur battant à tout rompre. Le souffle tiède qui s'échappait des lèvres de Harper était comme un appel à recommencer.

— J'aimerais…

Il posa le front contre le sien sans terminer sa phrase. Ce qu'il voulait, au juste, il n'en savait rien. Il était trop bouleversé de se retrouver avec elle. Avec Harper.

— Tu aimerais quoi ?

— Je ne sais pas, justement, dit-il avec un petit rire gêné.

Enfin, si : il aurait aimé ne jamais avoir été séparé d'elle. Oui, mais alors, il n'aurait pas eu ces années merveilleuses avec Marnie.

Il n'aurait jamais eu Jarrah. Il aurait aimé qu'ils se soient quittés en meilleurs termes, peut-être ? Sans tous ces non-dits.

Il redressa la tête et lui effleura la tempe avec le pouce.

— J'aimerais t'embrasser et pouvoir en rester là, sans rien désirer davantage. Mais je n'en suis pas capable. Pas ce soir, du moins.

— C'est peut-être cela, le problème. On a ignoré cette alchimie en espérant qu'elle finirait par mourir de sa belle mort.

Il hocha la tête lentement.

— Mais ça n'a pas marché, non ?

— Non. Donc, le mieux serait sans doute de la laisser flamber une bonne fois pour toutes, tu ne crois pas ?

Le souffle de Yarran se figea.

Oui, bonne idée… Excellente idée, même.

Le sang déferla dans ses veines avec une vigueur décuplée, et une chaleur intense imprégna chaque cellule de son corps.

— La question devrait plutôt être : « Qu'est-ce que tu veux, Yarran ? »

— Toi, murmura-t-il, les yeux dans ses yeux. C'est toi que je veux.

— Parce que tu ne veux pas être seul ce soir ?

— Non, non.

Il secoua vigoureusement la tête.

— Parce que je ne supporte pas de rester une seconde de plus sans être en toi. Mais toi, qu'est-ce que tu veux ?

Il sentit sa main se crisper sur son épaule.

— Je veux te sentir en moi. Passer la nuit avec toi.

Une sensation triomphale roula dans les veines de Yarran. Une nuit… C'était peu et beaucoup à la fois.

— Bonne réponse, dit-il en s'allongeant sur elle.

Alors qu'il s'étalait de tout son long sur elle, Harper sentit la toile du trampoline s'affaisser sous leur poids. Elle ouvrit les jambes et tressaillit lorsque sa virilité se nicha contre le point douloureusement sensible entre ses cuisses. Il était grand et lourd, si lourd. Elle adorait sentir son corps sur le sien. Adorait la façon dont il la regardait, comme s'il voulait la dévorer. Elle le désirait tant, cet homme qu'elle n'avait jamais pu oublier ! Plus que tout au monde. Plus qu'elle ne l'aurait jamais cru possible. Ils avaient tenté de nier ce feu qui couvait sans jamais arriver à l'éteindre. À présent, il ne leur restait plus qu'une solution : abdiquer devant le désir.

Incapable d'attendre son baiser, elle se redressa vers lui et écrasa sa bouche contre la sienne. Le gémissement qui s'échappa des lèvres de Yarran semblait provenir du tréfonds de son âme. Pour l'attirer plus près encore, elle prit fermement ses fesses en coupe dans ses paumes et noua les jambes autour de sa taille.

— Yarran…, dit-elle dans un souffle.

Elle glissa une main entre leurs corps sans ménagement et baissa la fermeture Éclair de son pantalon alors même qu'il remontait sa robe sur ses cuisses. On aurait dit une chorégraphie précipitée, rythmée par le battement de leurs cœurs et le murmure de leur souffle. Yarran introduisit un doigt dans sa moiteur à l'instant où, la main dans son jean, elle enserrait son érection. Des halètements s'échappaient de leurs lèvres entrouvertes tandis que, sans se quitter des yeux, ils se refamiliarisaient avec leurs corps.

— Je n'ai pas de préservatif…

— Pas grave. J'ai un stérilet et je n'ai pas eu de rapports depuis plus d'un an.

— Trois pour moi.

Elle lui fit baisser la tête pour l'embrasser, et leurs langues se mêlèrent dans une danse lascive. De sa main libre, elle guidait son sexe tendu vers son intimité et gémit lorsqu'il entra en elle. Seigneur ! Est-ce que ça avait toujours été aussi bon ?

Puis, avec un long cri sourd, Yarran plongea en elle, et elle ferma les yeux, terrassée. Oh oui ! ça avait *toujours* été aussi bon. Comme pour le lui rappeler, il se retira et recommença. Et encore, et encore, et encore.

— Oui… Ne t'arrête pas.

Les doigts enfoncés dans ses cheveux, elle se cambra et resserra les jambes autour de lui, les chevilles pressées dans le creux de son dos. Dans une sorte d'abandon sauvage, Yarran accompagnait d'un grognement guttural chaque poussée, et le rebond du trampoline en accentuait les effets. Harper pressa le visage contre son cou, tout étourdie par le plaisir qui fusait en elle comme un feu d'artifice. En appui sur ses avant-bras, Yarran continuait d'aller et venir en elle sans relâche, la réduisant à l'état de poupée de chiffon inerte et tremblante.

— Bon sang ! Tu y es presque... Presque...

Au creux de son ventre, des sensations explosèrent soudain. Elle se sentait tellement bien... C'était comme si un vieux rythme bien à eux était revenu à la vie après un long sommeil, plus vivant que jamais. Sans interrompre ses coups de reins, Yarran quitta sa bouche et, d'un geste vif, fit glisser le haut de sa robe à fronces pour exposer un sein dont le mamelon durcit dans l'air frais du soir. Yarran le prit entre ses lèvres et l'aspira fort. Harper eut l'impression qu'un éclair la transperçait jusqu'au fond de son être. L'orgasme n'allait pas tarder à déferler en elle. Tout son corps n'était que pulsations, palpitations, de la plus petite artère à l'aorte. Les doigts crispés sur la nuque de Yarran, elle se sentait sombrer dans l'extase.

— Yarran...

Il l'embrassa à nouveau, et sa langue dansa avec la sienne dans une sarabande endiablée. Peu à peu, ses va-et-vient ralentirent, et il s'attarda en elle avec une langueur qui la fit monter d'un cran vers la plénitude. Elle rouvrit les yeux alors qu'une nouvelle vague de plaisir la faisait frissonner. Yarran tremblait lui aussi et haletait d'un souffle saccadé. Le va-et-vient de ses hanches devenait désordonné.

— Harper... Je ne peux pas... Je...

Il se courba au-dessus d'elle et la souleva contre lui.

— Oui, murmura-t-elle.

De nouveau, il changea d'angle d'attaque, puis il accéléra le rythme de ses poussées.

— Oui !

Avec une longue plainte rauque, il la suivit alors dans l'extase avant de s'effondrer sur elle, sans force. Le trampoline rebondit doucement sous eux, tel un écho à leurs ébats.

— Ta mère ne s'attendait sûrement pas à ça lorsqu'elle m'a demandé de rester.

Le souffle court, Yarran eut un petit rire.

— Tu crois ?

Le lendemain, lorsqu'il ouvrit les yeux, Yarran mit quelques secondes à retrouver ses repères. Il se trouvait dans sa chambre. Au plafond, juste au-dessus de sa tête pendait l'étoile en pâtes alimentaires que Jarrah avait confectionnée à la crèche. Et pourtant, quelque chose n'était pas comme d'habitude. Oui, quelque chose avait changé… En lui. Cette lourdeur qui pesait sur son cœur, ce nuage sombre sur son âme… Disparus ! Certes, avec le temps, ils s'étaient atténués, mais d'ordinaire ils étaient quand même là chaque matin. Tous les jours, il se réveillait en songeant à ce qu'il avait perdu.

Mais pas ce jour-là.

La lumière qui se déversait par la fenêtre lui fit cligner les paupières. Bizarre… D'habitude, il tirait les rideaux avant de se coucher. Il prit alors conscience d'un corps tiède à côté du sien, et tout lui revint en mémoire.

Harper !

Elle dormait encore, le drap remonté jusqu'au menton et les cheveux étalés sur l'oreiller, comme une auréole. Des souvenirs de la nuit passée surgirent par bribes. Les étoiles… Les larmes de Harper lorsqu'elle avait enfin évoqué son enfance. Leurs étreintes, dans le jardin d'abord, puis dans son lit. Au cours de la nuit, il l'avait réveillée en posant les lèvres partout sur son corps. Lorsqu'il avait trouvé le cœur de sa féminité, elle avait plongé la main dans ses cheveux pour l'encourager à approfondir sa caresse jusqu'à ce qu'elle jouisse. Après quoi elle lui avait rendu la politesse…

Bref, la nuit avait été mouvementée. Il se prépara contre l'assaut de la culpabilité…

Assaut qui ne vint pas.

Et pas seulement parce que Marnie n'aurait pas voulu qu'il ressente de la honte ou du remords dans un tel moment. Avec Harper, il n'avait pas remplacé Marnie. Mais Harper Jones était bien plus qu'une rencontre d'un soir censée l'aider à oublier son chagrin, qu'un corps tiède pris au hasard. Au contraire, malgré tout ce qui s'était passé entre eux, elle demeurerait à jamais gravée dans son cœur. Alors, non, il n'allait pas se sentir coupable d'avoir cherché un peu de réconfort auprès d'elle.

Comme si elle avait senti qu'il la regardait, elle ouvrit les paupières, ensommeillée. À son tour, elle sembla mettre une seconde ou deux pour reprendre pied dans la réalité, puis elle se figea et ouvrit grands les yeux. Comment allait-elle réagir ? Par des regrets, de l'embarras ?

De l'angoisse ? Allait-elle piquer une crise ? Par bonheur, elle sembla se détendre et sourit d'un air hésitant.

— On a fait une grosse bêtise, non ?

— Peut-être, dit-il avec un petit rire. Mais je ne ressens pas ça comme ça.

— Non, moi non plus.

Harper secoua lentement la tête, songeuse. Son regard s'attarda alors sur sa bouche, comme si elle avait été prête à tout recommencer. En tout cas, lorsqu'elle le regardait comme cela, il se voyait bien repartir pour un tour, lui. Un gargouillement sonore les rappela à d'autres priorités. Yarran cligna les paupières.

— C'était ton estomac ou le mien ?

— Le mien, dit-elle en s'esclaffant. Je meurs de faim.

Yarran jeta un coup d'œil à sa montre : huit heures moins le quart. Ses parents allaient ramener Jarrah à 9 heures, ce qui leur laissait le temps de manger. Et de discuter, dûment habillés et loin de la tentation d'un lit.

— Il y a un café à une dizaine de minutes de marche. Leurs viennoiseries sont très bonnes. Ça te dirait de te dégourdir un peu les jambes ?

Harper se mordilla la lèvre inférieure d'un air hésitant.

— Il vaudrait mieux que je parte maintenant.

— Comme tu veux. Mais on devrait quand même parler de ce qui s'est passé, non ?

Harper malmena de plus belle sa lèvre entre ses dents, mais un nouveau grondement de son estomac l'emporta sur ses réticences. Elle hocha la tête.

— Oui, tu as raison.

Dix minutes plus tard, ils empruntaient un chemin qui coupait à travers le bush et contournait un grand parc avant de déboucher dans une petite zone commerciale. Accompagnés par le chant des oiseaux, ils croisèrent une poignée de promeneurs : une joggeuse qui courait avec une poussette, un jeune couple avec deux enfants sur de petits vélos avec des roulettes qui brinquebalaient.

Ils marchèrent sans rien dire pendant une ou deux minutes avant que Harper brise le silence :

— Donc, je suis ta première depuis Marnie.

— Oui, c'est ça.

— Alors, comment te sens-tu ? Coupable ?

— Non. Pourtant, j'ai toujours pensé que je culpabiliserais la première fois. Mais non.

— Ah bon ? Tant mieux alors si tu te sens bien.

Comme elle paraissait surprise, il crut bon de préciser sa pensée.

— Si c'était arrivé tout de suite après l'accident ou avec quelqu'un d'autre que toi...

Il préféra laisser sa phrase en suspens. De toute façon, Harper hocha la tête comme si elle non plus n'avait pas envie d'aller trop loin dans cette explication.

— Je me sentais prêt, sans doute. Avec Marnie, il nous arrivait d'évoquer ce qui arriverait si l'un de nous devait décéder. La question se pose quand on exerce un métier à risque. Et puis, être parent, c'est envisager le pire pour parer à toute éventualité.

— Oui...

— Bref, nous étions ouverts à l'idée de refaire notre vie avec quelqu'un d'autre, le cas échéant. Mais pour la nuit dernière, il ne s'agit pas de cela, s'empressa-t-il d'ajouter. Quoi qu'il en soit, chacun de nous voulait que l'autre soit heureux. Pour nous-mêmes et pour Jarrah.

— Mais vous n'aviez pas peur que l'autre se mette avec une personne allergique aux enfants ?

— Non. Marnie me faisait confiance pour veiller à l'intérêt de Jarrah, et je savais qu'elle en ferait autant.

— Ce devait être quelqu'un de formidable.

— Elle l'était. Elle était drôle, pétillante, pleine de vie... Surtout, elle avait un calme qui mettait à l'aise n'importe qui, quelle que soit la situation.

Yarran sourit à cette évocation. C'était formidable de discuter d'elle aussi facilement avec Harper. Il avait cru qu'il aurait du mal à le faire, mais à la réflexion leurs vies à tous les trois étaient unies par des liens inextricables. Sans Harper, il n'aurait jamais connu Marnie.

— Elle t'aurait plu, je crois. En tout cas, tu lui aurais plu, toi.

— Ah bon ? Elle... Enfin, tu lui as parlé de moi ?

Il lui jeta un coup d'œil.

— Oh oui ! Souvent. Je lui ai tout raconté sur toi. Elle aussi avait vécu une rupture du même genre, après une longue relation. Ensemble, on a beaucoup discuté de toi et de lui. C'était une sorte de thérapie.

— Je suis vraiment contente que tu l'aies connue. Et navrée que tu l'aies perdue. Tu mérites d'être heureux, Yarran.

— Pas toi ?

— Moi ? Eh ! je suis heureuse : j'ai eu plusieurs orgasmes la nuit dernière.

Ils échangèrent un rire, et Yarran saisit la balle au bond pour aborder le sujet.

— D'ailleurs, à ce propos...

— Oui, dit-elle, soudain sérieuse.

— C'était... bien.

— Oui, acquiesça-t-elle avec un soupir.

— Je me disais qu'on pourrait recommencer, histoire de combler notre déficit mutuel d'orgasmes. Qu'en penses-tu ?

— Je ne sais pas, Yarran. Je suis tout juste de retour et j'essaye de repartir de zéro avec un nouveau boulot, un nouvel appartement. Il faut aussi que je trouve quelqu'un à qui parler de mes problèmes personnels. Ton offre me tente vraiment, ajouta-t-elle avec un sourire sincère. Mais pour le moment, je crois qu'il est plus sage de rester amis.

— Oui, bien sûr.

Yarran hocha la tête. De la part de Harper, de telles réticences n'auraient pas dû l'étonner.

— Par contre, je ne dirais pas non à quelques... récréations, si tu vois ce que je veux dire.

Comme elle dénudait son épaule pour illustrer ses propos, il haussa un sourcil.

— Oh ! je vois. Pour toi, je ne suis qu'un homme-objet, tout juste bon à assouvir ton appétit sexuel.

— Oh ! seulement de temps en temps. Et vice versa. Nous avons des vies compliquées, toi et moi, et... Il vaudrait sans doute mieux ne pas nous éparpiller.

Oui, il avait une vie compliquée. Et il n'avait plus vingt ans. Yarran avait payé pour savoir qu'en amour il n'y avait pas de formule magique, de modèle unique qui s'appliquerait à toutes les situations.

Alors, pourquoi pas une amitié sexuelle, en effet ? C'était peut-être la solution idéale à ce moment de sa vie.

— OK, dit-il en hochant la tête. ça me va.

Mais pour combien de temps ?

Sans prêter attention à la petite voix qui lui murmurait de faire attention, Yarran allongea le bras vers elle en souriant.

— Allez, viens. Je sens les croissants d'ici.

Harper regarda fixement la main qu'il lui tendait et, l'espace d'un instant, il crut qu'elle allait refuser son geste. Mais alors, elle glissa les doigts entre les siens, et ils se remirent en marche.

Une demi-heure plus tard, lorsqu'ils reprirent le chemin en sens inverse, Harper se sentait bien comme rarement. Elle avait passé une nuit de rêve, et ils avaient discuté en profondeur de la suite à donner à leur relation. Et que dire de ces croissants... À tomber par terre. Sa vie prenait la bonne direction, elle en était sûre. Certes, elle avait mis plus de temps pour se décider à revenir qu'à partir, mais jusqu'à présent son retour s'était déroulé bien mieux qu'elle ne l'avait espéré.

Tout à coup, un cri transperça la bulle de plénitude dans laquelle elle flottait.

— À l'aide !

Harper se figea et regarda autour d'elle. Déjà, Yarran courait dans la direction de l'appel.

— Ça vient de par-là ! dit-il par-dessus son épaule.

Au détour du sentier, une femme d'une soixantaine d'années pleurait sur le corps inerte d'un homme étendu à moitié sur la pelouse, à moitié sur le chemin. Elle le secouait et le suppliait de se réveiller à grand renfort de cris. Yarran arriva quelques secondes avant Harper.

— C'est bon, on est là, madame.

Il se laissa tomber à genoux à côté d'elle et essaya de l'éloigner avec douceur de l'homme.

— Que s'est-il passé ?

La femme le fixa d'un air hagard, comme si elle ne le voyait même pas.

— Aidez mon mari, je vous en prie ! Aidez-le.

Harper appliqua deux doigts sur la carotide de la victime. Pas de pouls, des lèvres bleutées, des filets de sueur sur le front : à tous les coups, il s'agissait d'un infarctus. Quoi qu'il en soit, il fallait commencer une réanimation tout de suite.

— On se promenait, expliqua la femme en sanglotant. Il a mal au ventre depuis plusieurs jours, et on pensait qu'une balade lui ferait du bien. Tout à coup, il s'est pris la poitrine et s'est écroulé.

— Infarctus ? demanda Yarran.

Harper hocha la tête tandis qu'elle appelait les urgences. Son téléphone coincé sur une épaule, elle commença le massage cardiaque. En cet instant, elle aurait donné n'importe quoi pour avoir sa trousse médicale, un défibrillateur, un moniteur cardiaque, un kit d'intubation… Mais elle ne pouvait compter que sur elle-même. Et sur Yarran. Elle n'avait jamais été aussi heureuse de l'avoir avec elle ! À l'autre bout du fil, on lui demanda quel service elle souhaitait joindre.

— Il nous faut une ambulance.

À ces mots, les sanglots de la femme redoublèrent.

— Il va s'en sortir ?

Plutôt que de perdre du temps à lui répondre, Harper pratiqua deux insufflations avant de reprendre les compressions.

— Nous pensons que votre mari a fait une crise cardiaque, expliqua Yarran.

Tandis que la femme se désolait, Harper s'efforçait de parler au téléphone.

— Je suis en présence d'un homme d'une soixantaine d'années, évanoui après une suspicion d'infarctus. Je suis médecin urgentiste à l'hôpital central. J'ai commencé un massage cardiaque.

— Il y a un défibrillateur chez le pharmacien, là-bas, murmura Yarran.

Enfin une bonne nouvelle !

— Vas-y. Cours !

Yarran se leva d'un bond et fila le chercher.

— Madame, je vous passe les urgences. Ils veulent connaître ses antécédents.

Harper interrompit le massage cardiaque pour lui tendre son

téléphone, mais la femme se contenta de secouer la tête, l'air désemparée.

— Madame, reprit-elle d'une voix ferme. Les secours arrivent, mais ils ont besoin d'informations que je ne peux pas leur fournir. Vous voulez aider votre mari ? Il faut leur parler.

La femme prit le téléphone d'une main tremblante, et Harper poursuivit sa réanimation. Elle entendit à peine la discussion, concentrée qu'elle était sur les compressions. Son triceps lui faisait mal, mais elle continuait vaille que vaille, indifférente à la douleur. Lorsque Yarran fut de retour, au bout de cinq longues minutes, elle aurait pu l'embrasser.

— Tu sais t'en servir ? demanda-t-elle.

Certes, Yarran était pompier, et donc formé à manipuler ce genre d'appareils, et certes, ces dispositifs étaient conçus pour être utilisables par le commun des mortels. Mais la théorie était une chose et la pratique, une autre.

— Oui.

En quelques gestes rapides, il déballa le défibrillateur et plaça les électrodes sur le thorax de l'homme.

— L'ambulance arrive quand ?

— Ils ont dit qu'elle mettrait huit minutes pour venir, donc elle ne devrait plus tarder.

Yarran hocha la tête et attendit que l'appareil lui transmette la marche à suivre. Harper cessa les compressions le temps que la machine analyse l'état du patient. Trois jeunes hommes qui passaient par-là s'étaient arrêtés et regardaient la scène, bouche bée, et Yarran pointa le doigt vers la route.

— Vous pouvez attendre l'ambulance pour leur dire où nous sommes exactement ?

Alors que le trio obtempérait, une voix électronique s'éleva :

— Choc recommandé. Écartez-vous du patient.

Harper et Yarran vérifièrent qu'aucune partie de leur corps ne touchait la victime. Le dos de l'homme s'arqua légèrement sous l'effet du choc électrique.

— Analyse en cours, dit l'appareil.

Puis :

— Reprendre le massage.

Nom de nom ! Le choc n'avait pas été efficace.

— Tu peux te charger des compressions ? demanda-t-elle à Yarran.

La personne la plus expérimentée s'occupait toujours des voies respiratoires. À présent que Yarran était disponible, Harper allait donc pouvoir insuffler le patient convenablement. Tandis qu'elle se mettait en position pour le bouche-à-bouche, Yarran posa ses larges mains sur le sternum de la victime et commença les compressions en les comptant à mi-voix. Ce fut alors qu'ils entendirent la sirène de l'ambulance.

Il était neuf heures et demie lorsqu'ils arrivèrent dans la rue de Yarran. La réanimation leur avait donné du fil à retordre. Ils avaient obtenu un pouls au troisième choc, au moment où les secours arrivaient, mais l'avaient perdu aussitôt, et Harper avait dû intuber le patient à même l'herbe.

— Tu as fait du beau travail.

Lessivée après la retombée de l'adrénaline, Harper répondit par un sourire absent.

— Je ne m'en serais jamais tirée sans toi.

— Pff ! Qu'est-ce que tu racontes ? Bien sûr que si, voyons ! Cet homme n'aurait pas pu choisir un meilleur moment pour faire une crise cardiaque. Le chef des urgences d'un hôpital important se trouvait à moins de vingt mètres.

— Oui, il a eu de la chance dans son malheur.

Yarran lui saisit la main pour la serrer dans la sienne, et ils s'arrêtèrent de marcher. Harper se tourna à moitié vers lui.

— Tu as été fantastique, Harper. Je suis sérieux.

Bêtement, elle se sentit rougir. Non qu'elle ait quelque doute sur ses compétences professionnelles, mais venant de Yarran le compliment lui allait droit au cœur.

— Merci.

Il tira sur sa main, et ils se remirent en chemin. Au sortir d'un virage, elle reconnut la voiture des parents de Yarran et celle d'Ali, juste à côté de la sienne.

— Oh non !

Elle dégagea aussitôt sa main et ralentit le pas.

Seigneur ! qu'allaient-ils tous penser ?

— Tout va bien, murmura-t-il. Ce ne sont pas leurs affaires.

Alors qu'ils approchaient de la maison, des cris d'enfant leur parvinrent, de plus en plus sonores.

Jarrah.

Yarran jura en sourdine et, pour la deuxième fois de la matinée, elle le vit s'éloigner en courant. La main crispée sur l'anse de son sac, Harper hâta le pas derrière lui. L'espace d'une seconde complètement folle, elle envisagea de sauter dans sa voiture et de s'enfuir comme une voleuse. Mais elle était incapable de faire une chose pareille à Yarran.

Lorsqu'elle entra dans la maison, Yarran, les yeux fermés, berçait Jarrah d'avant en arrière.

— Tiens, Harper. Ça va ? dit Lyn, qui caressait le dos de son petit-fils d'un air soucieux.

Coen hocha la tête avec un sourire bienveillant.

— Bonjour, Harper.

Yarran ouvrit alors les yeux, et son regard trahissait plus d'émotion qu'il ne l'aurait sûrement souhaité. Un peu plus tôt, il avait affirmé ne pas se sentir coupable, mais là c'était le cas, sans aucun doute. L'angoisse et la culpabilité se lisaient sur chacun de ses traits. Il referma alors les paupières, et Harper eut l'impression qu'il la congédiait. Elle croisa le regard d'Ali, qui la toisa de haut en bas, les lèvres pincées, avant de se détourner d'un air glacial. Entre deux sanglots, Jarrah tentait de reprendre son souffle.

— J'ai... j'ai cru... qu... que t'étais mort ! Comme mam... mam... maman.

Le cœur de Harper eut un raté. Les deux fois où elle avait vu Jarrah, il avait eu l'air tellement joyeux et insouciant... Mais c'était justement le problème avec les traumatismes psychiques, qu'ils soient conscients ou pas : ils demeuraient tapis au fond de l'âme pour se réveiller aux moments les plus inattendus.

— Tout va bien, je suis là, dit Yarran, la voix assourdie contre le cou de Jarrah. Je suis là. Je serai toujours là pour toi.

Harper le dévisagea avec des yeux ronds. Comment pouvait-il promettre une chose pareille ? Il était fou, ou quoi ?

— Tu veux qu'on monte dans ta chambre, mon chaton ? demanda

Lyn. Papa te lira ton histoire préférée. Et si ça te fait plaisir, on peut venir, ton papy et moi.

Inconsolable, Jarrah acquiesça de la tête. Harper les regarda s'éloigner tous les quatre, la laissant seule avec Ali. Les mains secouées de légers tremblements, elle remarqua distraitement Wally, qui gémissait près de la fenêtre. Cette crise de panique l'avait complètement déstabilisée. Des enfants en pleurs, elle en avait pourtant vu des quantités dans son travail, mais ceux-là étaient malades, et elle était justement là pour les guérir. Demander un test, réparer un nez cassé, donner des médicaments : pas de problème, elle savait faire. Mais face à un gosse terrorisé à l'idée de la mort de ses parents, elle était complètement démunie.

— Il… Enfin, ça lui arrive souvent ?

— Pas vraiment, non. Apparemment, un des gosses de la crèche lui a posé des questions sur Marnie. Il lui aurait demandé ce qu'il deviendrait si jamais son père venait à mourir lui aussi. Alors, quand on est rentrés tout à l'heure et que Yarran n'était pas là…

— Nous avons été retardés par…

Mais Ali secoua la tête en l'écrasant d'un regard froid.

— Non. Je t'avais pourtant dit qu'il allait beaucoup mieux.

— Ali… Non…

— Tu avais dit OK. Je croyais qu'on s'était comprises. J'ai même failli te supplier de le laisser tranquille, ajouta-t-elle à voix basse.

— Ce n'est pas ce que tu crois.

— Ah bon ? Ne me dis pas que tu n'as pas passé la nuit avec mon frère…

Harper ferma les yeux avant de se confronter à la colère dans le regard d'Ali.

— On ne se remet pas ensemble, lui et moi, si c'est ce qui te fait peur.

— J'espère bien. Tu lui as déjà brisé le cœur une fois. Ça suffit, tu ne crois pas ? Tu es rentrée depuis à peine un mois et, de nouveau, tu chamboules tout dans sa vie. Sauf qu'il n'est plus seul à présent. Tu ne peux pas reprendre les choses là où tu les as laissées. Cette fois, tu ne peux plus penser qu'à toi.

Harper accusa le coup, la mâchoire endolorie à force d'être crispée. Oui, Ali avait raison. À quoi jouait-elle ? Jarrah était inconsolable,

Yarran donnait l'impression d'être KO debout, et son amitié avec Ali était en miettes. Il n'y avait pas de quoi être fière.

— Oui, c'est vrai. Je suis navrée. Qu'est-ce que je peux faire pour me rattraper ?

Après un soupir sonore, Ali lui répondit :

— Va-t'en, Harper. Laisse-le vivre sa vie.

Partir…

Harper n'avait toujours fait que cela, après tout, alors pourquoi souffrait-elle autant ? Son regard tomba sur Wally, qui remuait légèrement la queue avec des gémissements plaintifs. Formidable : voilà qu'elle faisait de la peine même au chien ! Harper s'éclaircit la voix et sortit ses clés de voiture de son sac.

— Transmets mes excuses à tes parents, s'il te plaît. Dis-leur qu'on m'a appelée pour une urgence, OK ?

Ali hocha la tête avec raideur.

— Bien sûr.

Harper tourna alors les talons, sans un regard pour Ali ou pour Wally. Alors qu'elle s'en allait, la maison s'éloigna dans son rétroviseur, puis la rue, puis le panneau à l'entrée du quartier, sans qu'elle y fasse vraiment attention. Elle pleurait trop pour cela.

9

Après une histoire et un long câlin, Jarrah s'était enfin endormi. Yarran s'approcha de la fenêtre, posa ses grandes mains sur le bord et appuya le front contre la vitre. Que s'était-il passé, bon sang ? Depuis quand Jarrah avait-il peur d'être privé de son père en plus de sa mère ?

En tout cas, cette crise de panique lui avait fait l'effet d'un coup de poing, et il avait encore du mal à respirer. C'était à cause de lui si son fils s'était mis dans un état pareil. Il aurait dû être présent au retour de Jarrah au lieu de se balader avec Harper. Bien sûr, ils avaient été retardés par cette urgence médicale, mais peu importait : au lieu de faire le joli cœur, il aurait dû attendre Jarrah à la maison, comme aurait fait tout père un tant soit peu responsable. D'ailleurs, Harper ne lui avait pas dit autre chose : « Il faut qu'il sache qu'il est ta priorité, quoi qu'il arrive. » Pour le coup, c'était raté.

Et pourtant, Jarrah était bel et bien sa priorité. Yarran tenait à son fils comme à la prunelle de ses yeux. Mais entre-temps, Harper était revenue, et son cerveau avait disjoncté. Ils n'auraient pas dû sortir ce matin-là, voilà tout. Ils n'auraient même pas dû passer la nuit ensemble. Manifestement, il était incapable de penser à autre chose dès lors que Harper était dans les parages. Or, il avait un fils de quatre ans qui avait besoin de lui, de toute son attention, de tout son amour. Marnie n'aurait pas été fière de lui. Vraiment pas. Accablé, Yarran ferma les yeux. Sa mère s'approcha doucement de lui.

— Je suis navrée. On a essayé de te joindre plusieurs fois.

Mais Yarran avait mis son téléphone en mode vibreur et n'y avait pas prêté attention lors de la réanimation. Au retour, il n'avait même pas songé à le consulter. Il savait qu'il était en retard, mais il était parti du principe que Jarrah était avec ses grands-parents, en sécurité.

— Un homme a fait un infarctus alors qu'on rentrait, expliqua-t-il.

Mais cette justification ne changeait rien au fond : qu'il le veuille ou non, il avait manqué à ses devoirs de père. Il culpabilisa encore plus lorsque sa mère lui rapporta les propos du camarade de crèche de Jarrah. Pour quelle raison ne lui en avait-il pas parlé directement à lui, son père ? Avait-il deviné qu'il avait la tête ailleurs ces derniers temps ?

À l'autre bout de la pièce, son père soupira.

— C'était un malheureux concours de circonstances, Yarran.

Mais celui-ci secoua la tête.

— J'aurais dû être à la maison.

— Et tu y aurais été si tu ne t'étais pas occupé de cet homme. Tu n'allais quand même pas l'abandonner dans cet état, non ?

— Ce n'est pas la question… Je n'aurais pas dû sortir, un point c'est tout. Je n'aurais pas dû…

Il s'interrompit et poussa un soupir, énervé.

— J'aurais dû renvoyer Harper chez elle hier soir.

— Yarran, dit sa mère en passant un bras autour de sa taille. Tu mérites de vivre un peu, toi aussi. On se fait du souci pour toi depuis si longtemps. Et tu as tellement changé depuis que Harper est revenue. On dirait l'ancien Yarran.

— Elle a raison, fils.

Oui, c'était vrai. Yarran aussi sentait qu'il avait changé, mais…

— Il est trop jeune, maman. Il a besoin que je me concentre sur lui. J'aurai une vie plus tard.

— Et si tu pouvais avoir les deux ?

— Ta mère a raison, Yarran. Tu n'es pas obligé de choisir.

Yarran se tourna face au lit et s'adossa contre le bord de la fenêtre. Le visage de Jarrah était apaisé, mais ses pleurs résonnaient encore dans sa tête.

— Pour le moment, si.

— Mon chéri, murmura sa mère. Tu es mon fils, et je te connais aussi bien que je me connais moi-même. Ton cœur bat toujours et, crois-moi, il est suffisamment grand pour être capable d'aimer à nouveau. D'ailleurs, après Harper, il a eu de la place pour Marnie, puis pour Jarrah. L'amour ne se divise pas, Yarran, il se multiplie.

Elle lui pressa le bras.

— C'est normal de ne pas vouloir vivre seul. C'est humain d'avoir envie d'être aimé. Et pas seulement par sa famille, mais par une personne spéciale.

Oui, sans doute… S'il avait eu un ami dans la même situation, Yarran lui aurait tenu le même discours. Mais en l'occurrence, il s'agissait de lui, et l'enjeu était bien trop important.

— Elle ne veut pas avoir d'enfants.

— Chéri, ça remonte à douze ans. Depuis, elle a peut-être changé d'avis, non ? Tu lui as posé la question ?

— Non.

— Tu devrais, intervint son père. Hier, elle se débrouillait très bien avec Jarrah. Il a parlé d'elle et de ce terrarium quasiment toute la soirée.

Yarran dévisagea son père d'un air surpris. Et content. Avait-il tort de désirer que Jarrah s'entende bien avec Harper ? Sa culpabilité grimpa d'un cran, mais sa mère lui pressa à nouveau le bras.

— Mon chéri, ça fait trois ans. Je sais que Marnie aurait voulu que tu retrouves l'amour. Car tu aimes Harper, n'est-ce pas ?

Quoi ? Non ! Enfin, oui.

Yarran jeta un regard perdu à sa mère.

— Je pense que tu n'as jamais cessé de l'aimer, insista celle-ci.

— Je… Je ne comprends pas ce que je ressens.

Mais cela n'avait aucune importance, au fond, puisqu'il avait passé l'âge des paris inconsidérés. Il n'avait plus vingt ans.

— Ce n'est pas grave, dit son père. Rien ne t'oblige à te précipiter dans quoi que ce soit. Par contre, fils, elle avait l'air catastrophée tout à l'heure. Sans vouloir être indiscret, elle a passé la nuit avec toi et devait s'attendre à la terminer autrement qu'avec une crise de nerfs de Jarrah. Et toi qui la quittes sans même lui accorder un regard ! Comme toi, elle n'est peut-être pas sûre de ses sentiments. Tu devrais sans doute lui dire qu'elle n'est pour rien dans tout ça.

Yarran ouvrit de grands yeux.

— Je ne lui reproche rien du tout !

— Parfait. Dans ce cas, dis-le-lui, insista son père avant de désigner le lit de la tête. Jarrah dort, et ta mère et moi resterons à son chevet. Toi, va voir Harper et parle-lui.

Yarran opina du chef et suivit les conseils de son père. Mais en bas, il ne vit personne d'autre qu'Ali, occupée à se préparer un café dans la cuisine.

— Où est Harper ?

Les épaules d'Ali se crispèrent sous l'effet de la colère. Elle se retourna, une tasse à la main.

— Elle est partie.

— Partie ? Comment ça ? Pourquoi ?

Ali baissa les yeux sur son café.

— Elle a été appelée pour le travail ou quelque chose comme ça.

Yarran sentit un frisson lui hérisser la nuque. Elle mentait. Il connaissait trop sa sœur pour en douter. Mais quelle raison aurait-elle de lui dissimuler la vérité ? À moins que...

— Ali ? Que lui as-tu dit ?

— Rien.

— Ali !

Elle leva brusquement les yeux vers lui avec une expression coupable qui laissa vite place à un froncement de sourcils rebelle.

— Elle t'a brisé le cœur, Yarran. Tu étais à ramasser à la petite cuillère. Je le sais parce que j'ai ressenti ta douleur comme si c'était la mienne, dit-elle, les larmes aux yeux.

Yarran la considéra, stupéfait.

— C'est de l'histoire ancienne.

— Sauf qu'elle est de retour et qu'elle bouleverse tout sur son passage, comme avant. Je ne veux pas te voir souffrir à nouveau. Je ne suis pas sûre que tu supporterais de te faire plaquer par elle une seconde fois. En tout cas, moi, je ne veux pas revivre une chose pareille. Alors, je lui ai dit de partir. De te laisser tranquille.

Yarran sentit monter en lui un élan de rage qui fit tambouriner son cœur. Ali avait toujours pris son rôle de grande sœur très au sérieux, mais là, elle dépassait les bornes.

— Nom de nom, Alinta !

Il s'avança vers elle, menaçant, avant de se ressaisir. Il aurait voulu hurler, mais inutile de réveiller Jarrah ni d'alarmer ses parents.

— Qu'est-ce qui t'a pris, bon sang ? Tu n'avais pas le droit !

— Tu étais parti pour faire une grosse bêtise. Il fallait bien que quelqu'un t'en empêche.

Il la dévisagea un instant, sans voix, puis posa ses larges mains à plat sur le plan de travail de la cuisine et respira profondément. De l'autre côté, sa sœur soutint son regard sans ciller.

— Reste en dehors de tout ça, OK ? Quand j'aurai besoin de ton aide, je te la demanderai.

— Pas la peine. Si tu tiens à être malheureux, vas-y, mais sans moi.

Furieux, Yarran sortit de la pièce. Il fallait qu'il parle à Harper, qu'il lui présente des excuses. Pour Ali et pour la façon dont il l'avait laissée. Tandis qu'il faisait coulisser la porte-fenêtre du jardin, Wally se mit à gémir, et Yarran lui tapota distraitement le dos.

— Ça va, Wal, tout va bien.

Il composa frénétiquement le numéro de Harper mais, sans surprise, tomba sur sa messagerie. Sa deuxième tentative fut aussi infructueuse, et chaque tonalité exacerbait son énervement. À son grand étonnement, et soulagement, elle décrocha au troisième appel.

— Yarran, salut.

— Harper, Dieu merci ! Je croyais que tu ne répondrais jamais.

— Je me suis dit que tu ne t'arrêterais pas, donc j'ai préféré en finir tout de suite.

Elle parlait d'une voix atone, dénuée d'émotion. C'était mauvais signe.

— Écoute, je tenais à te présenter mes excuses pour Ali. Elle n'avait aucun droit de te congédier.

— Ce n'est pas grave. Je comprends. C'est ta sœur, elle se fait du souci pour toi.

— Si, c'est grave. C'était...

— C'était une erreur, Yarran. Je parle de la nuit dernière.

— Harper, non...

— Si. Mais il n'y a pas de mal. Ça devait se terminer comme cela, de toute façon. On s'était mis d'accord pour une aventure sans lendemain, non ?

— Mais ce matin, on a parlé d'une amitié avec des à-côtés.

— Tu vois bien que ça ne peut pas marcher.

— Écoute, ce n'est pas ta faute si Jarrah a craqué. Tu n'as rien à te reprocher.

Harper demeura silencieuse pendant un instant qui lui parut interminable.

— Il vaut mieux qu'on en reste là, répéta-t-elle enfin d'une voix glaciale.

— Non, écoute ! J'aimerais te parler... Enfin, pas au téléphone. Là, je dois rester avec Jarrah, mais on peut se retrouver quelque part aujourd'hui ou plus tard ?

— Non. Je ne veux plus te voir. Désolée.

Et elle raccrocha, le laissant seul au bout du fil.

Trois jours plus tard, cet échange continuait de tourner en boucle dans la tête de Harper. Ça avait été un véritable crève-cœur de couper court à leur histoire, mais c'était la meilleure chose à faire. Elle avait été ridicule d'imaginer repartir de zéro avec Yarran. Après tout, elle était revenue en Australie pour y recommencer une nouvelle vie, pas pour renouer avec l'ancienne. Et puis, Yarran avait d'autres chats à fouetter, à présent.

Dieu merci, la semaine avait été chargée. Son appartement avait été disponible depuis le lundi, et elle avait enfin pu déménager. Par ailleurs, la saison de la grippe avait débuté sur les chapeaux de roue, et les urgences étaient encore plus débordées que d'habitude. Depuis deux jours, Harper rentrait tard de l'hôpital et, une fois chez elle, elle passait plusieurs heures à déballer des cartons. Bref, elle était épuisée. Et pourtant, elle n'arrivait pas à dormir. Dès qu'elle fermait les yeux, elle revoyait un kaléidoscope d'images datant du samedi soir et du dimanche matin. Le visage de Yarran, transfiguré par le plaisir... Celui de Jarrah, ravagé par les pleurs... Ou encore celui d'Ali, déformé par la colère...

Le mercredi, à 5 heures du soir, Harper était vannée. Chaque cellule de son corps était saturée de fatigue ; elle avait les yeux rouges et les nerfs en pelote. D'ailleurs, les membres de son équipe en faisaient les frais. Elle allait terminer son service sous peu, et nul doute qu'ils pousseraient tous un gros soupir de soulagement lorsqu'elle quitterait les locaux.

Mais pour l'heure, une patiente venait tout juste d'arriver par ambulance : une femme qui avait accouché à domicile d'une petite fille et qui présentait une suspicion d'hémorragie post-partum. Un message avait été envoyé à l'assistant du chef du service de gynécologie. Alors que le secouriste délivrait son rapport, tout le monde s'activait dans le box pour perfuser la patiente et pour la brancher aux moniteurs.

— Tiens, Harper… Salut.

Harper redressa brusquement la tête, surprise de voir Ali à côté d'elle. D'un hochement de tête, celle-ci convia l'ambulancier à poursuivre son compte rendu. Les secouristes s'en allèrent une fois le transfert terminé, et Harper décida de ne pas encombrer le box de sa présence. Les situations d'urgence étaient suffisamment pénibles sans les compliquer avec des problèmes personnels. Et puis, sa présence n'était pas nécessaire. Cette femme allait être soignée par le chef du service de gynécologie-obstétrique, l'assistant du responsable des urgences, un interne et trois infirmières. Ils sauraient se débrouiller sans elle.

— Tu pourras te passer de moi, murmura-t-elle à l'intention d'Ali.

Celle-ci lui saisit l'avant-bras en fronçant les sourcils.

— Ça va ?

— Oui, bien sûr, répondit-elle avec un sourire factice.

Harper sortit du box, et ses pas la guidèrent vers les jardins sur le toit de l'hôpital. Là-haut, l'air était frais, et il n'y avait pas un chat. C'était l'endroit idéal pour s'éclaircir les idées et se rappeler qu'elle avait de la chance d'être là, à Sydney, à cette époque de sa vie. Et de vivre, tout simplement. Appuyée contre la rambarde, Harper contempla la ville baignée par la lumière du crépuscule et respira profondément. Oui, elle pouvait s'estimer heureuse d'avoir vécu dix années de plus que sa mère. Certes, son retour en Australie avait été un peu mouvementé, mais elle aurait dû s'y attendre, non ? De toute façon, demain était un autre jour.

Au bout d'un moment, Harper entendit la porte s'ouvrir et jeta un coup d'œil par-dessus son épaule. Ali se dirigeait vers elle, l'air sombre et déterminée.

— Je savais que je te trouverais ici, dit-elle en s'accoudant à la balustrade à côté d'elle.

— Comment va la patiente ?

— Beaucoup mieux. L'hémorragie a été jugulée, et son état est stabilisé. J'ai organisé son transfert à l'unité d'aval des urgences. La maternité va nous faire parvenir un berceau pour le bébé.

— Parfait.

Pendant un long moment, elles contemplèrent sans rien dire le soir qui tombait sur la ville. Puis Ali rompit le silence.

— Je tenais à te présenter mes excuses pour dimanche dernier. Mes propos étaient complètement déplacés.

— Ce n'est pas grave.

— Si. Yarran est furieux contre moi, tellement qu'il ne me répond plus au téléphone. Je me suis plantée dans les grandes largeurs, en tant que sœur et en tant qu'amie.

Harper lui jeta un regard, étonnée. Donc, elles étaient encore amies ?

— La crise de Jarrah nous avait tous mis sur les nerfs, et je me suis laissé déborder par mes émotions. Ce n'est pas une excuse, je sais, tout juste un constat. Par contre, j'aurais dû te dire que Yarran n'a pas été aussi heureux depuis longtemps.

Harper tiqua au mot « heureux ». Pourquoi Ali employait-elle un tel vocabulaire pour une relation sans lendemain ? L'avantage de ce flirt, c'était justement qu'il n'avait pas duré assez longtemps pour permettre aux sentiments de s'installer. Or, elle l'aurait rendu heureux ?

— Ça n'a aucune importance. Je lui ai dit que je ne voulais plus le voir. C'est beaucoup mieux comme ça.

Le regard d'Ali était fixé sur elle avec une intensité presque embarrassante.

— Oui. À te voir, ça saute aux yeux.

Harper eut un geste d'emportement.

— Où veux-tu en venir, je te prie ?

— Tu as une mine terrible.

— Merci, tu es trop bonne.

— Tu n'es pas malade, dis ?

Harper ravala un rire nerveux.

— Mais non… Seulement fatiguée. J'ai eu un boulot de dingue, je viens de déménager et je ne dors pas très bien en ce moment.

Ali ouvrit la bouche pour ajouter quelque chose, mais son téléphone sonna. Elle eut un léger froncement de sourcils en lisant le nom sur l'écran.

— C'est ma mère.

Harper se détourna tandis qu'Ali prenait l'appel.

— Oui, maman ? OK. Attends... Parle moins vite, s'il te plaît. Que s'est-il passé ? Comment ça, il a disparu ?

Harper la regarda, parcourue par un frisson désagréable.

— Quoi ? Qui a disparu ?

Ali lui jeta un bref regard en secouant la tête.

— C'est Harper, dit-elle au téléphone. Oui, elle est avec moi. Où était l'incendie ?

Un incendie ? Harper sentit ses jambes se dérober sous elle et s'accrocha à la rambarde pour ne pas tomber.

Yarran, disparu en opération !

Les victimes d'incendie qu'elle avait vues aux urgences défilèrent dans sa mémoire, et elle se sentit mal. Elle n'arrivait plus à respirer et pressa les mains contre son cœur pour tenter d'apaiser la douleur. Nom de nom ! elle n'allait quand même pas faire une crise cardiaque maintenant !

— Oui, dit Ali en hochant la tête. Oui. On arrive tout de suite.

Elle quêta du regard l'assentiment de Harper, qui approuva frénétiquement du chef. Elle ne savait pas ce qui se passait au juste, mais elle était prête à partir immédiatement, n'importe où.

— Que s'est-il passé ? demanda-t-elle tandis qu'Ali raccrochait.

— Yarran s'est porté volontaire pour une mission dans les montagnes Bleues. Il y avait un incendie qu'ils ont maîtrisé au bout de quelques heures. Mais depuis, il manque à l'appel.

— Oh non !

Harper se plia en deux, les bras en travers du ventre, pour soulager une brusque nausée.

— Les recherches ont commencé ?

Trop bouleversée pour parler, Ali hocha la tête et battit des paupières pour contenir ses larmes. Sans réfléchir, Harper la serra dans ses bras, fort.

— Est-ce que...

La voix étranglée par l'émotion, Harper la relâcha pour scruter son visage. Ali et Yarran avaient toujours été liés par une sorte de perception extrasensorielle étrange. Il n'y avait rien de scientifique dans cela, mais au point où elle en était, Harper était prête à se raccrocher à n'importe quoi.

— Tu sais ce qu'il ressent ? Il est perdu ? Il souffre ? Il n'est quand même pas...

— Non ! Il n'est pas mort, répondit Ali en secouant la tête avec véhémence.

Le soulagement fit fléchir les genoux de Harper.

— Tu l'aimes, hein ? murmura Ali.

Harper hocha la tête.

— Je n'ai jamais cessé de l'aimer.

Il y avait quelque chose d'à la fois horrible et libérateur dans le fait d'énoncer à haute voix des sentiments qu'elle avait passé sa vie à étouffer. Oui, elle aimait Yarran Edwards. De tout son cœur, même. Ali la dévisagea d'un regard acéré.

— Vraiment ? Parce que tu ne peux pas dire ça pour ensuite t'en aller si la situation devient trop compliquée. Je ne sais pas ce qui lui est arrivé, mais si c'est grave, il va avoir besoin de toi. Et Jarrah aussi. Il n'y a pas de demi-mesures. Si tu es avec lui, c'est pour de bon. Compris ?

Harper opina, la gorge serrée. Ali avait tout à fait raison : elle ne devait pas prendre cet engagement à la légère. De toute façon, son choix était fait. Douze ans plus tôt, elle n'avait pas été capable d'avoir confiance en Yarran et en ce qu'il pouvait lui offrir. Mais à ce point de sa vie, elle devait décider d'être heureuse, saisir cette chance et se dire que tout irait pour le mieux. Avec Yarran. Et avec Jarrah.

Elle croisa le regard d'Ali et hocha la tête.

— Compris.

Une heure plus tard, Ali et Harper arrivaient chez Yarran. Jarrah se précipita dans les bras de sa tante. La télévision était branchée en sourdine sur une chaîne d'information continue et, quelque part, une radio égrenait des nouvelles.

— Alors ? Rien de neuf ?

— Non, rien pour l'instant, dit Coen en tapotant distraitement le dos de sa femme.

Lyn sourit à Harper et l'enveloppa dans une étreinte chaleureuse.

— Ça fait plaisir de te voir.

C'était réciproque.

Coen la salua d'une accolade, et des larmes jaillirent des yeux de Harper. Pourquoi s'était-elle privée de leur affection à cause de vieilles peurs d'enfance ?

L'heure qui suivit se déroula dans une sorte de brouillard confus. Lyn s'activait à préparer du thé et du café, Coen passait d'une chaîne à l'autre. Assis sur le canapé, entre Harper et Ali, Jarrah écoutait une histoire que lui lisait sa tante. Ses grands-parents lui avaient raconté que son père s'était égaré dans le bush en luttant contre un incendie, mais qu'on finirait vite par le retrouver.

Seigneur, faites qu'il soit vivant... Faites qu'il aille bien...

— Jarrah, montre donc Paulette à Harper pour qu'elle voie comme elle a bien grandi.

— Oui !

Jarrah bondit hors du canapé et fila dans sa chambre en courant, suivi de Wally. Harper regarda Ali d'un air intrigué.

— Paulette ?

— Le saintpaulia.

— Ah !

Jarrah réapparut au bout d'une minute et surprit Harper en grimpant sur ses genoux pour lui présenter le terrarium.

— Tu vois ? Paulette a cinq fleurs maintenant.

— Non, quatre, le corrigea Ali en riant.

Harper lâcha un « Waouh ! », mais à la vérité la plante aurait pu avoir deux douzaines de fleurs qu'elle l'aurait à peine remarqué. Elle ne revenait pas de la facilité avec laquelle Jarrah semblait l'avoir adoptée. À croire que, pour lui, elle faisait déjà partie de la famille. D'ailleurs, Harper n'aurait demandé que cela. Alors qu'elle regardait ses grands yeux sombres et ses cheveux bouclés, si semblables à ceux de son père, elle se rendait compte que c'était même son vœu le plus cher. Douze ans plus tôt, ce rêve l'avait terrifiée, mais à présent elle ne voulait pas laisser filer cette seconde chance. Mais encore fallait-il que Yarran consente à la lui accorder. Après leur dernière conversation, rien n'était moins sûr.

Et puis, il fallait déjà qu'on réussisse à le retrouver...

— Dis, il va rentrer, papa ?

Harper sentit sa gorge se nouer. Que répondre à un enfant qui vous regardait avec une telle solennité ? Et pourquoi s'était-il adressé à elle plutôt qu'à sa tante ? Ali était liée à Yarran par un contact intuitif inexplicable. Elle aurait été mieux placée pour le rassurer.

— C'est sûr et certain, répondit-elle avec conviction.

Quelques jours plus tôt, elle avait tiqué lorsque Yarran avait affirmé qu'il serait toujours là pour son fils. À présent, toutefois, elle comprenait qu'il y avait un temps pour tout : un pour les dures vérités et un autre pour l'espoir. Or, Jarrah avait besoin de se raccrocher à n'importe quel espoir, aussi illusoire soit-il.

— Ton papa est quelqu'un de courageux et d'intelligent. Il connaît très bien son métier. Il va s'en tirer, tu vas voir.

— Promis, Harper ?

Elle hocha la tête, la gorge serrée.

— Promis.

Elle espérait vraiment ne pas se tromper. Un téléphone sonna, et Coen bondit pour répondre. Lyn et Ali se levèrent également et s'approchèrent de lui.

— Oui, c'est moi-même... Oui, oui. Oh ! merci !

Il émit un profond soupir, et Lyn et Ali se jetèrent dans les bras l'une de l'autre. Harper laissa échapper le souffle qu'elle avait retenu sans s'en rendre compte.

— Oui, merci de nous avoir avertis tout de suite. C'est une bonne nouvelle. Une excellente nouvelle !

Coen raccrocha, le visage fendu jusqu'aux oreilles d'un sourire radieux.

— Il est blessé, mais rien de grave, sa vie n'est pas en danger. Ils l'emmènent à l'hôpital central.

Jarrah leva un regard lumineux vers Harper, qui lui sourit.

— Tu vois ? dit-elle. Je te l'avais bien dit.

Il lui jeta les bras autour du cou et la serra contre lui à l'étouffer.

Yarran se sentait flotter dans une demi-conscience, sans notion de temps. Il ouvrit les yeux et les referma, ébloui. Bon sang, il avait mal à la tête ! On aurait dit qu'on lui cognait sur le crâne avec un marteau. Au milieu des élancements, des images surgissaient par flashs dans une sorte de rêve confus et sans fin. Une branche tombait, des odeurs de brûlé auxquelles se mêlait la senteur des eucalyptus... Des feuilles sèches et rêches lui frottaient la joue... Il y avait ensuite une sirène et de longs couloirs, puis des bips et des odeurs de détergent. Des voix et des visages, certains familiers, d'autres pas. Il y avait sa famille : Jarrah, Ali, ses parents, Kirra, Lucca et Marli. Et Harper. Mais était-ce vraiment elle ? Elle ne voulait plus le voir, non ?

La douleur allait et venait. À son pic, elle le faisait grimacer et lui donnait envie d'arracher sa tête de son corps, et puis elle s'apaisait avant de repartir de plus belle. Soudain, il eut l'impression qu'un voile se déchirait devant ses yeux, et il fut réveillé. Complètement réveillé. Aveuglé par la lumière et par un plafond blanc, trop blanc… D'une blancheur clinique. Il n'était pas dans sa chambre. Mais où, alors ? Au moins, la douleur était beaucoup plus supportable, réduite à un battement lancinant à l'arrière de sa tête. Cela le changeait du concert de marteaux piqueurs qui lui avait vrillé le crâne.

Décontenancé, il demeura un instant immobile, le regard fixe, et tenta de s'orienter. D'où venait ce bip-bip-bip ? Alors qu'il tournait lentement la tête pour tenter de localiser le bruit, son regard tomba sur un gros siège à son chevet : une sorte de fauteuil inclinable dont l'occupant dormait, recroquevillé sur lui-même. Les occupants, plutôt : ils étaient deux. Harper. Et Jarrah… Blottis l'un contre l'autre, profondément endormis. Était-il en train de rêver ? Si tel était le cas, il n'avait pas envie de se réveiller. Des larmes lui piquèrent les paupières, et il ferma les yeux, puis les rouvrit, s'attendant à moitié que l'apparition se soit évanouie entre-temps. Mais non, ils étaient toujours là : son petit garçon adoré et son premier amour.

Les bips s'accélérèrent. Aussitôt réveillée, Harper se tourna vivement vers les moniteurs, puis vers lui. L'espace d'une seconde, elle eut l'air surprise, puis elle jaillit du fauteuil en veillant à ne pas faire tomber Jarrah.

— Yarran !

— Salut, toi, dit-il d'une voix rauque.

Bon sang ! sa bouche était sèche comme du carton, et elle en avait le goût. Le mouvement de Harper avait dérangé Jarrah, dont les paupières papillonnèrent.

— Papa ?

Il se redressa brusquement et leva ses grands yeux vers Harper.

— Il est bien réveillé, papa ?

— Oui, mon chéri, répondit-elle, rayonnante. Qu'est-ce que je t'avais dit ?

Il se précipita vers eux, et Harper l'aida à grimper sur le lit. Le cœur de Yarran se gonfla d'une joie indicible. Il n'avait aucune idée de comment ils s'étaient retrouvés dans cette chambre et depuis quand : tout était flou dans sa tête, et réfléchir lui faisait mal. Mais Harper était là avec Jarrah, et c'était bien l'essentiel.

— Fais attention, dit-elle à Jarrah. Ton papa est encore groggy, il ne faut pas le bousculer.

Faible comme un chaton, Yarran souleva un bras, et Jarrah se glissa à côté de lui, puis il l'embrassa sur l'épaule avec une tendresse débordante. Yarran aurait voulu le serrer contre lui, mais il était gêné par une perfusion. D'ailleurs, il était entouré d'intraveineuses, d'alarmes, de pansements.

— On a eu très peur, papa. Pas vrai, Harper ?

— Oui.

Elle caressa sa tête avec un sourire, mais c'était Yarran qu'elle regardait. Il lui prit la main et la tint contre sa joue.

— J'ai dormi longtemps ?

— Deux jours.

— Deux jours ? Bordel !

— Ouh ! Papa a dit un gros mot.

Jarrah éclata d'un rire joyeux qui gagna Harper et même Yarran, malgré la douleur. Il ferma les yeux lorsqu'elle lui caressa les cheveux.

— Comment va ton mal de tête ?

— Il est encore là, mais beaucoup plus supportable.

Tout à coup, la porte s'ouvrit, et une infirmière entra, suivie par Lyn et Coen, et par Ali, Brock et Riggs. Un joyeux chaos s'installa alors dans la chambre : il y eut des rires, des larmes et des embrassades, tout le monde parlait en même temps, mille questions s'entrechoquaient. Un médecin arriva et lui annonça qu'il s'en était tiré à bon compte, avec quelques blessures superficielles à la tête et une commotion légère. Yarran se demanda à quoi devait ressembler une commotion grave, parce que celle-ci l'avait laissé KO. Dieu merci ! son infirmière mit le holà à cette réunion improvisée.

— S'il vous plaît ! Yarran aurait besoin de se reposer.

Chacun sortit sans protester, et Ali tendit un bras vers Jarrah.

— Allez, mon grand. Toi aussi, tu viens.

— Mais je veux rester avec papa et Harper !

— Il ne me dérange pas, dit Yarran.

Harper regarda alternativement Yarran et Ali avant de se tourner vers Jarrah.

— Tu sais qu'il y a un jardin sur le toit de l'hôpital ?

— C'est vrai ?

— Ça te dit de le visiter avec moi ? demanda Ali. Ensuite, on redescendra voir ton papa.

Jarrah glissa une main dans celle de sa tante, et ils les laissèrent seuls. Yarran ferma les yeux avec un long soupir.

— Bon sang ! Je ne m'étais jamais rendu compte qu'ils étaient aussi bruyants.

— Moi, si, dit Harper en riant.

Il ouvrit les yeux alors qu'elle penchait le visage vers le sien, de plus en plus près. Puis elle posa le front contre sa tempe.

— Tu m'as flanqué la frousse de ma vie, Yarran Edwards. Ne refais plus jamais ça.

— Entendu, chef, dit-il avec un doux sourire.

Elle l'embrassa alors sur la joue en murmurant : « Je t'aime. » Puis elle sema des baisers partout sur son visage en répétant ces petits mots magiques : « Je t'aime. » Malgré la fatigue, Yarran se sentit pris d'un regain de vigueur, notamment en un point bien précis de son anatomie.

— C'est vrai, ça ? Tu m'aimes ?

Elle s'écarta légèrement en hochant la tête.

— Oui. D'accord, je t'ai dit que je ne voulais plus te voir, mais j'étais terrifiée à l'idée d'avoir tout gâché avec Jarrah. Et comme on s'était retrouvés depuis à peine un mois, j'ai pensé que les sentiments n'avaient pas eu le temps de se développer. Seulement, quand j'ai appris que tu étais porté disparu, je me suis sentie physiquement malade à l'idée que tu pouvais être perdu dans la nature, blessé, voire pire... Alors, j'ai compris que je t'aimais. Que je n'avais jamais cessé de t'aimer.

— Quand j'ai ouvert les yeux et que je t'ai vue blottie dans le siège avec Jarrah, j'ai cru que j'hallucinais.

— Pas du tout. On est ici depuis deux jours. On espérait que son amour et le mien te ramèneraient parmi nous.

— Ça a réussi, je crois. Merci, en tout cas. Et merci de t'être occupée de Jarrah alors que je me trouvais dans cet état. Ça compte énormément pour moi, tu sais.

Et pour cause. Il aimait Harper Jones pour plusieurs raisons, la principale étant Jarrah. « L'amour ne se divise pas, Yarran, il se multiplie », avait dit sa mère. Et en cet instant, son cœur en était rempli à craquer.

— Et toi aussi, tu comptes énormément pour moi.

Harper esquissa un sourire timide.

— C'est vrai ?

— Bien sûr. Moi aussi, je n'ai jamais cessé de t'aimer. Quand j'ai rencontré Marnie, mes sentiments pour toi ont été relégués dans mon passé, mais ils n'ont pas disparu pour autant. Il a suffi que tu reviennes pour les faire resurgir. Grâce à toi, je me sens un homme nouveau après avoir passé trois ans à tenter de recoller les morceaux de ma vie.

— Oh ! Yarran... Quand je suis avec toi, avec Jarrah, au sein de ta famille, je me sens vraiment complète. Longtemps, j'ai cru que notre couple était trop beau pour fonctionner, que venant d'une famille comme la mienne je ne pouvais pas prétendre à un tel bonheur. Mais je ne me suis jamais sentie autant épanouie qu'avec vous. J'aimerais avoir une deuxième chance, si vous me le permettez, Jarrah et toi. Cette fois-ci, je saurai me fier à ma bonne étoile, promis. Et je saurai te faire confiance à toi. À nous.

Yarran lui caressa les cheveux avec des doigts tremblants. Elle lui demandait une seconde chance ? Longtemps, il s'était dit qu'il n'avait plus rien à espérer avec Harper, et voilà qu'elle était là, devant lui, prête à tout recommencer.

— Si on te le permet ? Quelle question ! Bien sûr que oui.

Il l'embrassa, cédant enfin à une avidité désespérée. Mais il lui cogna la tête avec le tube de la perfusion. Une douleur aiguë fusa dans son crâne et le contraignit à interrompre leur baiser.

— Chaque chose en son temps, dit-il avec un rire étouffé.

Avec un sourire, Harper lui caressa la tempe.
— Ce n'est pas grave. J'attendrai.
Lui aussi, il attendrait. Le temps qu'il faudrait.
Après tout, ils avaient la vie devant eux.

Épilogue

Harper était une vraie boule de nerfs. Le pas qu'elle s'apprêtait à franchir était si grand qu'elle ne revenait pas de son audace. Et pourtant, sa décision était prise.

Cela faisait à peine deux semaines que Yarran s'était réveillé sur son lit d'hôpital. Depuis, sa vie avait repris un cours pour ainsi dire normal, si ce n'était qu'il était encore en congé maladie et qu'il souffrait de maux de tête épisodiques. Oui, ils s'en étaient tous tirés à bon compte, et si cet accident lui avait rappelé quelque chose, c'était qu'il fallait profiter de chaque instant comme si c'était le dernier.

— Eh oh ! Harper, ici la Terre. Me recevez-vous ?

Elle secoua la tête et se reconcentra sur sa conversation. Elle était avec Yarran, attablée dans un café sur les quais près de l'Opéra, dont les voiles blanches brillaient à l'horizon.

— Désolée, j'étais…

Elle était quoi, au juste ? En train d'échafauder un plan si ridicule que Yarran risquait de le rejeter de but en blanc ? Yarran se pencha vers elle et glissa une main sur la sienne.

— Allez, dis-moi ce qui ne va pas. Tu es bizarre, tout à coup. Qu'est-ce qu'il y a ?

— Mais rien ! Je t'assure que ça va. Je vais bien.

— Harper…

Elle prit une grande inspiration et le regarda franchement. C'était maintenant ou jamais. Toute sa vie, elle s'était dit qu'elle n'était pas digne d'être aimée ou heureuse, mais ces deux dernières semaines avec Yarran et Jarrah avaient changé la donne. Certes, le bonheur n'était jamais garanti, elle était bien placée pour le savoir. Mais ses sentiments pour Yarran lui avaient donné la hardiesse de tenter sa chance.

— OK. Je vais te proposer une idée tellement folle que je ne t'en voudrai pas si tu t'enfuis en courant. Mais s'il te plaît, laisse-moi te la présenter maintenant parce que je ne pense pas que j'en aurai le courage de sitôt.

Il lui pressa la main avec un doux sourire.

— Vas-y. Je t'écoute.

Harper respira profondément une fois... deux fois...

— Voilà. Il y a douze ans, tu m'as proposé de m'épouser, et je n'étais pas prête. Mais je le suis maintenant. D'accord, on est ensemble depuis seulement deux semaines, et il ne faut pas précipiter les choses à cause de Jarrah. Ça ne me pose aucun problème. Par contre, je tiens à ce que tu saches que je suis totalement, follement amoureuse de toi. Plus encore que la première fois, si c'est possible. Je ne veux vivre avec personne d'autre que toi et Jarrah. Dans mes rêves, je me vois m'avancer vers l'autel où tu m'attends avec Jarrah. En tout cas, si tu te sens prêt, c'est mon vœu le plus cher.

Yarran la dévisagea en clignant les yeux, visiblement pris de court, et Harper éprouva un instant de panique. Elle n'aurait pas dû prendre ses désirs pour des réalités. Par bonheur, son bon sens reprit vite le dessus. Yarran l'aimait. Il était seulement un peu surpris, à juste titre. Ne lui avait-elle pas toujours dit qu'elle était allergique à toute forme d'engagement ?

— Excuse-moi, reprit-elle en lui serrant les doigts. Je te demande beaucoup, je sais. Sans doute trop, et trop vite.

— Non, pas du tout.

Il secoua la tête avec un sourire qui fit battre son cœur à coups redoublés.

— Je veux t'épouser depuis toujours. Alors, non, ce n'est ni trop ni trop vite.

Il n'aurait pu choisir de meilleurs mots. Puis il l'embrassa avec des lèvres chaudes et affamées, et elle fut alors convaincue qu'il disait la vérité. Mais ce n'était pas le moment pour se laisser aller à la passion. Ils devaient garder la tête froide. Elle rompit leur baiser et posa le front contre le sien.

— Inutile d'aller trop vite en besogne. Il est trop tôt pour officialiser quoi que ce soit. Laissons-nous guider par Jarrah, OK ?

Yarran acquiesça d'un hochement de tête.

— Oui, bonne idée. Tu as raison. Mais si tu penses que, d'ici là, il se passera un jour sans que j'aie envie de t'avoir pour femme, tu te trompes lourdement.

— Oh ! je n'ai pas de craintes à ce niveau. Tu m'en as encore donné la preuve il y a tout juste cinq minutes.

Elle lui montra la clé de la chambre d'hôtel, et les lèvres de Yarran se fendirent d'un large sourire.

— Chercheriez-vous à me séduire, mademoiselle Jones ?

— Tout à fait. Ça marche ?

Yarran fit signe à un serveur.

— L'addition, s'il vous plaît.

Un sourire radieux éclaira le visage de Harper.

LOUISA GEORGE

Ivy et le play-boy

Traduction française de
EVELINE CHARLÈS

BLANCHE

HARLEQUIN

Titre original :
IVY'S FLING WITH THE SURGEON

1

Les tâches administratives ont été inventées par quelqu'un qui avait un fort sens de l'humour… probablement un homme.

Le Dr Ivy Hurst fixa la centaine de messages, de résultats et de demandes accumulées dans sa messagerie et soupira.

Il fut un temps où ma vie était différente.

Son téléphone se mit à vibrer avant d'émettre la sonnerie optimiste qu'elle avait choisi d'attribuer à ses trois amies, Phoebe, Harper et Alinta.

Phoebe…

Elle mit le haut-parleur en souriant afin de pouvoir travailler tout en bavardant.

— Salut, Phoebe, comment ça va ?

— Super bien !

Il y eut un silence, puis elle ajouta :

— Tu ne serais pas en train de taper sur ton clavier ? Ne me dis pas que tu es encore au travail. Ça fait des heures que je suis partie.

Prise la main dans le sac.

Ivy s'immobilisa, les doigts en l'air. Jetant un coup d'œil à l'horloge murale, elle constata qu'il était presque 20 h 30.

— Waouh ! il est tard. Comment est-ce arrivé ? Je viens tout juste de m'attaquer à la paperasserie. Tu voulais me dire quelque chose ?

— J'ai pensé que tu aimerais être au courant. Yarran est autorisé à sortir.

Merci, mon Dieu !

Ivy prit une profonde inspiration. Elle avait prié le ciel pour que leur ami Yarran, le jumeau d'Alinta, se remette de l'accident dont il avait été victime en luttant contre un incendie. Et maintenant, il pourrait s'installer avec Harper.

— C'est génial ! Harper et lui vont vivre ensemble, maintenant ?

Tout va bien ? J'ai vraiment envie de leur parler, mais je suis débordée, en ce moment.

— C'est bon. On sait tous ce que c'est que d'être médecin, ma chérie. Et oui, ils sont très heureux. Autour d'eux, on dirait que l'atmosphère vibre d'amour.

Phoebe gloussa, et Ivy devina qu'elle devait lever les yeux au ciel. Harper semblait être la seule d'elles quatre à être heureuse en amour, et ce n'était arrivé que très récemment.

— J'en suis ravie pour eux, dit Ivy. Il leur aura fallu beaucoup de temps pour en arriver là.

Des années auparavant, les deux amoureux avaient rompu quand Harper avait accepté un poste à Londres… brisant du même coup le cœur de Yarran. Mais désormais, elle était de retour à Sydney, et la flamme s'était ranimée entre eux. Ivy s'en réjouissait tout en les enviant un peu, car elle aussi avait cru à l'amour éternel.

— En effet, confirma Phoebe. À peu près douze ans.

La rupture d'Ivy datait de nettement moins longtemps.

— Je ne crois pas que je serais capable de partager encore mon espace avec quelqu'un, déclara-t-elle.

— Je te ferais remarquer que tu as habité avec Harper.

— En attendant que son appartement soit prêt. On savait toutes les deux que c'était temporaire. J'ai adoré qu'elle soit là. Elle est vraiment facile à vivre ! Elle fait des trucs de filles, elle est drôle, gentille, et on est sur la même longueur d'onde. Mais un homme…

Ivy frissonna, se rappelant comment elle marchait sur des œufs chaque fois que son ex avait eu une mauvaise journée. Les derniers temps, lorsqu'il ne rentrait pas à la maison certains soirs, elle se demandait où il était et avec qui.

— C'est parce que tu es trop gentille, répliqua Phoebe. Tu as besoin de quelqu'un avec qui tu sois sur un pied d'égalité.

— C'était le cas avec mes parents, et ça ne s'est pas bien terminé non plus. Ils ont mis des années à me pardonner. Je ne suis même pas sûre qu'ils l'aient fait.

— Si tu avais accepté de rentrer dans l'armée comme ils le voulaient, on ne se serait jamais rencontrées à la fac de médecine. Imagine ta vie sans moi, Alinta et Harper.

— Non, merci ! Je ne veux même pas y penser.

Quand Harper était partie, Alinta avait été presque aussi anéantie que son frère jumeau, et ses retrouvailles avec Harper avaient été très tendues. Mais désormais, tout était comme avant, et les quatre amies vivaient à Sydney.

— C'est même encore mieux depuis qu'on travaille toutes à l'hôpital central de Sydney, ajouta Ivy.

— Et la caserne de pompiers où travaille Yarran n'est pas loin.

— C'est parfait. Enfin... presque. Malheureusement, Grant est encore là.

Ivy frissonna pour la seconde fois.

— Avec un peu de chance, il se trouvera un job ailleurs. Je suis certaine qu'on a besoin d'urologues, en Mongolie. Si j'ai un reproche à t'adresser, Ivy, c'est que tu as trop tendance à pardonner.

— Je ne lui ai pas pardonné de m'avoir trompée.

— Mais tu lui as accordé une seconde chance.

Je lui ai donné bien plus que ça. Mon cœur. Ma confiance. Il les a piétinés.

— Il disait avoir fait une erreur, que cela ne signifiait rien pour lui, qu'il m'aimait et que j'étais toute sa vie.

Posant la tête dans ses mains, Ivy eut un rire amer.

— Jusqu'à ce qu'une autre jolie femme se présente, poursuivit-elle. Je suis trop vieille pour jouer à ce genre de jeux.

— Tu n'as même pas quarante ans, contrairement à nous autres !

— Je n'en suis pas si loin et, tu vois, je ne pensais pas être encore célibataire à un âge aussi avancé, répliqua Ivy avec un petit rire.

— Ne sois pas insultante, s'il te plaît. C'est le bel âge.

— À condition que les hommes restent en dehors de l'équation.

Ivy savait que Phoebe était une célibataire invétérée. Mais à sa grande surprise, son amie lâcha un petit gloussement.

Ils ne sont pas tous horribles. Regarde Yarran.

— C'est l'exception qui confirme la règle. Mais honnêtement, le célibat est plus confortable. Pas de montagnes russes émotionnelles, et surtout pas de tromperies. En ce qui me concerne, j'ai fait un trait sur les hommes, surtout sur ceux qui sont canon.

— Hum !

Oups !

Ivy sursauta et fit tourner sa chaise en direction de la porte. Lucas Matthews, le chef du service de chirurgie reconstructrice, était sur le seuil de son bureau. Vêtu d'un costume bleu marine sans doute hors de prix et d'une chemise d'un blanc immaculé, ses cheveux noirs en désordre, il avait l'arrogance d'un homme qui se sait séduisant. Il avait d'ailleurs la même réputation que Grant, puisque, apparemment, il avait laissé un certain nombre de cœurs brisés dans l'hôpital où il travaillait auparavant.

Une chose était sûre : Ivy ne se laisserait pas tenter une seconde fois par ce type d'homme. Elle battit des paupières en le regardant. Le sourire amusé de son collègue laissait supposer qu'il avait entendu – ou écouté – sa conversation avec Phoebe.

À l'âge avancé de trente-neuf ans, Ivy aurait souhaité ne plus rougir…

— Excuse-moi, Phoebe, je dois te quitter.

Ivy raccrocha avant que son amie ait pu répondre. Le pire dans cette situation, c'était que désormais Lucas Matthews savait tout du fiasco de sa vie sentimentale.

— Désolé d'interrompre une conversation aussi *importante*, docteur Hurst, dit-il sèchement, mais nous avons besoin de parler.

— Ah bon ?

— À propos d'Emma Wilson, dit le médecin en faisant quelques pas dans la pièce. J'ai appris qu'on vous avait appelée à son chevet.

Ah ! Il s'agissait de leur patiente commune, âgée de 26 ans, dont les jambes présentaient de graves brûlures que le Dr Matthews souhaitait traiter au plus vite. De son côté, Ivy voulait s'assurer que l'état de sa patiente lui permette de supporter l'intervention.

— Et… ?

— Je compte l'opérer demain.

— Pas question ! Et pas si vite. Je viens seulement de l'examiner. Je dois d'abord trouver les causes de ses accès de fièvre et de sa douleur abdominale avant qu'elle subisse une intervention.

— Et moi, j'ai besoin de l'opérer.

— Il se peut que j'en aie besoin aussi, mais si c'est possible, je voudrais l'éviter. Elle est à vingt-huit semaines de grossesse, attend des jumeaux et sort tout juste d'un coma artificiel. La chirurgie plastique peut sûrement attendre que son état soit stable.

— Il ne s'agit pas d'esthétique, docteur Hurst. Je dois débrider les plaies parce que le risque d'infection est réel. Par ailleurs les cicatrices hypertrophiques résultant de brûlures peuvent être douloureuses. Si nous voulons limiter ses douleurs, le temps est compté.

Il avait marqué un point. En outre, il semblait réellement concerné et inquiet pour Emma. Apparemment, Ivy n'était pas la seule à protéger farouchement ses patients.

Elle prit une profonde inspiration afin de maîtriser son irritation. Pourquoi cet homme réveillait-il en elle ses instincts les plus combatifs ?

— Si nous parvenons à faire tomber cette fièvre, vous pourrez entamer la reconstruction. Mais pour l'instant, je ne peux pas vous dire quand. Apparemment, la douleur abdominale est liée soit à la grossesse, soit à l'accident. Nous attendons les résultats des scans et des numérations globulaires. Dès que nous les aurons, nous pourrons lui administrer un traitement et les antibiotiques adéquats.

— Merci. Je sais comment on traite une infection, docteur Hurst.

Il sembla à Ivy que ses yeux bruns la transperçaient de part en part. Elle refusa de céder ou de se détourner.

— Très bien. Alors vous comprenez pourquoi je refuse de prendre un risque supplémentaire d'infection. Mon interne veillera sur Emma cette nuit et m'informera du moindre changement. Bien entendu, je vous tiendrai au courant de son état.

Espérant qu'il allait comprendre l'allusion et partir, elle se tourna vers son ordinateur.

— Dans ce cas, faites vite.

Se levant d'un bond, Ivy Hurst repoussa son fauteuil si brusquement qu'il fut propulsé en direction de Lucas.

— Qu'est-ce que vous avez dit ? demanda-t-elle en braquant sur lui des yeux étincelants de colère.

Qu'est-ce que son amie lui avait dit au téléphone, déjà ?

Qu'elle était trop gentille ? Qu'elle pardonnait trop facilement ? Lucas ne partageait pas vraiment cette opinion.

— J'ai dit... qu'il fallait faire vite, dit-il en rattrapant le fauteuil qui avait poursuivi sa course jusqu'à lui.

— Docteur Matthews, j'apprécie votre sollicitude envers vos patients, mais nous ne sommes pas dans l'armée, et je ne prends d'ordres de personne. Surtout s'il s'agit du bien-être de ma patiente.

Génial !

Lucas se serait bien passé de cette altercation. Sa journée avait été suffisamment difficile. Il avait perdu une patiente au bloc et s'était disputé avec ses parents au sujet de leur liste d'invités pour leur gala de charité, réception durant laquelle ils allaient lui présenter toute une flopée de ravissantes jeunes filles dans l'espoir qu'il en choisirait une pour fonder une famille.

Non, merci.

En plus, il avait raté l'appel de sa jeune sœur, Flora, et se sentait coupable de négliger sa famille en travaillant trop.

Et maintenant, ça. Il ferma un instant les yeux dans l'espoir de se calmer. Mais lorsqu'il les rouvrit, le Dr Hurst le fixait toujours comme s'il était le diable incarné.

Il leva la main en signe de paix.

— Ce n'était pas un ordre, juste une requête. Écoutez, nous voulons tous les deux ce qu'il y a de mieux pour Emma. Nous écrivons sur la même page.

— Mais pas dans le même livre, répliqua-t-elle en passant une main dans ses cheveux caramel coupés au carré.

Ils étaient assez proches pour qu'il discerne des éclats d'or dans ses prunelles vertes. Sa jolie bouche était pincée, et un pan de son chemisier en coton était sorti de sa jupe, qui semblait ne jamais avoir été repassée. Décidément, elle était froissée dans tous les sens du terme.

De petite taille, elle devait rejeter la tête en arrière pour le regarder, mais il y avait en elle une aura d'autorité très particulière. Vu son poste, elle devait avoir sensiblement le même âge que lui, et il savait à quel point il était difficile pour une femme de gravir les échelons d'une carrière médicale. Sans nul doute, elle avait dû se battre pour parvenir au sommet.

Trop gentille, mon œil !

À propos d'œil, Lucas parcourut le Dr Hurst du regard. Il ne l'avait pas remarqué auparavant, mais elle avait des courbes là où il le fallait.

En bref, c'était une femme énergique, passionnée et ardente.

Il recula, peu habitué à avoir ce type de pensées inappropriées à propos d'une collègue.

— J'ose espérer que nous sommes capables d'avoir une conversation polie.

— Pourquoi ?

— De façon à rechercher ensemble les meilleures solutions pour Emma. Ce ne doit pas être si difficile. Je ne suis pas contre les compromis, aussi longtemps qu'ils n'ont pas de conséquences défavorables sur mes patients.

Le Dr Hurst se détourna un instant avant de poser de nouveau les yeux sur lui.

— Je travaille avec vous. Je m'efforce d'améliorer son état pour que vous puissiez l'opérer. Et vous n'avez pas besoin de vous protéger derrière ce fauteuil, je ne mords pas.

Lucas retint un rire.

— Je me suis contenté de l'arrêter avant qu'il arrive jusqu'à mes jambes.

— Eh !

Un homme frêle en tenue d'hôpital, une potence à perfusion près de lui, apparut au seuil de la pièce et cria :

— Sortez d'ici !

Le Dr Hurst écarquilla les yeux.

— Monsieur Templeton ? Que faites-vous là ?

Le vieil homme fronça les sourcils, visiblement confus et effrayé.

— Qu'est-ce que vous faites dans ma maison ? Vous feriez mieux de déguerpir avant que j'appelle la police.

— Mervyn, vous êtes à l'hôpital. On vous a retiré la vésicule biliaire. Nous allons vous ramener dans votre chambre pour que vous vous reposiez, dit calmement le Dr Hurst.

Elle se dirigea vers son patient, les paumes levées en signe de conciliation, non sans jeter un coup d'œil à Lucas pour lui demander son aide en cas de besoin.

Mais la pâleur du vieil homme, ses mains tremblantes et sa désorientation inspiraient des craintes à ce dernier, qui sortait déjà son téléphone.

— Est-ce qu'un aide-soignant peut apporter un fauteuil roulant au troisième étage, s'il vous plaît ? Voire un brancard, si vous en avez, ce serait préférable. C'est urgent.

— Qui a laissé les lumières allumées au milieu de la nuit ? demanda l'homme.

Sur ces mots, il s'affaissa contre la potence à laquelle il s'agrippa, l'entraînant dans sa chute et arrachant du même coup le cathéter de son bras.

Se précipitant, Lucas rejoignit le Dr Hurst à côté de lui. Pressant les doigts contre sa carotide, elle cherchait son pouls.

— Il est vivant, mais je ne comprends pas ce qui se passe. Je l'ai opéré hier.

— Il est visiblement confus et a dû errer dans le service.

Tout en parlant, il appuya la main contre le bras du vieil homme pour stopper le saignement.

— Vous n'auriez pas des compresses stériles, dans ce bureau ? demanda-t-il.

— Non, mais il y a un bouton d'urgence, derrière la table.

Quelques secondes plus tard, Lucas revenait avec un stéthoscope et un tensiomètre qu'il avait trouvés sur la table. Il passa le brassard autour du bras du vieil homme.

— Mervyn ! Je vous en supplie, aidez-le ! s'exclama une voix tremblante, derrière eux.

Le Dr Hurst leva les yeux vers la vieille dame qui venait vers eux.

— Madame Templeton, vous ne devriez pas être là. Il a fait une chute, mais nous nous occupons de lui.

La femme se pencha, puis elle prit son mari par l'épaule et le secoua.

— Lève-toi, Merv ! Qu'est-ce qui ne va pas ? poursuivit-elle en foudroyant le Dr Hurst du regard. Vous aviez dit que tout s'était bien passé.

Sa collègue sourit avec compassion à la vieille dame.

— Je vous en prie, dit-elle d'une voix douce, reculez. Je m'efforce de comprendre ce qui lui arrive.

— Hypotension et tachycardie, indiqua Lucas.

Il préférait s'exprimer en jargon médical pour ne pas alerter Mme Templeton. Par bonheur, un aide-soignant arriva à cet instant avec un brancard, suivi de près par l'équipe d'urgence. À leur vue, Mme Templeton se mit à pleurer. Immédiatement, le Dr Hurst se redressa et enveloppa d'un bras ses frêles épaules.

— Mervyn s'est évanoui, et nous allons tenter de trouver pourquoi. Y a-t-il quelqu'un qu'on puisse appeler pour rester avec vous ?

— Non. Il n'y a que moi et Merv. Qu'est-ce que je peux faire ?

— Nous laisser faire notre travail, dit Lucas en posant les électrodes de l'électrocardiogramme portable sur la poitrine du patient.

De son côté, le Dr Hurst posait un nouveau cathéter afin de rétablir la perfusion.

— Je dois l'emmener au bloc, dit-elle.

La vieille dame s'empara de son bras.

— Ne le laissez pas mourir !

— Madame Templeton, laissez partir le docteur, intervint Lucas, et venez avec moi. Allons quelque part où vous pourrez vous asseoir. Que diriez-vous d'une tasse de thé ?

Très délicatement, il lui prit les mains et croisa le regard du Dr Hurst.

— Merci, chuchota-t-elle avec un semblant de sourire.

À moins qu'il ne l'ait imaginé.

Quoi qu'il en soit, il sentait que la tension avait diminué entre eux. Posant la main sur l'épaule de Mme Templeton, il l'écarta du brancard que l'équipe poussait vers l'ascenseur.

— Ne vous inquiétez pas, dit-il, le Dr Hurst est un excellent médecin.

Et elle est sacrément jolie, aussi !

Il ne l'avait pas remarqué immédiatement, mais maintenant il sentait un fourmillement d'excitation sous sa peau.

Oh non !

Pas question.

Comme il fermait brièvement les yeux, il entrevit une jolie bouche et des yeux clairs empreints de compassion.

Une combinaison troublante… séduisante.

Non ! Il n'allait pas être attiré par une femme aussi explosive qu'Ivy Hurst. Pas alors qu'il devait travailler avec elle.

Cela ne ferait que lui rendre la vie plus difficile.

2

Ivy sortit du bloc totalement épuisée. Par bonheur, cette opération impromptue s'était bien passée, et M. Templeton était en salle de réveil. Désormais, elle pouvait rentrer chez elle et prendre un repos bien mérité.

Elle se figea à la vue de Lucas Matthews, assis sur une chaise en plastique, les yeux sur son téléphone, à quelques mètres d'elle.

Était-il là pour elle ? Bien sûr que non ! Mais cette idée la fit vibrer d'une excitation malvenue.

Non. Cet homme avait beau être canon, il ne pouvait lui causer que de l'ennui… pas de l'excitation.

— Docteur Hurst ? fit-il en se levant.

Il est bien là pour moi, waouh !

Ivy n'apprécia pas la façon dont son cœur bondissait dans sa poitrine.

Traître de corps !

Qu'est-ce qui n'allait pas chez elle, ce jour-là ?

— Docteur Matthews ?

Et cette voix enrouée ! D'où sortait-elle ?

— Appelez-moi Lucas, s'il vous plaît.

— Que faites-vous ici, docteur Matthews ?

Il eut un petit sourire amusé.

— Je m'inquiétais.

— Pour moi ?

Il eut un petit rire sarcastique.

— Pour M. Templeton. J'ai promis à son épouse de la tenir au courant dès que vous sortiriez du bloc.

Ah ! Stupide et traître corps !

— J'informe la famille moi-même quand il s'agit de *mes* patients.

— Je le sais, mais elle me l'a fait promettre, et je suis un homme de parole.

— Bien entendu.

Encore un Dr Loyal ! C'était le surnom que ses patients avaient donné à Grant, mais elle le connaissait sous un autre jour. Certaines personnes offraient aux autres une image parfaite d'elle-même, mais en privé elles étaient très différentes. Envers elle, Grant avait été tout, sauf loyal.

Cela dit, elle avait vu Lucas Matthews en action et remarqué la gentillesse avec laquelle il avait écarté Mme Templeton.

— Où est-elle ?

— Dans la salle réservée aux visiteurs. Elle a bu son thé et téléphoné à sa sœur. En ce moment, elle regarde un thriller.

— Parfait. Je prends le relais.

Ivy se dirigea vers l'ascenseur, Lucas Matthews sur les talons. Pis encore, elle sentait son parfum l'envelopper, une senteur boisée très masculine. Horrifiée, elle sentit son ventre se contracter sous l'effet de ce qui ressemblait fort à du désir.

— J'ai dit que je la verrai, dit-il, alors je le ferai.

Il était tard, elle était fatiguée, et ses défenses étaient clairement affaiblies. Quoi qu'elle fasse, elle sentait qu'il allait s'accrocher.

— Je ne vais pas réussir à me débarrasser de vous, c'est ça ?

Elle ne put s'empêcher de sourire lorsqu'il prit une expression offensée.

— Je le crains.

— D'accord, d'accord. Vous pouvez venir avec moi, mais c'est moi qui parle.

— Comme vous voulez.

C'est ainsi qu'ils rejoignirent ensemble la vieille dame. Ivy lui expliqua qu'elle avait cautérisé une artère qui saignait et que son mari ne tarderait pas à rentrer chez lui.

Ils furent récompensés par des pleurs et des remerciements qui rappelèrent à Ivy la raison pour laquelle elle avait choisi d'être médecin au lieu de rentrer dans l'armée.

Plus tard, alors qu'ils sortaient de l'hôpital, l'estomac d'Ivy se mit à gronder si fort qu'elle mit la main sur son ventre avant de jeter un coup d'œil à Lucas Matthews pour voir s'il avait entendu.

Bien sûr que oui !

Rougissante, elle pressa plus fort la paume sur son abdomen pour faire cesser le bruit.

— Vous avez faim ? demanda-t-il avec un sourire en coin.

Inutile de le nier.

— Je suis affamée. Je ne me rappelle même pas la dernière fois que j'ai mangé. En rentrant, je verserai de l'eau bouillante sur des nouilles, ce sera parfait.

Lucas Matthews fronça les sourcils.

— Après une journée de dur labeur, vous avez besoin de quelque chose de plus consistant.

La nuit de juin était fraîche. Ivy resserra les pans de son manteau autour d'elle.

— J'adore les pâtes.

— Je connais un endroit où on sert les meilleures nouilles de Sydney, avec une bonne sauce bien épaisse et de la viande. Il y a même des légumes et de vraies épices, pas réhydratées. Vous voulez qu'on y aille ?

Ivy leva les yeux vers lui, sentant de nouveau l'excitation la gagner.

— Euh... non, dit-elle en tapotant la sacoche de son ordinateur. J'ai une tonne de travail qui m'attend.

— Eh ! C'est juste un repas entre collègues après une journée infernale.

Passant les doigts dans ses cheveux, il haussa les épaules avec une nonchalance qu'Ivy jugea surjouée. Au contraire, on aurait dit qu'il avait tout le poids du monde sur le dos.

— Pour vous aussi, ça a été difficile, si je comprends bien. Vous voulez qu'on en parle ?

Il laissa échapper un soupir.

— J'ai perdu une patiente ce matin. Son appartement a pris feu parce qu'elle avait laissé une bougie allumée trop près d'un rideau. Elle a réussi à sortir, mais elle y est retournée pour sauver son chat, qui en réalité s'était déjà enfui. En quelques minutes, elle a été intoxiquée par la fumée et brûlée à 90 %. Hier, elle avait la vie devant elle, et aujourd'hui... ça fait réfléchir, non ?

Après cette phrase – la plus longue qu'il avait jamais prononcée depuis qu'elle le connaissait –, il courba légèrement les épaules. Pour quelqu'un qui devait affronter régulièrement ce genre de tragédie, il semblait vraiment affecté.

— Je déteste ce genre de journée, dit Ivy, le cœur serré.

— Comme nous tous, je crois. J'ai dû aussi annoncer de mauvaises nouvelles à un patient cet après-midi ; après quoi j'ai été agressé par une collègue particulièrement colérique qui exige de faire la pluie et le beau temps, alors qu'il s'agit d'une patiente commune, et qui refuse même toute négociation.

— Moi ? Colérique ? Vous présentez les choses comme s'il s'agissait d'une prise de pouvoir en terrain hostile.

Intérieurement, Ivy reconnut qu'elle avait eu du mal à écouter le point de vue de Lucas Matthews.

Un petit sourire aux lèvres, il continua :

— Plus une soirée passée à réconforter une épouse inquiète pendant que son mari était en salle d'opération. Je suis resté avec elle pendant des heures, mais ensuite la même collègue colérique n'a même pas accepté mon aide lorsqu'il s'est agi de rassurer cette pauvre femme.

— Vous avez le chic pour culpabiliser votre interlocutrice.

— Je ne fais qu'exposer les choses de mon point de vue.

— J'avoue être très protectrice, vis-à-vis de mes patients.

— Je m'en suis aperçu et je le comprends. J'espère seulement que maintenant que nous nous connaissons un peu mieux, nous saurons trouver des compromis.

— Peut-être.

Ivy s'immobilisa pour le regarder. Décidément, il était canon. Et grand. Et il sentait bon. Avait-elle seulement remarqué ses yeux ? Elle avait été trop aveuglée par l'agacement et la frustration pour les regarder de près. Mais maintenant, elle voyait à quel point ils étaient sombres, expressifs et beaux.

— J'habite à deux pas, dit-elle, alors je vais rentrer. Merci pour votre aide, avec les Templeton.

— C'est votre dernière chance pour savourer la meilleure nourriture vietnamienne de Sydney. Ils font un *phô* au bœuf extraordinaire, et il faut avoir goûté leur salade de poulet à la citronnelle pour y croire. En tout cas, j'y vais, avec ou sans vous. Mais vous regretterez à jamais d'avoir raté des mets aussi délicieux.

Il dut sentir qu'elle hésitait, car il insista :

— Allons, où est le mal ?

Le mal, c'était qu'elle s'adoucissait à son égard. C'était cette contraction de son ventre lorsqu'il lui souriait. C'était ses yeux... Oh ! ces yeux ! Il serait trop facile d'aimer cet homme, à l'encontre de tout ce qu'elle s'était promis après Grant. Plus d'hommes. Plus de peines de cœur. Plus d'engagements dont elle mettrait des mois à se remettre.

Son estomac se remit à gronder, et cette fois la tentation l'emporta.

— D'accord, d'accord. Si la nourriture est aussi bonne, je prends le risque.

— C'est la bonne décision. Mais maintenant vous devez m'appeler Lucas et non plus Dr Matthews.

— Très bien, mais n'imaginez pas une seconde que parce que je serai rassasiée, je changerai d'avis à propos du traitement d'Emma, *Lucas*.

— Vous pensez que je tente de vous corrompre avec un dîner ? Sûrement pas. Comment pouvez-vous imaginer une chose pareille ?

— Parce que vous avez trouvé mon point faible. Je suis incapable de refuser des plats que quelqu'un d'autre a cuisinés.

— C'est bon à savoir.

Lucas haussa comiquement les sourcils, puis il orienta sa clé vers une voiture de sport argentée.

— Quel stéréotype vous faites ! s'exclama Ivy en riant.

Elle s'installa à l'avant, espérant que si elle ne cessait de se répéter qu'il ne l'attirait pas, une fois le ventre plein, elle finirait par y croire.

Ivy ne s'attendait pas du tout que Lucas l'emmène dans un restaurant de Chinatown, genre *street-food* avec des chaises en plastique et des tables en formica. Des arômes délicieux d'ail, de badiane et de gingembre provenaient de la cuisine.

La serveuse les installa en s'exclamant :

— Trois soirs de suite, docteur Matthews ! Je suis impressionnée.

— J'espère que vous n'avez pas amené chaque fois une femme différente, dit Ivy avec un petit rire.

La serveuse gloussa.

— Le Dr Matthews amène tous ses amis.

Ce qui n'était pas exactement la réponse qu'Ivy espérait.

Lucas prit deux menus et lui en tendit un.

— Hum... Docteur Hurst ? Vous voulez boire quelque chose ?

— Seulement de l'eau, s'il vous plaît. Et appelez-moi Ivy.

D'accord, elle ne pouvait pas s'empêcher de s'adoucir. Elle leva les yeux vers les lanternes rouges suspendues au plafond, projetant des lueurs incandescentes sur le bois et le bambou.

— Cet endroit est extraordinaire. Comment l'avez-vous déniché ?

— J'ai soigné Binh, le chef, après qu'il s'était brûlé avec de l'huile chaude. Anh, la serveuse et copropriétaire, est sa femme.

— C'est une affaire de famille. Plutôt sympathique.

Lucas fit la grimace.

— Ça marche pour eux, mais pour ma part il me serait impossible de travailler avec mes proches.

— Moi non plus... Si j'ai bien compris, vous conseillez le *phô* ?

— Absolument.

Il fit signe à Anh et commanda deux *phôs* au bœuf, ainsi qu'une carafe d'eau. À cet instant, son téléphone sonna. Le sortant de sa poche, il fronça les sourcils.

— Vous pouvez décrocher, dit Ivy, je ne suis pas du genre à écouter les conversations des autres, contrairement à certaines personnes.

— Je vous ferais remarquer que vous aviez mis le haut-parleur. Que pouvais-je faire ?

— Vous éloigner ? Enfoncer vos doigts dans vos oreilles ? Qu'avez-vous entendu, au juste ?

— Que votre ex a tout d'un sale con.

— Sa réputation est presque aussi mauvaise que la vôtre.

Lucas fit mine de s'étouffer.

— J'ai une réputation ?

— De bourreau des cœurs.

Les yeux sombres de Lucas scintillèrent.

— Tant mieux. La dernière chose dont j'ai besoin, c'est qu'une femme tombe amoureuse de moi.

— Parce que vous êtes déjà marié ? Fiancé ?

— Rien de tout cela.

— Vous êtes bien imbu de vous-même, si vous pensez que toutes les femmes risquent de succomber à vos charmes. Je connais les types comme vous. Grant est exactement comme ça, sûr de lui. Maintenant il est libre de séduire tout le personnel féminin de l'hôpital.

— Grant ? Je le connais ?

— Grant Nelson.

— L'urologue ?

— Lui-même.

— Vous avez été ensemble combien de temps ?

— Presque cinq ans

— Et il vous a laissé partir, vous, l'incroyable Ivy Hurst ?

Ivy se mit à rire. Elle ne doutait pas de ses compétences professionnelles, mais Grant avait anéanti sa confiance en elle en tant que femme. Elle luttait de toutes ses forces pour se reconstruire et savait dorénavant ce qu'elle attendait d'une relation.

— Incroyable ? Moi ? Il m'a traitée comme si j'étais un paillasson, mais j'ai eu le dernier mot en rompant par SMS après qu'une amie l'a surpris en train de me tromper. Ensuite, j'ai jeté ses affaires dans le jardin, devant l'immeuble. Il est venu les chercher sous la pluie.

— Oups !

Le téléphone de Lucas sonna de nouveau, mais il l'ignora.

— Répondez, s'il vous plaît. C'est peut-être important.

— C'est ma mère, alors j'en doute.

— Au moins, elle vous téléphone.

La sonnerie se tut et fut suivie par la vibration annonçant un message. Lucas le lut, les sourcils froncés.

— Elle veut savoir qui m'accompagnera à son gala de charité. Mais je n'ai encore rien décidé.

— Si je comprends bien, tout un éventail de femmes s'offre à vous.

— Loin de là. Croyez-moi, je ne voudrais infliger ce supplice à personne. Mes parents demanderont à ma partenaire quand nous allons nous marier et combien d'enfants nous aurons. Ma mère ignore le sens du mot « discrétion ».

— Votre mère souhaite vous caser ?

— Seulement si elle peut organiser un grand mariage et inviter tous ses amis mondains. Elle évolue parmi les cercles de la bonne société et voudrait bien m'y attirer.

— Pendant mon enfance, je suis passée de caserne en caserne. J'en connais un rayon sur les attentes familiales, en revanche j'ignore tout de la bonne société. Vous avez une vie très différente de la mienne.

— Mes parents, pas moi !

Lucas s'appuya contre le dossier de sa chaise, posa les mains sur sa nuque et étendit ses longues jambes sous la table. Lorsqu'il leva les bras, sa chemise sortit de son pantalon, révélant un peu de peau nue. Ivy éprouva immédiatement l'envie pressante de poser les doigts dessus.

Qu'est-ce qui te prend ?

S'arrachant à cette vision, elle croisa le regard de Lucas qui souriait comme s'il lisait dans ses pensées.

— Je suis juste un type normal, affirma-t-il.

Elle parcourut des yeux sa bouche bien dessinée, ses beaux yeux et son menton énergique.

« Normal ? Vous ne l'êtes sûrement pas », faillit-elle répondre.

— Vous m'ôtez les mots de la bouche, dit-elle à la place.

— Et Grant Nelson est un idiot de vous avoir laissée partir.

Il est clairement en train de flirter. Intéressant...

Ivy pensa à un film qu'elle avait vu avec Harper.

— Il semble que vous ayez deux options, déclara-t-elle.

— Vraiment ? Dites-m'en davantage.

— Soit vous dites à votre mère de ne plus se mêler de votre vie privée, soit vous prétendez avoir déjà quelqu'un dans votre vie.

Lucas sembla déçu. À quoi s'était-il attendu ?

— Je ne compte plus le nombre de fois où je l'ai sommée de me laisser tranquille, mais en tant que mère elle estime de son devoir de se mêler de ma vie.

— Dans ce cas, c'est l'option B : vous prétendez avoir une femme dans votre vie.

— On dirait une comédie sentimentale.

— Ce sont les meilleures. Plus elles sont dégoulinantes, mieux c'est. Et c'est efficace, aussi longtemps que le ou la partenaire est conscient qu'il s'agit d'un rôle à jouer. Vous n'avez qu'à payer quelqu'un.

— Ça pourrait marcher, dit Lucas en pianotant sur la table. Vous accepteriez de le faire ?

— Moi ? Sûrement pas !

Ivy eut un petit rire, mais elle avait des papillons dans le ventre à l'idée de passer une soirée avec Lucas.

— C'est un gala de charité. Où est le mal ?

À cet instant, Anh posa sur la table deux énormes bols de *phô* et la carafe d'eau qu'elle plaça entre eux.

Espérant détourner l'attention de Lucas, Ivy avala une gorgée de bouillon chaud. Même s'il la payait, il n'était pas question qu'elle l'accompagne.

— C'est délicieux.

Il lui adressa un sourire satisfait.

— Je vous l'avais dit, mais vous n'avez pas répondu à ma question. Acceptez-vous de jouer le rôle de ma compagne ?

3

— Non, Lucas, mais je suis certaine que des centaines de femmes seraient prêtes à vous rendre ce service.

— Je n'en suis pas si sûr. D'ailleurs ce n'est pas à elles, que je le demande, mais à vous. Accompagnez-moi à ce gala, aidez-moi à me débarrasser de ma mère. De votre côté, vous montrerez à Grant Nelson que votre cœur est guéri.

Intéressant…

Tentant, même.

— Comment le saurait-il ? Je doute qu'il soit invité.

— On parlera de ce bal dans les journaux, ma mère s'en assurera. Il vous verra en photo, un beau gars au bras.

— Vous avez une haute opinion de vous-même.

Mais l'idée d'attiser la jalousie de Grant était vraiment séduisante.

Lucas hocha brièvement la tête.

— D'accord. Il vous verra vêtue d'une très jolie robe, dansant dans les bras d'un gars pas trop moche.

Mmm…

Cette perspective troubla Ivy. Depuis quand n'avait-elle pas dansé ? Elle ne se le rappelait même pas !

— Quand a lieu ce bal ?

— Dans trois semaines à partir de samedi.

— Je vois.

En un laps de temps aussi court, elle n'aurait pas le temps de tomber amoureuse. En revanche, elle irait à une réception dans une jolie robe qui la changerait de sa tenue verte d'hôpital.

Ivy se mordit la lèvre inférieure tout en réfléchissant.

Se penchant en avant, Lucas croisa son regard.

— Ivy Hurst, je crois vraiment que vous êtes tentée.

Elle battit des paupières. C'était exactement le genre d'homme avec qui elle s'était juré de ne pas sortir. Elle devrait faire très attention.

— Et ensuite ? demanda-t-elle. Que se passera-t-il pour... nous ?

Lucas fronça les sourcils.

— Nous ? J'annoncerai tranquillement à ma famille que ça n'a pas marché. Trop de travail... le bla-bla habituel.

— Habituel pour vous, peut-être, pas pour moi. Et après cela, ce sera fini, c'est ça ?

— Absolument.

Le cerveau d'Ivy fonctionnait à toute allure tandis qu'elle cherchait à tirer parti de la situation.

— Et c'est moi qui déciderai du programme, en ce qui concerne Emma.

Lucas éclata de rire et leva la main.

— Ce n'est pas un contrat ! Ivy Hurst, vous trichez.

— Je joue pour gagner, répliqua-t-elle en souriant.

Piégé !

Ivy réalisa qu'elle adorait cet échange. Un sens caché et potentiellement dangereux se cachait derrière les mots. Une délicieuse chaleur se répandit en elle, mêlée d'impatience et d'excitation.

— C'est d'accord, dit Lucas.

— D'accord ? Vraiment ?

Était-elle en train de se laisser manipuler ?

— Vraiment, affirma-t-il en hochant la tête.

— Parfait, alors c'est bon pour moi. Il est temps que je m'amuse un peu.

Et pourquoi pas, après tout ? Elle était une grande fille de trente-neuf ans, prête à prendre ce qu'elle voulait pour une fois.

— Nous sommes donc liés par un contrat.

Ivy serra la main que Lucas lui tendait. Les étincelles qui jaillirent sous sa peau faillirent lui couper le souffle. Elle croisa son regard, étincelant de malice.

Était-elle en train de jouer avec le feu ? Mais elle ne s'était jamais sentie aussi vivante ou plutôt... aussi excitée.

— Nous allons devoir passer un peu de temps ensemble et apprendre à nous connaître, si nous voulons que notre histoire tienne la route, déclara-t-il en lâchant sa main.

— C'est bon pour moi. La perspective de passer du temps avec vous ne me paraît pas trop pénible.

— Je suis ravi de l'entendre.

— Je veux dire… si cela me permet de rendre la monnaie de sa pièce à mon ex, clarifia-t-elle.

— Bien entendu. J'ai hâte d'en apprendre davantage sur vous, Ivy.

— Pareil pour moi.

Une sorte de fourmillement parcourut le corps d'Ivy. Cette connaissance mutuelle pouvait se comprendre de multiples façons, songea-t-elle.

Waouh ! Qu'est-ce que je suis en train de faire ?

Mais elle devait admettre que ce jeu lui plaisait. Elle parcourut du regard le visage de Lucas, puis ses épaules et sa poitrine. Cela faisait longtemps qu'elle n'avait pas été aussi attirée par un homme.

Il lui adressa un sourire plein de promesses, et elle s'imagina en train de danser dans ses bras, pressée contre sa poitrine. Comment réagirait-elle, s'il se penchait pour l'embrasser sur la bouche ?

Eh ! Elle était vraiment en train de raisonner comme une héroïne de série à l'eau de rose, alors que sa vie était loin d'être si rose que ça. Que venait-elle d'accepter ? Ses défenses avaient été anéanties par un sourire désarmant et une chance de revanche sur son ex.

Et je n'ai bu que de l'eau ! Cet homme est dangereux. Qu'est-ce que j'aurais accepté, si j'avais bu deux verres de vin ?

Portant le bol de *phô* à ses lèvres, Ivy but les dernières gouttes du délicieux bouillon.

Le dos appuyé au dossier de sa chaise, Lucas la regardait. Le plaisir visible d'Ivy le troublait, sans qu'il sache pourquoi. Elle était… surprenante. Sa bouche était… Cela semblait fou, mais sa bouche relevait du domaine du rêve. Ses lèvres douces étaient pleines, et lorsqu'elle souriait, il en avait le souffle coupé, son imagination s'enflammait.

Cette bouche contre la sienne.

Sur lui.

Bon sang ! Il ne s'était pas vraiment attendu à un tel accord. Au départ, il avait seulement invité une collègue à dîner.

Mais c'était bien mieux que cela. La femme assise en face de lui était belle, intelligente et très, très sexy.

Sa mère allait l'adorer, et son père serait impressionné.

Ses frères mourraient d'envie.

Et sa sœur, l'adorable Flora, aimerait-elle Ivy et serait-elle déçue quand Lucas serait de nouveau ce fameux célibataire invétéré ?

Mais pour l'instant, il voulait connaître la femme qui se cachait sous l'apparence autoritaire du Dr Hurst. Il y avait quelque chose en elle qui le fascinait. Une chaleur qu'elle dissimulait derrière un masque poli.

— Vous aviez raison, déclara-t-elle. Je ne me rappelle pas avoir déjà mangé une nourriture aussi délicieuse.

— Donc, la prochaine fois que je suggérerai quelque chose, faites-moi confiance, d'accord ?

— Cela paraît dangereux. Les femmes font-elles toujours ce que vous dîtes ?

— Pas assez souvent, répliqua-t-il avec un haussement d'épaules.

Une goutte de *phô* coula sur le menton d'Ivy. Il ne put s'empêcher de prendre sa serviette pour se pencher par-dessus la table et l'essuyer… regrettant de ne pas pouvoir le faire avec la langue.

Elle battit des paupières et recula en fronçant les sourcils. S'était-il trompé en voyant dans leur échange une pointe de flirt ?

Est-ce que le sexe fera partie du contrat ?

Il était bien trop tôt pour le dire. Jetant un coup d'œil à sa montre, Lucas constata qu'il était bien trop tard pour prolonger davantage cette soirée. Il fit un signe à Anh et paya l'addition, puis il écarta sa chaise de la table et se leva.

— Allons-y, docteur Hurst.

Elle fronça les sourcils.

— Où ça ?

— Il est tard, et nous devons tous les deux rentrer dormir. Je vais vous déposer chez vous.

— Merci, dit-elle en se levant à son tour.

Elle courba les épaules, et il vit de l'épuisement dans ses yeux. Elle avait eu une longue journée, prolongée par une opération inattendue.

— Je suis trop fatiguée pour discuter, continua-t-elle, et vous êtes meilleur marché qu'un taxi.

— Moi ? Meilleur marché ? Ce n'est pas ce que me disent mes... euh... partenaires. Je suis un véritable produit de luxe.

Les joues d'Ivy rosirent.

— Je n'ai pas besoin de le savoir.

— C'est au cas où vous vous poseriez la question.

— Ce n'est pas le cas.

Il crut voir dans les yeux d'Ivy une lueur de désir. S'imaginait-elle au lit avec lui ?

Il se pencha pour lui chuchoter à l'oreille :

— Menteuse.

Il sentit qu'elle frissonnait avant de se détourner de lui pour se diriger vers la sortie. Il la suivit jusqu'à sa voiture, non sans admirer le balancement gracieux de ses hanches, puis il lui ouvrit la portière et la regarda s'asseoir. Sa jupe se releva légèrement, révélant ses jambes nues, un peu de cuisses et une peau soyeuse.

Bon sang ! elle était magnifique. Lucas dut lutter contre l'envie de l'arracher à son siège, de la porter jusque chez lui, de l'étendre sur son lit et de la déshabiller.

Au lieu de cela, il se glissa derrière le volant et démarra. Ils ne parlèrent pas pendant le trajet, hormis les indications qu'elle lui donna. La nuit était fraîche, mais dans la voiture l'atmosphère était lourde, imprégnée du parfum d'Ivy, floral et citronné.

« Je joue pour gagner. »

Pourquoi pas ?

Il se gara devant son immeuble, tout neuf et proche de l'hôpital. Comme il défaisait sa ceinture, elle l'arrêta :

— Je peux me débrouiller seule à partir de maintenant. Merci.

— Je n'ai jamais laissé une femme regagner sa porte sans l'accompagner, et je ne vais pas commencer maintenant.

— Oh ! Quel gentleman !

— Je ne le suis pas toujours.

Il la suivit jusqu'aux marches, brûlant de poser la main sur ses reins. Elle s'immobilisa devant la porte et fouilla dans son sac pour trouver sa clé, les sourcils légèrement froncés, le visage baigné par la douce lueur provenant d'un réverbère.

À quoi pensait-elle ?

Allait-elle l'inviter à entrer ? Sentait-elle comme lui leur connexion ou l'imaginait-il ?

— Voilà ! s'exclama-t-elle en brandissant son trousseau.

— Parfait. Je vais y aller, alors.

— D'accord.

Elle hocha la tête, mais quelque chose, dans ses yeux, incita Lucas à rester. Il attendit.

Ils échangèrent un long regard, bien plus long qu'il ne sied entre deux collègues.

— Bonne nuit, dit-elle enfin, et merci pour le dîner.

— Bonne nuit, Ivy.

Il se retourna, la laissant là, l'image de son sourire gravée dans son cerveau. Il ne savait pas à quoi il s'était attendu, mais certainement pas à se sentir aussi... abattu. Jusque-là, il n'avait pas réalisé à quel point il avait envie de passer plus de temps avec elle.

Il avait à peine descendu deux marches, lorsqu'il entendit :

— Lucas. Attendez.

Le cœur battant, il fit volte-face.

— Oui ?

— Vous voulez entrer ?

— Pourquoi ?

Elle se mordit la lèvre inférieure.

— En vrai, je ne fais pas ce genre de choses. Je n'accepte pas les invitations impromptues ou des contrats dangereux avec des hommes non moins dangereux.

— S'il y a quelque chose de dangereux, c'est votre sourire, répliqua-t-il en riant. Vous vous trompez totalement à mon propos.

— Je pense au contraire vous avoir très bien cerné, mais ce soir je suis sortie de ma zone de confort et j'ai accepté de passer un marché ridicule avec quelqu'un que je ne connais presque pas.

— Eh ! Vous savez où je travaille, nous avons dîné ensemble, et nous avons sauvé la vie d'un homme et réconforté son épouse.

— J'essaye de voir si vous avez sur moi une bonne ou une mauvaise influence.

— Je peux être ce que vous voulez, mais laissez-moi vous faire remarquer que c'est *vous* qui m'avez convaincu de mentir à mes parents. *Vous* qui cherchez à vous venger de votre ex. Je suis l'innocence même.

Ivy leva les yeux vers lui. Il les vit s'assombrir, tandis qu'elle se passait la langue sur les lèvres. De nouveau, il sentait entre eux cette connexion, et comme une compréhension implicite.

Je vous vois. Je vous veux.

Il s'approcha d'elle.

Sans rompre leur contact visuel, elle se dressa sur la pointe des pieds et posa la main sur la joue de Lucas.

Puis sa bouche fut sur la sienne.

4

Surpris par ce geste, Lucas inspira profondément, puis il prit le visage d'Ivy entre ses mains et l'attira contre lui. S'il l'avait crue hésitante, il avait fait une lourde erreur…

Le goût salé du *phô* persistait sur ses lèvres. Elle était chaude et douce ; il brûlait de se noyer en elle.

Elle gémit lorsqu'il plongea la langue dans sa bouche, et ce bruit le transporta. Passant un bras autour de sa taille, il la serra si fort que ses seins se pressèrent contre sa poitrine et qu'il sentit ses cuisses contre les siennes.

Cela ne faisait pas partie de leur accord, mais ce n'en était que meilleur. Certes, c'était aussi un peu fou, car il ne s'agissait pas d'une liaison d'une nuit. Ils allaient devoir apprendre à se connaître, s'ils voulaient tromper sa famille. Cela impliquait d'investir son esprit dans ce jeu, pas seulement son corps.

Et cela, il ne le faisait pas, jamais.

Les clés d'Ivy tombèrent sur le sol.

— Zut ! s'exclama-t-elle en sursautant.

« Zut ! » en effet. Était-ce un signe du ciel, pour les avertir que le moment était mal choisi ?

Ivy se baissa pour ramasser son trousseau, avant de se redresser en déclarant :

— Entrez, Lucas.

— Les hommes font-ils toujours ce que vous voulez ?

— Pas assez souvent, répliqua-t-elle avec un haussement d'épaules.

Cet écho de ce qu'il avait lui-même dit un peu plus tôt le fit rire.

— Eh bien, je ne me le ferai pas dire deux fois.

La prenant par la main, il se laissa guider à l'intérieur. Ils traversèrent un couloir et montèrent au premier étage. Quelques instants plus tard, ils étaient dans la cuisine d'Ivy.

Lucas s'était imaginé que son appartement ne pouvait être que propre et bien rangé, mais il n'eut pas l'occasion de le vérifier par lui-même. Il ne voyait que la nuque d'Ivy, le tissu soyeux de son chemisier sous lequel il devinait les bretelles de son soutien-gorge.

Il pensa d'abord qu'elle allait lui proposer un verre, mais elle posa ses clés sur une table blanche, puis se tourna vers lui pour l'embrasser de nouveau.

Quand elle poussa le même gémissement pour la seconde fois, Lucas sentit son sexe se dresser. La poussant contre le mur, il glissa les mains sous son chemisier avant de s'emparer de ses seins, d'abord à travers le soutien-gorge, puis directement. Elle poussa un cri avant de se cambrer contre lui.

Lucas lui enleva son manteau et son chemisier, après quoi il dégrafa son soutien-gorge et se pencha pour sucer un mamelon parfait.

— C'est trop bon, murmura-t-elle en se tortillant contre lui.

— On n'a même pas commencé.

Il traça un sillon de baisers le long de sa gorge avant de capturer à nouveau sa bouche. Ivy se mit à tirer sur les pans de sa chemise pour les sortir de son pantalon, puis entreprit de la déboutonner. Une minute plus tard, le vêtement tombait sur le sol, et elle explorait sa poitrine, ses bras et ses épaules.

— Pas mal ! remarqua-t-elle. Vous faites de la musculation, docteur Matthews ?

— Plutôt du kitesurf, quand j'en ai l'occasion.

Elle caressa ses biceps, une lueur moqueuse dans les yeux.

— J'ai toujours eu envie d'en faire. J'avais même payé pour une leçon, mais je me suis dégonflée à la dernière minute.

— C'est dommage. On a l'impression de voler.

Il adorait cet échange, si naturel malgré la situation. Après tout, toutes les occasions de se connaître mutuellement étaient bonnes à prendre.

Bien entendu, dans le but d'abuser sa famille, se rappela-t-il. Ensuite, le jeu cesserait. Mais jusque-là…

— Croyez-moi, il n'y a rien de plus excitant que le kitesurf.

Il lui vola un autre baiser avant de baisser la fermeture Éclair de sa jupe, qui glissa par terre. Elle fit un pas de côté, uniquement vêtue d'un slip de dentelle dont elle se débarrassa rapidement.

— Vous êtes un vrai surfeur, c'est ça ? Vous ne lisez pas les œuvres classiques, vous ne luttez pas contre les injustices sociales. Je ne vois aucune profondeur, là-dedans.

Elle leva la main et glissa les doigts dans ses cheveux, puis elle lui caressa la joue et la poitrine. Bientôt, la langue d'Ivy remplaça ses doigts, et elle descendit plus bas... encore plus bas.

Lucas crut devenir fou de désir.

— Vous avez raison, parvint-il à dire. J'incarne le stéréotype parfait de l'Australien. C'est un de mes nombreux défauts, et j'en ai beaucoup.

— Tant mieux.

— Que j'aie beaucoup de défauts ou que je sois un surfeur ?

— Les deux. La dernière chose dont j'ai besoin, c'est d'un homme qui réfléchit trop ou qui prend la vie trop sérieusement. Soyons simples.

— Simplement du sexe. À votre service !

Lui prenant la main, Ivy glissa l'un de ses doigts dans sa bouche. Aussitôt, Lucas espéra que d'autres parties de son corps étaient aussi douces et soyeuses.

Puis il ne put attendre plus longtemps. Il avait besoin de la goûter encore, de l'embrasser longuement et passionnément jusqu'à ce que son sexe soit si dur qu'il ne puisse se libérer de son désir qu'en s'enfonçant en elle. Saisissant une jambe d'Ivy, il l'enroula autour de sa taille.

Mais elle recula, les lèvres gonflées et légèrement entrouvertes. Elle était incroyablement sexy !

— Je suis trop âgée pour faire l'amour contre un mur, dit-elle. La chambre est par-là.

Lucas ne put s'empêcher de rire, mais il se laissa entraîner jusqu'à la chambre. Elle le poussa sur le lit, après quoi elle lui ôta son pantalon et son boxer avant de grimper sur lui et de le chevaucher.

Parfait. Si elle voulait du sexe sans complications, il était son homme. Il posa les mains sur ses cuisses.

— Ivy Hurst, vous aimez être dessus ?

— J'aime...

Elle frissonna, car il venait de glisser un doigt en elle. Elle était chaude et humide, prête pour lui.

— J'ai envie d'être en toi. Maintenant, dit-il.

Il n'arrivait pas à le croire. Après leur antagonisme, c'était comme un rêve.

— Non, dit-elle. Pas encore.

Elle posa la main sur son sexe durci, les yeux humides de désir, puis s'en empara pour infliger à Lucas un délicieux supplice.

Il glissa en elle un deuxième doigt et entama un mouvement de va-et-vient. Elle se raidit et se mit à respirer très vite.

— Mon Dieu, Lucas ! gémit-elle en rejetant la tête en arrière.

La façon dont elle avait prononcé son prénom ressemblait à une prière. Il repoussa sa main, craignant de parvenir à l'orgasme avant même d'avoir commencé.

— Tu as des préservatifs ?

— Non ! Je les ai tous jetés.

— Avec le reste, dans le jardin ?

— Oui, mais je le regrette maintenant.

— Heureusement que j'en ai un, alors.

Lucas tendit la main vers le sol et sortit son portefeuille de la poche de son pantalon. Dès qu'il trouva le sachet, il le déchira avec les dents.

— Tu as toujours des préservatifs sur toi ? demanda Ivy. Tu es accro au sexe ?

— J'aime être prêt pour toute éventualité.

En riant, elle lui prit le préservatif des mains et le déroula sur son sexe dressé. Dès que ce fut fait, il se plaça entre ses jambes. Elle se pencha pour l'embrasser, et il prit ses seins dans ses mains. La bouche d'Ivy était chaude et humide. Il ne pensait pas avoir connu auparavant une telle érection. Il lui fallut déployer tout son contrôle pour ne pas exploser.

Oui, c'était un rêve, et il ne voulait pas se réveiller.

Ivy prit une profonde inspiration et se laissa retomber lentement, chacun de ses nerfs vibrant des derniers vestiges de son orgasme, mais elle en voulait davantage.

Posant les mains sur sa taille, Lucas la souleva un peu, puis elle redescendit doucement le long de son sexe et vit son beau visage crispé par le plaisir. Elle lui faisait cet effet… elle le rendait fou de désir.

Pourtant, waouh ! cela ne lui ressemblait pas.

Elle n'avait jamais couché avec un homme qu'elle connaissait à peine. Elle ne prenait pas ce qu'elle voulait. Elle ne jouait pas.

Et c'était justement ce qu'elle était en train de faire. Elle aimait cette nouvelle version d'elle-même.

Haussant les hanches, Lucas s'enfonça plus profondément en elle, et elle cessa de penser pour mieux jouir d'une sensation après l'autre. Elle eut un pincement au cœur quand leurs regards se croisèrent et se retinrent.

Regarde-moi.

Une fois de plus, elle se dressa au-dessus de lui et redescendit lentement. Lucas gémit, puis bougea les hanches pour s'accorder à son rythme.

Elle se pencha en avant et posa les mains sur ses épaules lorsqu'il accéléra, tâchant de graver dans sa mémoire chacune des sensations qu'elle éprouvait. Le goût de Lucas, son odeur, son sexe en elle, ses mains sur elle, l'anticipation du plaisir qui allait venir.

Quand les yeux de Lucas se voilèrent, elle se sentit tomber, tomber de plus en plus vite et de plus en plus fort jusqu'à ce que les doigts de son partenaire se crispent sur ses bras. Au moment où elle cria son prénom, elle explosa en un million d'éclats.

Elle venait sans doute de signer un pacte avec le diable ; elle allait l'aider à mentir à sa famille. Mais elle ne regrettait pas une seule minute de l'avoir fait.

Lucas était étendu sur le dos, Ivy blottie contre lui. Lorsqu'il parvint enfin à parler, il lui avoua :

— Ivy, je t'ai menti.

Elle se redressa aussitôt, les sourcils froncés.

— Tu as fait quoi ? Ne me dis pas que tu as quelqu'un dans ta vie. Je déteste l'infidélité.

— Eh ! Il ne s'agit pas de ça. Je t'ai dit qu'il n'y avait pas mieux que le kitesurf, mais je pense que le sexe avec toi l'emporte largement. Tu es désormais mon hobby préféré, conclut-il en l'embrassant sur la joue.

Elle se mit à rire.

— Pour ma part, je crois que je préfère le tricot, mais tu occupes la deuxième place.

Lucas regarda autour de lui. Tout était parfaitement en ordre. Il devinait que la porte fermée devait donner sur une penderie ou un dressing. Il y avait une chaise ancienne et une banquette de fenêtre garnie d'un coussin bleu. Il ne voyait même pas un livre sur la table de nuit. Apparemment, elle n'utilisait cette chambre que pour y dormir. En revanche, des photos d'arbres tortueux en noir et blanc ornaient les murs.

— Tu tricotes ? Je n'y crois pas une seule seconde.

— En réalité, je n'en ai pas le temps, répondit Ivy en riant. J'avais beaucoup de loisirs, autrefois. Je faisais de l'équitation, du yoga, du shopping, mais maintenant je me consacre uniquement au travail. Tu n'auras pas grand-chose à découvrir sur moi, pour en parler à tes parents. Tu n'auras qu'à dire que je suis un bourreau de travail.

— Tu devrais garder un peu de temps pour toi.

— Sans doute, mais je mets toute mon énergie dans le boulot, depuis ma rupture avec Grant. Je sais que c'est une erreur, mais c'était la seule chose qui pouvait me distraire. Tu as des suggestions ?

— Énormément.

Du bout du doigt, il lui caressa la hanche et l'attira contre lui.

— En tout cas, je sais à quoi ressemble ton appartement et aussi que tu as un très bon goût. Ma mère apprécierait.

— Tu vas lui parler de mes photos d'eucalyptus ?

— Eh bien, je peux difficilement lui dire à quel point tu es bonne au lit ou à quel point j'apprécie tes baisers. Ils sont époustouflants. Mais attends… j'ai besoin de le vérifier.

Prenant le visage d'Ivy entre ses mains, Lucas l'embrassa longuement. Lorsqu'il s'écarta pour respirer, il lui sembla que ses poumons avaient été baignés dans du miel tiède.

— Non, je ne lui parlerai pas de tes baisers, mais je peux lui dire que tu possèdes une jungle de plantes vertes.

— N'oublie pas les vraies, celles qui sont sur le balcon. Il fait le tour de mon appartement, si bien que j'ai du soleil l'après-midi et le soir. Je ne voudrais vivre nulle part où je ne pourrais pas m'asseoir dehors. Mes plantes en pot sont mon orgueil et ma joie. Est-ce que ça ne fait pas de moi une vieille ? À trente-neuf ans, je ne suis plus toute jeune, hélas !

— Tu l'es plus que moi, en tout cas. Tu as seulement acquis la sagesse suffisante pour savoir ce que tu veux. Les personnes sages savent que les plantes rendent le monde meilleur. Et puis, tu as la main verte...

Lucas cessa de respirer quand Ivy fit courir les doigts le long de sa cuisse avant de les poser sur son sexe. Il l'embrassa dans le cou.

— Je constate que tes mains possèdent des talents multiples.

— Et quels sont les vôtres, docteur Matthews ?

— En dehors de mes baisers extraordinaires et de mes dons exceptionnels sur le plan sexuel ?

— Je dois les mentionner devant ta mère ?

Cette question ramena Lucas à l'accord qu'il avait passé avec Ivy. Lorsqu'ils en avaient parlé au restaurant, le plan paraissait relativement simple, mais maintenant il n'en était plus aussi sûr.

Ivy lui plaisait énormément, et il avait le sentiment qu'il regretterait d'avoir monté cette comédie, si les choses ne tournaient pas comme ils l'avaient prévu.

Coucher avec elle tout en faisant croire à ses parents qu'elle était sa fiancée était peut-être une erreur...

Adoptant un ton léger, il déclara :

— Je fais aussi un très bon café.

— Ce sera ta mission demain matin, alors. Je veux dire... Tu n'es pas obligé de rester, évidemment. Mais l'hôpital est tout proche, et... Bref, je ne sais pas très bien où sont les limites. Ma dernière relation a duré cinq ans. Il est resté. Jusqu'à ce qu'il ne reste plus.

Lucas ne sut que répondre. Voulait-il passer la nuit chez Ivy ? Dormir avec elle ? Se réveiller auprès d'elle ? Faire le café ? Jouer au petit couple ?

Il ne l'avait jamais fait. Les femmes avec lesquelles il sortait connaissaient les règles : il ne s'attardait pas. C'était *toujours* temporaire, il ne pouvait aimer personne, et jamais il ne serait responsable de la vie de quelqu'un d'autre ou de son bonheur.

À l'idée de quitter Ivy, il sentit sa poitrine se contracter.

Déposant un baiser sur son nez, il évita la moindre remarque qui ressemblerait à un engagement ou à une rebuffade.

— Il faut que je rentre chez moi pour me changer.

Elle battit des paupières.

— Bien sûr.

Il crut déceler un certain soulagement dans sa voix, ce qui n'était pas non plus très plaisant. Une raison de plus pour s'en aller au plus vite.

Encore cinq minutes.

La perspective de quitter ce lit était déprimante.

— À propos, dit-il, pourquoi as-tu reculé, quand j'ai essuyé cette goutte de *phô*, sur ton menton ?

Elle fit la grimace.

— Désolée, mais c'est le genre de choses que Grant faisait, me traiter comme une enfant ou un animal domestique. Je suis une adulte.

Lucas l'attira contre lui.

— Je comprends. Ma petite sœur détesterait ça, elle aussi. Elle déteste aussi que j'utilise l'adjectif « petite ». Elle prétend que je la considère comme un bébé. Elle a sans doute raison, mais c'est ma petite sœur, et c'est à moi de la protéger.

— Quel âge a-t-elle ?

— Vingt-huit ans.

— Ce n'est plus un bébé ! Et toi ?

— Quarante et un.

— C'est une grande différence.

— Mes parents ont eu trois garçons d'affilée. Flora a été le bébé de la dernière chance, pour ma mère. Elle en aurait voulu un autre, pour qu'ils grandissent ensemble, mais ce n'est pas arrivé, et Flora est devenue notre mascotte.

Jusqu'à ce qu'il détruise tout.

Submergé par le dégoût de lui-même, Lucas s'écarta d'Ivy.

— Je vais partir. Nous avons tous les deux besoin de dormir avant d'entamer une nouvelle journée de travail.

— Et ensuite ?

C'était la question à un million de dollars.

— Nous devrons mettre au point notre stratégie.

— Notre stratégie. D'accord.

— Samedi prochain. À moins que tu ne sois de garde.

— C'est parfait. Je te ferai parvenir la chronologie des interventions, pour Emma.

— Super.

La conversation s'orientait de nouveau sur le travail. Tant mieux, ça il pouvait le gérer.

En revanche, il ne savait pas comment il pourrait gérer l'excitation qui l'envahissait à l'idée de passer du temps avec Ivy Hurst.

5

Qu'avait-elle fait ?

Qu'était-elle en train de faire ?

Tout en sirotant sa tasse de café, Ivy se repassait en boucle les événements de la nuit précédente.

Mais si elle se reprochait sa faiblesse, elle était bien obligée de reconnaître que c'était la meilleure chose qui lui était arrivée depuis longtemps. Dans la mesure où cela ne faisait de mal à personne, elle avait bien le droit d'en savourer chaque seconde.

Lucas était un amant extraordinaire.

— Salut, Ivy. Désolée, je suis en retard.

Phoebe la serra dans ses bras avant de s'asseoir en face d'elle, sur l'imposant canapé chesterfield du Père Up, le petit café qui se trouvait de l'autre côté de la rue, en face de l'hôpital. Elle posa son café sur la table basse et sourit.

— Tu as l'air… heureuse.

— Je le suis, répliqua Ivy en lui rendant son sourire.

— OK. Crache le morceau… ou dis-moi plutôt qui a plaqué ce sourire sur ton visage.

Ivy baissa la voix pour que les membres du personnel hospitalier ne puissent pas l'entendre. C'était peu probable, d'ailleurs, car les tables étaient séparées par des plantes et des palmiers qui faisaient de l'endroit un véritable jardin intérieur.

— J'ai couché avec Lucas Matthews cette nuit.

Phoebe fit mine de s'étouffer.

— Je dois être folle : il me semble avoir entendu que tu avais couché avec Lucas Matthews, le chirurgien plasticien.

Un délicieux sentiment de fierté submergea Ivy.

— C'est bien ça.

— Je le savais ! Je savais qu'il y avait un homme dans ton bureau quand je t'ai téléphoné. Mais je croyais que tu ne l'aimais pas.

— Je ne le connaissais pas et je me suis trompée à son propos. En fait, il est... plutôt chaud.

— Il y a plein d'hommes chauds à l'hôpital, pourtant tu ne couches pas avec eux. Qu'est-ce qui s'est passé ?

— Eh bien... on s'est disputés, ensuite il y a eu une urgence, puis une explication, et enfin on a dîné ensemble et on a révisé nos positions... littéralement.

Ivy se mit à glousser. Seigneur ! Depuis quand faisait-elle cela ?

— Va moins vite ! la supplia Phoebe. Tu peux reprendre ton récit plus lentement ?

— D'accord. Il est venu dans mon bureau pour me parler d'Emma, et on n'était pas d'accord sur la date de son intervention reconstructrice. Ensuite, un des patients que j'ai opérés s'est évanoui sous nos yeux. Hémorragie artérielle. Bloc, opération, etc. Ensuite j'ai dîné avec lui parce qu'il connaissait un resto super. Il pensait que je ne pouvais pas me contenter d'un sachet de nouilles déshydratées.

Ivy soupira. Elle se perdait dans les détails, pourtant elle ne pouvait pas s'en empêcher. C'était absurde !

— Puis j'ai accepté de jouer le rôle de sa petite amie pour un gala de charité. Et on est rentrés chez moi.

Tout en parlant, elle prenait conscience que son histoire ressemblait à un scénario de film, pas du tout à sa vie.

Phoebe secoua la tête, visiblement abasourdie.

— Vous avez fait... quoi ? Je n'arrive pas à suivre.

— C'était extraordinaire. Et on a rendez-vous samedi prochain.

— Waouh ! Donc, c'est vrai ? Tu as couché avec Lucas Matthews ? Et tu vas recommencer ?

Ivy foudroya son ami du regard.

— Parle moins fort. Seulement jusqu'au gala, ensuite ce sera terminé.

En réalité, Lucas et elle n'avaient pas précisé si le sexe faisait partie du contrat, mais après cette nuit elle l'espérait.

Phoebe secoua la tête.

— Je n'ai pas de mots.

— Phoebe, répliqua Ivy en riant, tu as toujours des mots.

— Je suis en état de choc. Après Grant, je pensais… Hier encore, tu disais…

— J'ai définitivement chassé Grant de mon esprit.

Phoebe écarquilla les yeux et s'agita sur son siège.

— Quand on parle du loup… Il approche sur ta gauche, grommela-t-elle tout bas.

— Qu'est-ce qui t'arrive ? Tu es frappée d'aphasie ? demanda-t-elle tandis que les paroles de son amie se frayaient un chemin dans son esprit.

Lucas se trouvait-il tout près ? Elle se retourna, excitée et anxieuse à la fois.

— Grant ! Oh !

Elle aurait dû s'en douter, vu que son ex fréquentait lui aussi ce café. L'excitation d'Ivy se mua en agacement.

Grant déposa un baiser sur sa joue.

— Quelle coïncidence ! Tu es… rayonnante.

Ivy se leva d'un bond.

— Ne fais pas ça, s'il te plaît.

— Quoi ? Je dis juste que tu es ravissante.

— Ne m'embrasse plus jamais, Grant. Je ne suis pas ton chat ou ton chien, et certainement pas ta petite amie.

— Oh ! Je voulais juste…

— Quoi ?

Il l'avait trompée, humiliée. Il lui avait brisé le cœur, et maintenant il voulait lui faire la conversation ?

— Je passais prendre un café et je t'ai vue, superbe. On pourrait peut-être dîner ensemble.

Quel culot ! C'était déjà assez moche de devoir travailler dans le même hôpital et de risquer de le croiser chaque jour, mais dîner avec lui ? Pas question.

Ivy songea Lucas. Après leurs ébats, elle s'était sentie allégée, libre pour la première fois depuis longtemps.

— Grant, à moins que nous ayons une discussion professionnelle, je préférerais que tu ne me parles plus du tout. Nous deux, c'est terminé.

Prenant son sac, elle passa la bandoulière à son épaule comme si elle s'apprêtait à partir. Grant la fixa un instant, les épaules légèrement affaissées. Son regard alla d'Ivy à Phoebe, et finalement il saisit ce qu'elle lui disait.

— Ne pars pas à cause de moi. J'y vais. Au revoir, Phoebe.

Pinçant les lèvres pour réprimer un rire, celle-ci répondit :

— Au revoir, Grant.

Il fit un pas vers la porte avant de se retourner.

— Tu es très belle, Ivy.

— Grant !

Pour la première fois, il prit un air penaud.

— Je sais. Je suis désolé. Pour tout.

— Tant mieux.

Lui tournant le dos, Ivy se rassit et compta jusqu'à 10.

— Il est parti ? chuchota-t-elle.

— La porte vient de se refermer derrière lui, murmura Phoebe. Je crois qu'il ne t'ennuiera plus de sitôt. Tu as été grandiose. Il a raison, tu sembles différente. Tes yeux étincellent, ta peau à un éclat inhabituel. Le sexe te va bien.

— Le bon, oui. Avec Lucas, mais pas avec Grant.

Phoebe éclata de rire.

— Qui êtes-vous et qu'avez-vous fait de mon amie ?

— Elle s'amuse pour la première fois depuis longtemps.

— J'en suis ravie pour elle. Mais plus sérieusement… fais attention.

— On s'est protégés, si c'est ce que tu veux dire.

À ce sujet, il faudrait qu'elle passe à la pharmacie pour s'approvisionner au cas où cela deviendrait une habitude. Elle frissonna de plaisir à cette idée. Le samedi ne viendrait jamais assez vite.

— On sait toutes les deux que la contraception n'est jamais sûre à 100 %. Mais je te conseillais surtout de prendre soin de ton cœur.

— Je compte bien le garder à l'abri. Tout ça n'est que temporaire et destiné à ce que sa mère lui fiche la paix. Nous avons passé un marché duquel je tire déjà le seul bénéfice que j'espérais.

— Une partie de jambes en l'air incroyable ?

— Exactement, et aussi le fait que maintenant Grant sait exactement ce qu'il rate.

— Il le sait. Mais tu accordes trop facilement ta confiance, Ivy, et je ne veux pas que tu sois blessée de nouveau. Tu as mis du temps à te remettre du mal que t'a fait Grant.

— Cette fois, je suis parfaitement lucide. C'est quelque chose que je fais pour moi, rien de plus.

Phoebe adressa à son amie un sourire inquiet.

— D'accord, mais n'oublie pas que je suis là pour toi.

— Je le sais. Merci, mais tout va bien se passer.

Le bipeur d'Ivy se mit à vibrer. Elle lui jeta un coup d'œil et fit la grimace.

— Mon interne a besoin de me parler, alors que la journée de travail n'est même pas commencée.

— De toute façon, il faut que j'y aille aussi, répliqua Phoebe en se levant. Cette fois, j'ai réussi à boire une tasse de café entière, c'est ce que j'appelle une victoire.

Ivy était déjà concentrée sur ton travail et sur ses chances de croiser un certain chirurgien qui embrassait comme un dieu.

De retour dans son service, Ivy discuta avec Samreen, son interne, qui la mit au courant de l'état d'Emma avant qu'elles aillent la voir.

— La douleur abdominale empire, et apparemment ça ne fait que commencer.

— On a les résultats du scan d'hier soir ?

Samreen soupira.

— Non. Le labo est débordé par les urgences, et ils n'ont pas eu le temps de s'en occuper. Ils ont promis que ce serait fait ce matin.

— Rappelle-les et dis-leur que pour nous aussi c'est urgent. Les bébés vont bien ?

Samreen consulta l'ordinateur de la station centrale.

— L'échographie d'hier n'a rien montré d'inhabituel. Les deux bébés vont bien malgré le traumatisme subi par leur mère.

— Tant mieux. Il n'est pas facile à gérer à la fois des blessures aussi graves et une grossesse gémellaire. Nous devons nous assurer de ne rien rater. Pas d'autres symptômes ?

— Pas de diarrhées, mais Emma a vomi trois fois ce matin.

— Ça n'était jamais arrivé auparavant. Et tu dis que la douleur abdominale empire ?

— Oui, mais comme Emma prend des antalgiques à cause de ses blessures, elle n'apparaît que lorsque leur effet diminue.

— Je vais de nouveau l'examiner, déclara Ivy, et voir si nous pouvons déterminer ce qui lui arrive. Cette pauvre femme souffre de nombreuses blessures, et elle est enceinte. Ses douleurs peuvent donc avoir plusieurs causes potentielles. Mais les vomissements sont nouveaux, et c'est mon plus grand souci pour l'instant.

Samreen consulta la tablette qu'elle tenait à la main.

— Les résultats des analyses sanguines viennent d'arriver, et son taux de globules blancs est en train de grimper. Ça pourrait être une infection au niveau du cathéter ou n'importe quoi d'autre, y compris au niveau urinaire.

En général, Ivy profitait de ce genre d'énigmes médicales pour approfondir l'enseignement qu'elle prodiguait à ses internes.

— Exact. Les nausées et les vomissements pourraient être des effets secondaires des médicaments. Mais si une femme en bonne santé présente ces symptômes, à quoi penses-tu en premier lieu ?

— À une appendicite ?

— Oui. Quelles sont les chances qu'il s'agisse d'une appendicite, en l'occurrence ?

— Les mêmes que pour n'importe qui, je suppose.

— C'est vrai, mais ne sautons pas sur des conclusions trop vite. En attendant les résultats du scan, je vais retenir une salle d'opération à tout hasard.

— C'est le dossier d'Emma ?

La voix de Lucas fit sursauter Ivy, qui sentit son cœur bondir dans sa poitrine.

— Bonjour, Lucas, dit-elle en se retournant.

Elle frissonna à la vue de l'homme avec qui elle avait couché. Cette bouche souriante lui avait donné tant de plaisir ! Ces mains. Cet homme. Elle l'avait chevauché, et maintenant elle s'efforçait de se comporter normalement.

Samreen lui tendit la tablette.

— Elle ne va pas très bien, aujourd'hui. Il se peut que ce soit une appendicite.

— Ah ! fit Lucas, les sourcils froncés. En plus du reste ?

— Les symptômes pourraient l'indiquer, répondit Ivy, mais d'autres causes sont possibles. Nous procédons par élimination jusqu'à ce que nous ayons les résultats du scan.

— Pas de problème avec les bébés ?

— Jusqu'à maintenant, ils vont très bien. L'appendicite pourrait expliquer les variations de température, le taux de globules blancs et les vomissements.

— Pauvre femme ! Comme si elle n'avait pas assez de problèmes !

Lucas semblait sincèrement affecté. Ivy était toujours touchée par la compassion qu'il témoignait à ses patients, mais elle avait le sentiment qu'en ce qui concernait Emma, il y avait quelque chose de plus personnel.

— En tout cas, s'il s'agit d'une appendicite, dit-elle, je peux l'opérer.

— Et moi, traiter ses brûlures.

Ivy leva les yeux au ciel.

— Laisse-moi le temps de savoir au moins ce qui se passe et d'agir en conséquence.

— Bien entendu. Tu vois ? Nous sommes capables de négocier comme des adultes responsables. Je peux lui parler ?

— Évidemment. Je ne l'ai pas encore vue, aujourd'hui, alors je t'accompagne.

Ivy sourit intérieurement. En effet, ils négociaient, comme quoi des miracles pouvaient toujours arriver. Certes, leurs ébats y contribuaient, mais il était essentiel de bien séparer vie privée et vie professionnelle.

Si seulement elle avait pu oublier la façon dont il l'avait embrassée en la plaquant contre le mur de sa cuisine !

Un instant plus tard, ils entraient dans la chambre d'Emma.

— Bonjour, Emma, dit Lucas. Comment allez-vous aujourd'hui ?

Lorsqu'il s'adressait à ses patients, Lucas utilisait toujours un ton calme, empreint de sollicitude, et ferme à la fois. Le rouge monta aux joues d'Ivy, lorsqu'elle songea aux gémissements qu'il avait poussés en jouissant.

Samedi.

L'expérience de la nuit précédente se répéterait-elle, ou bien l'atmosphère entre eux serait-elle tendue ?

Emma caressa lentement son ventre arrondi, le visage crispé. Elle était blême, et des cercles sombres soulignaient ses yeux.

— Pas très bien, docteur. J'ai mal au ventre, aujourd'hui.

— Les bébés vous donnent des coups de pied ?

Emma sourit malgré la douleur.

— Ça ne me gêne pas en soi. Je voudrais juste qu'ils les donnent ailleurs.

— Eh bien, je n'ai jamais attendu d'enfants, si bien que je ne peux pas parler d'expérience, dit Lucas en adressant à sa patiente son plus beau sourire, mais j'ai l'impression que ce n'est pas génial. Ne vous inquiétez pas, le Dr Hurst va tout faire pour arranger les choses. Ensuite, on s'occupera de vos brûlures, et vous rentrerez chez vous. Personne n'aime rester à l'hôpital, pas même moi.

Emma lâcha un pauvre rire.

— Je l'espère. Vous devez avoir une famille qui vous attend à la maison.

Lucas battit des paupières.

— Seulement un appartement désert. Mais j'ai des frères, une sœur et des parents.

Emma hocha la tête.

Sachant que Lucas n'en dirait pas davantage, Ivy se concentra sur sa patiente.

— Dès que nous aurons vos résultats, nous pourrons prendre des décisions. En attendant, essayez de vous reposer.

Se tournant vers Lucas, elle ajouta :

— Je te communique ses résultats dès que je les ai.

Sur ces mots, elle sortit de la chambre et gagna la station centrale.

— N'oublie pas… samedi, fit la voix de Lucas à son oreille.

Aussitôt, les cheveux d'Ivy se dressèrent sur sa nuque, et son corps s'inclina vers lui comme s'il avait une sorte de pouvoir magnétique.

— Bien sûr, dit-elle. Le complot.

Elle appuya sur ce dernier mot pour bien leur rappeler à tous les deux que leur histoire n'avait pour but que tromper la mère de Lucas. Rien d'autre.

— Le complot, oui. Je passerai te prendre vers 8 heures.

— Aussi tôt ? C'est mon jour de congé, je te rappelle.

— Tu ne le regretteras pas, chuchota-t-il. C'est une promesse.

Tremblant presque de désir, Ivy regarda autour d'elle, mais personne ne semblait avoir remarqué leur manège.

— Vraiment ?

— C'est certain, affirma-t-il plaisamment. Mets un pantalon et prends une veste. Il pourrait faire froid.

— Pourquoi ?

— Je ne vais pas gâcher la surprise !

Il lui adressa un clin d'œil avant de s'éloigner.

— Je compte sur toi pour me tenir au courant au sujet d'Emma, lança-t-il à voix haute.

— Bien entendu, répliqua Ivy.

Ce samedi n'arriverait jamais assez tôt !

6

Lucas avait attendu le samedi comme un gosse attend Noël et les cadeaux qu'on lui a promis s'il va se coucher sans faire d'histoires.

Mais le sommeil le fuyait, ces temps-ci, parce qu'il ne cessait de se repasser le film de ses ébats avec Ivy.

Et il brûlait d'en revivre.

Il n'était pas habitué à ça. Jamais il n'avait été obsédé par une femme au point de devenir insomniaque. Jamais il n'avait planifié des rendez-vous ultérieurs. Et surtout, jamais il n'avait sollicité une faveur auprès de vieux copains, rien que pour voir une femme sourire.

Et justement Ivy arborait un large sourire lorsqu'il se gara près du parc national Ku-ring-gai et lui montra deux chevaux sellés qui attendaient près de box en bois. Curieusement, il se sentait extrêmement fier de lui.

Les yeux d'Ivy scintillèrent lorsqu'elle comprit le but de leur expédition.

— On va monter à cheval ?

— Non, dans un aéroplane.

L'excitation d'Ivy lui donnait une furieuse envie de la prendre dans ses bras. Sa bouche brûlait de l'embrasser.

— Bien sûr, qu'on va monter à cheval ! s'exclama-t-elle. Merci mille fois ! J'ai hâte !

Elle le suivit jusqu'aux écuries.

— Tu as dit que tu aimais l'équitation, alors j'espère que c'est une bonne idée.

— La meilleure... mais j'ai aussi dit que j'adorais un certain nombre de choses.

— Pour être honnête, le yoga et le tricot étaient un peu hors de ma portée, admit Lucas.

Cédant finalement à la tentation, il la prit par la main, regrettant soudain de ne pas l'avoir plutôt invitée à prendre le petit déjeuner chez lui. Ensuite, ils l'auraient mangé au lit.

Ou plutôt, il aurait dévoré Ivy dans son lit.

— Bonjour, ma belle, roucoula Ivy en s'approchant d'un des chevaux. Oh ! Ça fait vraiment longtemps que je ne suis pas montée à cheval. Je me suis toujours promis de m'inscrire dans un centre d'équitation, mais je n'ai jamais trouvé le temps de le faire. Je n'aurais jamais pensé à ça… pour un rencard.

Elle leva les yeux vers lui, et son sourire s'effaça.

Il se demanda à quoi elle pensait. Ils étaient là pour peaufiner leur petite comédie, non ? Ce n'était pas un rencard, même si cela y ressemblait beaucoup.

— Je me suis dit que ce serait mieux que d'aller au restaurant une deuxième fois, expliqua-t-il.

— Lucas !

Son vieil ami, George, et son mari, Ivan, sortaient des écuries et agitaient les bras.

— Salut, les gars. Comment allez-vous ? Ivan, George, je vous présente Ivy.

Après avoir salué Ivy, George embrassa Lucas.

— Espèce de vieux sournois, ça ne te ressemble pas, lui murmura-t-il à l'oreille.

— J'en suis conscient, mais ne va pas te faire des idées.

Lucas jeta un coup d'œil à Ivy, qui bavardait avec Ivan.

— Vraiment ? Tu attises ma curiosité. Je veux que tu me donnes tous les détails, pendant qu'elle est occupée.

Lucas soupira.

— C'est une longue histoire.

— Tu as deux minutes, alors fais vite.

— Toi, tu as discuté avec ma mère ! répondit Lucas en riant.

Leur amitié datait de l'époque où leurs mères les avaient inscrits à un cours de bébés nageurs. Elle s'était cimentée à l'école, et Lucas avait été honoré quand George lui avait demandé d'être son témoin de mariage, quatre ans auparavant. Cette union avait été une grande surprise, car George avait toujours affirmé ne pas être du genre à se mettre en couple, tout comme Lucas. Mais son bonheur conjugal était manifeste, et Lucas l'enviait presque.

Presque.

En ce qui le concernait, Lucas estimait qu'il valait mieux pour tout le monde qu'il reste célibataire jusqu'à la fin de sa vie. De cette façon, personne ne serait blessé.

— Pas de mères dans la boucle, c'est promis, dit George. Je m'inquiète seulement pour toi. J'ai peur que tu finisses seul et triste.

— Merci pour ce résumé pessimiste de ma vie.

— Pessimiste, mais lucide. En tout cas, elle a l'air sympathique, alors je me demande ce qu'elle fait avec toi.

Ivy leur tournait le dos et riait tout en caressant un cheval. Le soleil allumait des reflets bronze et or dans ses cheveux, et son joli derrière était moulé dans un jean. Elle incarnait la femme parfaite : elle était belle, drôle, humaine et sexy. Une vague de chaleur gonfla soudain la poitrine de Lucas.

Il aurait voulu lui enlever ce jean, l'étendre sur l'herbe et s'enfoncer en elle.

Ce n'était que cela.

Il ne s'agissait que d'attirance physique. Il n'était tout simplement pas encore rassasié d'elle. Pour cela, il y avait une recette toute simple.

Réalisant qu'il était en train de se perdre dans ses rêveries, il reporta son attention sur son vieil ami.

— Merci pour les chevaux, lui dit-il. Je t'en dois une.

— En effet. Une invitation à dîner, peut-être ? On pourrait mieux faire connaissance avec Ivy.

— Oui, eh bien… éventuellement. Nous sommes juste… amis. Il n'y a rien de sérieux, entre nous.

— J'en doute. Je ne t'ai jamais vu garder une petite amie plus de deux minutes. Tu sais que tu as le droit de faire confiance aux autres ?

Il aurait dû savoir que George chercherait à le pousser dans ses retranchements !

— Ce n'est pas en Ivy, que je n'ai pas confiance, mais en moi-même.

— Pour quelle raison ?

— Elle ne serait pas en sécurité, avec moi. Personne ne le serait.

— Tu fais allusion à ce qui s'est passé avec Flora ? Il est temps que tu te pardonnes.

— Je ne le peux pas et je ne le ferai pas. Quant à Ivy, c'est juste pour le fun. Il n'y a rien de sérieux.

— Pourtant, tu m'empruntes mes chevaux pour l'impressionner.

Comment expliquer à George qu'il avait seulement voulu faire plaisir à Ivy ?

— Ce n'est pas cela. Je me suis dit que ce serait amusant.

George sembla sceptique.

— J'espère qu'elle sait monter.

Oui, mon pote, et très bien, même.

Lucas se rappela comment Ivy l'avait chevauché, comment elle s'était adaptée à son rythme. Ils s'étaient accordés l'un à l'autre, devinant instinctivement ce que l'autre voulait, ce dont il avait besoin.

Il avait hâte de revivre ces instants intenses, même s'il avait affirmé ne pas vouloir s'engager. Après tout, il s'agissait de sexe, pas de mariage.

— Je ne suis pas montée depuis longtemps, lui lança Ivy, mais je suis sûre que ça va me revenir. J'ai hâte qu'on y aille. J'espère que tu es bon cavalier, Lucas, conclut-elle en riant.

Il se demanda si elle avait saisi une partie de sa conversation avec George.

— Absolument, répliqua-t-il en soutenant son regard pour qu'elle saisisse l'allusion.

Elle pinça les lèvres et fronça les sourcils, comme pour le faire taire. Mais il remarqua l'éclat de ses yeux.

— Comme tu es beau ! dit-elle en caressant le museau d'un cheval.

Se tournant vers Lucas, elle précisa :

— Juste pour que tu ne te fasses pas d'illusions, je parle au cheval.

— Bien sûr.

Lucas lui tendit un casque et en régla la jugulaire. Elle leva les yeux vers lui, visiblement heureuse et confiante.

Leurs bouches étaient si proches qu'il faillit se pencher pour l'embrasser, mais il se retint et recula. Pas question que George en soit témoin d'une telle scène et y voie de quoi confirmer ses doutes.

S'approchant d'eux, son ami lui tendit un petit sac à dos.

— Votre déjeuner. Il y a un coin idéal pour pique-niquer, près de la marina. Amusez-vous bien.

Glissant un pied dans l'étrier, Ivy se hissa sur le dos de sa monture.

Lucas songea qu'elle ressemblait à une reine guerrière. Une fois de plus, il rêva de lui ôter ses vêtements et de lui faire l'amour.

— Ne t'inquiète pas, dit-il. Je compte bien m'amuser.

Le cœur d'Ivy était empli de joie, tandis qu'ils parcouraient au trot la propriété de George et d'Ivan avant de s'enfoncer dans le bois du parc, qui résonnait de chants d'oiseaux.

Elle caressa l'encolure de Patty, sa jument.

— C'est bon, d'être en selle de nouveau et de respirer l'air pur, après avoir été si longtemps en ville.

Le sentier était juste assez large pour qu'ils puissent chevaucher côte à côte.

— Oui. On peut se lasser de la climatisation de l'hôpital et de l'odeur de désinfectant. Je suis content que ça te plaise.

Ivy inspira profondément.

— Je devrais faire ça plus souvent. Ça remonte vraiment le moral.

La compagnie de Lucas y était pour beaucoup. C'était vraiment un beau cavalier, détendu et solide en même temps. Apparemment, il avait craint qu'elle n'apprécie pas cette sortie. Avait-il dû déployer beaucoup d'efforts, pour l'organiser ? Était-il anxieux à l'idée que ce ne soit pas un succès ?

Cette pensée fit battre plus vite le cœur d'Ivy. Devait-elle voir un signe dans le fait qu'il l'avait présentée à ses amis ?

— Comment as-tu fait la connaissance de George ? demanda-t-elle.

La façon dont ils avaient discuté, presque à voix basse, l'avait intriguée.

— Cela ne date pas d'hier, répondit Lucas. Nos parents étaient amis. Nous avons grandi dans le même quartier, fréquenté les mêmes écoles. Il est comme un frère, pour moi, mais un frère qui m'apprécie pour ce que je suis, précisa-t-il avec un petit rire amer. Il sera au gala, avec Ivan.

— Génial ! Il y aura quelqu'un que je connaîtrai.

— Il y aura d'autres personnes que tu connais, puisque plusieurs gros bonnets de l'hôpital sont invités.

— Dis-m'en davantage.

Comme Lucas ne répondait pas, elle se tourna vers lui et s'aperçut qu'il la fixait bizarrement.

— Tout va bien ? demanda-t-elle.

Il battit des paupières.

— Je pensais à l'autre soir.

— Oh !

Immédiatement, une douce chaleur se répandit en elle. Un instant auparavant, elle avait eu très envie de l'embrasser, mais elle ne l'avait pas fait parce que George les regardait.

— Et alors ? insista-t-elle.

— Je ne voulais pas mentir à George à propos de notre accord. Je ne lui en ai pas parlé, mais je lui ai dit que ce n'était pas sérieux entre nous. Maintenant, je me demande si je n'aurais pas dû lui dire le contraire, au cas où il en parle à sa mère ou à la mienne.

Ivy s'interrogea sur la nature exacte des relations de Lucas avec ses parents. Il semblait les tenir à distance, pourtant il assistait à leur gala.

— Nous ne sommes pas obligés de rentrer à ce point dans les détails, dit-elle. Nous pouvons très bien prétendre que les choses sont devenues plus sérieuses au fil de nos rencontres, et qu'ensuite... tu sais... nous n'étions plus intéressés.

— Tu as sans doute raison. Après avoir été intense, il arrive qu'une liaison amoureuse meure de sa belle mort.

— « Meure de sa belle mort » ? répéta Ivy.

Tout en riant, elle fixa une certaine partie de l'anatomie de Lucas.

Il se dressa sur sa selle en gonflant la poitrine.

— Il y a peu de probabilités que ça arrive. Ivy Hurst, si je n'étais pas à cheval, je te montrerais exactement ce que je veux dire.

— Il faudrait d'abord que tu m'attrapes !

Sur ces mots, elle lança sa jument au galop. Lucas la rejoignit très vite et lui toucha le bras. Ce simple contact fit jaillir des étincelles sous la peau d'Ivy. La surprise lui coupa le souffle, et elle écarta son bras... pour immédiatement le regretter car chaque nerf, chaque cellule de son corps désirait qu'il la touche.

Ils parvinrent parmi des formations rocheuses creusées de grottes sombres, puis empruntèrent un sentier menant à Cowan Creek, le bassin versant principal de la Hawkesbury. Cent mètres plus loin, il y avait la marina et des tables de pique-nique. Deux hors-bords, quelques kayakistes et des touristes profitaient du soleil hivernal.

Lucas se tourna vers Ivy.

— Tu as faim ?

— Je suis affamée.

— Parfait. On peut s'asseoir sur la rive, au soleil.

Il glissa à bas de sa monture et noua ses rênes à un tronc d'arbre, après quoi il aida Ivy à descendre de sa jument. En un instant, elle fut dans ses bras, les hanches, le ventre et les seins pressés contre lui. Elle s'agrippa à ses épaules, la bouche toute proche de la sienne.

Une impatience délicieuse crispa le ventre d'Ivy.

— On dirait que j'ai fini par te rattraper, dit-il en souriant.

— À ce qu'il semble, oui.

Elle frissonna quand les yeux de Lucas parcoururent son corps.

— Tu montes plutôt bien, remarqua-t-il.

— Je suis un peu rouillée, pour être honnête. Mais Patty est très tolérante.

— Je ne parlais pas d'équitation.

Tandis qu'il attachait la jument près de son cheval, il sembla à Ivy que la chaleur de Lucas restait imprégnée en elle. Elle avait une conscience aiguë de chacun de ses mouvements, de la façon dont ses mains nouaient les rênes et flattaient les chevaux. Quand il se retourna et revint vers elle à grandes enjambées, ce fut comme s'ils étaient seuls au monde. Comme si tout ce qui les entourait s'effaçait.

« Je te montrerais exactement ce que je veux dire. »

De nouveau, l'impatience fit frémir Ivy.

Ce sentiment… ces sentiments… elle pouvait les contrôler, les mettre dans une boîte, au fond de son cœur, et en fermer le couvercle. Elle n'était pas submergée par eux. Elle ne se laisserait pas submerger. Elle n'était pas une adolescente gouvernée par ses hormones, mais une femme de presque quarante ans en pleine possession de ses moyens.

Aucun homme ne lui ferait perdre sa maîtrise.

7

Ivy retint son souffle quand Lucas posa la paume sur sa joue. Il la fixait avec une sorte d'intensité, comme s'il cherchait une ancre. Puis ses yeux s'adoucirent quand leurs regards se croisèrent... comme s'il l'avait trouvée.

Ses lèvres frôlèrent les siennes, déclenchant en elle un besoin impérieux. Ce baiser contenait toute l'attente des derniers jours, les sourires discrets échangés, les coups d'œil fugaces dans les services ou les couloirs de l'hôpital.

Une promesse.

Elle noua les bras autour du cou de Lucas tandis qu'il la plaquait contre un arbre et glissait une jambe entre les siennes. Fermant les yeux, elle se cambra contre le renflement dur de son érection.

Lorsqu'il glissa la langue dans sa bouche, elle laissa échapper un gémissement. Ensuite, leur baiser se fit plus passionné, presque sauvage, allumant en elle un véritable incendie.

Après avoir défait les boutons de sa veste en jean, il glissa les mains sous son sweater et s'empara de ses seins à travers son soutien-gorge.

— Seigneur, Ivy, j'en rêve depuis cinq jours. Chaque fois que je te vois au travail, j'ai envie de t'attirer dans un coin sombre et d'explorer ton corps.

Toi aussi ?

Ces fantasmes avaient failli la rendre folle. Lucas avait envahi ses nuits et ses jours, tel un festin hors d'atteinte.

Appuyant l'arrière de la tête contre le tronc de l'arbre, elle contempla son visage.

— Ça aurait été la meilleure façon de te faire virer, dit-elle.

— Mais ça en aurait valu la peine, répliqua-t-il en riant contre sa gorge, avant de tracer un sillon de baisers sur son cou.

— Vraiment ?

Ivy glissa la main entre leurs cuisses et la posa sur le sexe dressé de Lucas.

— Sans doute pas, grommela-t-il, mais presque. En fait, oui, pour en avoir davantage.

Des rires d'enfants retentirent non loin. Aussitôt, Lucas s'écarta d'Ivy.

— Bon sang ! Il semble que le reste doive attendre.

Ivy rajusta ses vêtements, l'esprit embrumé. L'espace d'un instant, elle avait oublié qu'ils étaient dans un espace public.

— Oui. Mais pas trop longtemps.

Il déposa un dernier baiser dans son cou.

— Promis ?

— Essaye seulement de m'en empêcher.

Frissonnante de désir, elle serait volontiers rentrée en ville sur-le-champ si Lucas n'avait pas organisé pour elle cette délicieuse surprise d'une promenade à cheval. Au moins, elle savait dorénavant qu'ils partageaient le même désir, le même besoin. Du coup, elle se sentait plus vivante qu'elle l'avait été depuis des années.

— Et pour le pique-nique ? demanda-t-elle.

— Une chose est sûre, une femme ne peut pas vivre seulement de sexe. Voyons quels plaisirs George nous a réservés.

Du sac à dos, Lucas sortit une nappe qu'il étala sur l'herbe, puis il vida dessus le contenu du sac. Il y avait une bouteille de vin, du fromage et des crackers, des dattes, du raisin, des pommes, des tomates cerises, ainsi que des assiettes, des verres et des couverts en plastique.

Une petite famille passa sur le sentier, à quelques mètres de l'endroit où ils se trouvaient. Lucas et Ivy les saluèrent avant de s'installer pour déjeuner. Elle était profondément soulagée que les rires excités des enfants les aient stoppés dans leur élan. Manifestement, chaque fois qu'elle se trouvait avec Lucas, elle cédait trop facilement à la tentation.

Ce dernier fouillait encore dans le sac.

— Il semble que George ait pensé à tout, dit-il en en sortant une boîte de préservatifs.

Ivy éclata de rire.

— Sortez couverts, c'est ça ?

— George n'a jamais été un enfant de chœur, crois-moi. Mais je vais lui dire deux mots. Je suis désolé.

— Ne le sois pas. Remercie-le plutôt de m'avoir fait rire. Et il a raison : mieux vaut prendre ses précautions.

Lucas secoua la tête et réussit à esquisser un sourire.

— Je vais le tuer.

Tout en mangeant, Ivy et Lucas parlèrent de George et de l'amitié en général. Ivy lui raconta quelques-unes des bêtises qu'elle avait faites avec ses amies, Harper, Phoebe et Ali. Et comment leur amitié n'avait fait que se renforcer au cours des années.

— Franchement, j'ignore comment je m'en serais sortie sans elles, après ma rupture avec Grant. On connaît ses vrais amis quand tout va mal, non ?

— Je ne les connais qu'en tant que collègues, mais elles ont l'air très sympa.

— Elles le sont vraiment. Et maintenant que nous travaillons toutes dans le même hôpital, nous nous amusons bien.

— Sauf quand les urgences sont bondées, je suppose. À ce propos, je sais que nous ne devrions pas parler boulot, mais…

— Pourquoi pas ? C'est notre point commun, après tout.

— Ah bon ? Ce ne sont pas d'extraordinaires parties de jambes en l'air ? Nos délicieux baisers ? Notre accord douteux ?

Soutenant le regard d'Ivy, Lucas lui tendit un cracker tartiné de fromage.

— Tu sais ce que je veux dire, répliqua-t-elle en fronçant les sourcils. Le travail représente 90 % de ma vie, si bien que je suis heureuse de cette diversion, si cela te convient.

— D'accord. Donc, comment va Emma après son opération ? J'ai étudié son dossier et bavardé avec elle, si bien que je connais son état physique. Mais sur le plan psychique ?

Sur le plan psychique ? Intéressant.

— Plutôt bien, répondit Ivy. Je crois que tant que ses bébés sont en bonne santé, elle peut tout supporter. Il est clair qu'elle a encore mal, après cette dernière opération, mais elle se réjouit d'avoir une inquiétude en moins. L'appendicectomie n'est pas une intervention compliquée, même si j'étais contrariée de devoir leur injecter une telle quantité d'anesthésique, à elle et à ses bébés.

— J'imagine. Il faut absolument que je m'occupe de ses plaies au plus vite, si nous voulons qu'elle rentre chez elle le plus tôt possible, une fois le processus de cicatrisation bien entamé. Tu penses que c'est possible ?

— Oui. Elle a subi beaucoup d'épreuves, mais elle est forte. Tu pourrais le faire lundi prochain. De cette façon, nous pourrions la préparer au protocole avant qu'elle soit obsédée par son accouchement, l'allaitement et tout ce qu'une jeune mère doit affronter.

— D'accord. C'est parfait !

La question qu'Ivy s'était posée lui revint en tête.

— Et maintenant, dis-moi ce qui se passe, avec elle.

— Qu'est-ce que tu veux dire ?

Lucas semblait troublé, presque décontenancé, et Ivy regretta immédiatement son indiscrétion. Mais maintenant qu'elle avait commencé, elle voulait mieux comprendre comment il fonctionnait.

— Je ne sais pas… j'ai l'impression que tu en fais une affaire personnelle.

— Je souhaite juste ce qu'il y a de mieux pour elle, comme pour tous mes patients.

Le regard de Lucas s'était assombri, sa posture était rigide, et Ivy se demanda si elle était allée trop loin.

— Désolée. Nous avons tous fait médecine pour aider les gens. Pourquoi as-tu choisi la chirurgie reconstructrice ? C'est une affaire de famille ?

L'espace d'un instant, Lucas sembla pris de panique. Sa bouche se pinça pour ne former qu'une ligne fine.

— Une affaire de famille ?

— La chirurgie plastique, précisa Ivy.

— Ah oui ! La clinique de mes parents… En réalité, ça ne m'a jamais intéressé. Je voulais travailler dans le public, aider ceux qui ont vraiment besoin d'une intervention mais n'ont pas les moyens de se l'offrir. Et j'apprécie de suivre les patients depuis leur admission aux urgences jusqu'à leur sortie.

— Tu as des frères et une sœur, je crois. Ils travaillent à la clinique avec tes parents ?

— Oui. Mais Flora n'est pas médecin, elle bosse au service administratif.

Ivy sentit qu'il ne lui disait pas tout, mais dans la mesure où il ne s'agissait que d'une comédie, elle n'était pas obligée d'en savoir davantage. Pourtant, elle le souhaitait ardemment, ce qui aurait dû suffire à la mettre en garde.

Elle commençait à comprendre que son cœur était en danger. Parce que malgré toutes les sonnettes d'alarme elle ne parvenait pas à s'éloigner de Lucas.

Les questions d'Ivy avaient mis Lucas très mal à l'aise. Il n'était pas prêt à lui parler de Flora et à lui dire pourquoi il restait en retrait par rapport à sa famille. Ce n'était pas seulement à cause des manigances de sa mère, mais parce qu'il ne s'y sentait pas à sa place. Chaque moment passé auprès de ses parents, de ses frères de sa sœur lui rappelait ce jour terrible. Chacun de leurs regards lui semblait chargé de reproches.

Il ignorait s'il pourrait un jour confier à Ivy ce qu'il avait fait. Il n'en avait jamais parlé à personne, et seuls ses amis de l'époque étaient au courant. Pourquoi ce souvenir venait-il gâcher une si belle journée ?

Une odeur de viande grillée parvint à leurs narines. Lucas se tourna vers l'aire de pique-nique, un peu plus bas sur la rive. Quatre jeunes gens se tenaient près d'un barbecue.

Ivy semblait avoir compris que la conversation était terminée, car elle avait ramassé les couverts et les rinçait dans la rivière.

Elle leva les yeux vers les adolescents.

— Ils ont l'air de bien s'amuser.

Les garçons se poursuivaient, maintenant, et faisaient mine de se battre avec les pagaies de leurs kayaks.

Lucas s'approcha des chevaux pour leur donner à chacun une pomme.

— Tu te rappelles cette époque sans soucis ? demanda-t-il. Dans ma tête, j'ai toujours vingt-trois ans.

Ivy se mit à rire.

— Je ne voudrais pas revivre cette période, non, merci ! Tous ces efforts pour essayer d'impressionner les gens tout en cherchant à savoir qui on est. Aujourd'hui, je sais qui je suis et ce que je veux.

Lucas la rejoignit.

— Ça m'intéresse. Qui es-tu, Ivy ?

Elle braqua sur lui des yeux brillants.

— Je suis un bon médecin, un mentor génial et j'adore enseigner, mais je voudrais encore m'améliorer. Je rate plein de choses parce que je travaille trop tard.

— Quel genre de choses ?

Les rires des jeunes gens leur parvenaient. Ils avaient fini de manger et s'installaient dans leurs kayaks. Aucun d'entre eux ne portait de gilet de sauvetage.

— J'ai raté le moment où Harper et Yarran se sont installés ensemble, et Dieu sait quoi d'autre encore. J'aimerais faire davantage partie de leur vie.

— Je suis certain qu'ils le comprennent. Les médecins travaillent dur et ne comptent pas leurs heures.

Ivy secoua la tête.

— Ce n'est pas une excuse suffisante. Nous sommes tous médecins.

— Ce n'est pas faux. Moi-même, je me reproche de ne pas voir George assez souvent.

Tandis qu'Ivy acquiesçait d'un signe de tête, les rayons du soleil, filtrés par les branches, projetèrent sur sa peau ombres et lumière.

Lorsqu'elle lui avait parlé de sa rupture, Lucas avait vu son regard s'assombrir, mais il ne savait pas grand-chose d'autre à son sujet.

— Et toi ? Comment est ta famille ? Tu n'en parles pas beaucoup.

— Il n'y a pas grand-chose à en dire.

— Des frères et sœurs ?

— Un frère et une sœur. J'occupe la place du milieu, la moins bonne à ce qu'on dit. Je suis la plus rebelle, celle qui a causé le plus d'ennuis à mes parents.

— Intéressant ! Tu m'as bien dit que tu as grandi dans une famille de militaires ?

Ivy sembla surprise.

— Tu t'en souviens ? Je suis impressionnée. Nous sommes passés d'une base à l'autre pendant mon enfance.

— Ça ne devait pas être facile de se faire des amis.

— C'est vrai. J'ai été très heureuse de rencontrer Phoebe, Ali et Harper à l'université. Elles ont été ma famille de substitution.

— Tu t'étais éloignée de la vraie ?

— Oui. La tradition familiale voulait que nous rentrions tous dans l'armée, mais je voulais être médecin.

Un bruit de moteur interrompit leur conversation. Un hors-bord fonçait en direction des kayakistes.

— Bon sang !

Se levant d'un bond, Lucas courut vers lui.

— Ralentissez ! cria-t-il. Il y a des kayakistes.

Inconscients de ce qui se passait, ces derniers jouaient à s'éclabousser mutuellement. Ils faisaient un tel vacarme qu'ils n'entendirent pas les appels de Lucas. L'un d'entre eux se tenait debout sur son kayak, les bras écartés.

Courant à côté de Lucas, Ivy agitait frénétiquement les mains.

— Stop ! Ralentissez !

Trois des jeunes gens finirent par prendre conscience de la situation. Ils tentèrent de s'écarter, mais le quatrième était encore debout sur son embarcation. Le conducteur du hors-bord l'aperçut au dernier moment et amorça un virage sur la droite, mais il heurta le flanc du kayak.

Quand le brouillard d'eau qui en résulta se fut dissipé, le jeune homme n'était plus sur le kayak.

— Où est-il ? hurla Lucas en parcourant les yeux la surface de l'eau.

Un ami du garçon avait plongé, l'autre pointait du doigt le fleuve et le troisième vociférait des insultes à l'intention du conducteur, qui avait coupé son moteur.

— Appelle les secours et la police, ordonna Lucas à Ivy. Et reste là.

Sur ces mots, il ôta son jean et sa chemise avant de s'enfoncer dans l'eau glacée. Le jeune homme qui avait plongé en sortit, tirant son camarade avec lui. Celui-ci saignait du nez, et sa joue semblait déformée.

Lucas aida le plongeur à hisser le blessé dans un kayak.

— Comment s'appelle-t-il ? demanda-t-il.

— Sione.

— Bonjour, Sione. Je m'appelle Lucas et je suis médecin. Tu peux me dire où tu as mal ?

L'adolescent frôla son visage de sa main droite.

— Ici, fit-il d'une voix enrouée, et là, ajouta-t-il en pointant un doigt sur son biceps gauche.

Lucas vit le sang qui s'écoulait d'une plaie profonde.

— D'accord, dit Lucas en grimpant près de lui. Je vais évaluer les dégâts.

Il venait d'examiner ses blessures faciales, quand Ivy sortit la tête de l'eau. Ses lèvres étaient bleues ; son visage, blême.

— Qu'est-ce que tu fais là ? L'eau est glaciale.

— Exact, répondit-elle en grimpant dans un autre kayak, uniquement vêtue de son soutien-gorge et d'un slip. J'ai pensé que tu aurais besoin d'un peu d'aide.

Lucas lui adressa une petite grimace. Il avait juste voulu la protéger, en ignorant le fait qu'elle était médecin.

— Nez cassé et mauvaise plaie au niveau du biceps, dit-il.

Ivy adressa un signe au conducteur du hors-bord qui avait eu la décence de les rejoindre.

— Lancez-nous une serviette. N'importe quoi pour endiguer l'hémorragie.

Très rouge, l'homme lui lança une serviette moelleuse.

— Je suis désolé. Voulez-vous que je l'emmène jusqu'au rivage ?

— Pas question que je monte dans le bateau de cet abruti, dit Sione.

— Sione, honnêtement c'est la meilleure façon de te mettre au chaud et de te soigner correctement, dit Ivy.

— Je vais le poursuivre en justice !

Le visage du garçon était blême, et ses lèvres presque noires.

— D'accord, mais nous perdons du temps et nous risquons l'hypothermie, répondit Lucas. Je vais pagayer jusqu'au rivage dans ce kayak. Il a l'air de pouvoir flotter. Ce ne sera pas long.

Ivy était assise dans l'autre kayak, un adolescent chétif à côté d'elle. Un léger duvet, velléité de barbe, ornait son menton. Il regardait Ivy avec une convoitise non dissimulée.

— Et moi, je vais vous ramener, dit-il.

— Merci.

Lucas était furieux. Il n'appréciait pas la façon dont ce garçon regardait Ivy, même si elle offrait un ravissant spectacle, avec ses jolies courbes et ses longues jambes.

Il n'appréciait pas non plus qu'elle soit mouillée et glacée, pas plus qu'il n'appréciait que sa propre poitrine soit aussi serrée quand il pensait qu'elle courait le moindre risque.

Enfin, il n'appréciait pas les émotions qu'une simple amie soulevait en lui.

Un instant plus tard, Sione était en sécurité sur la jetée. Après avoir tiré le kayak sur la rive, Lucas chercha de quoi réchauffer son patient.

Ivy le rejoignit et apostropha les jeunes gens :

— Apportez vos vêtements et vos serviettes, dépêchez-vous ! Nous devons réchauffer votre ami.

— Vous voulez que je prenne aussi vos affaires ? demanda l'adolescent aux trois poils de barbe, tout en parcourant son corps d'un regard affamé.

Elle ne parut pas s'en apercevoir.

— Bonne idée, merci !

— Faites vite, elle est…

Lucas s'interrompit juste à temps. Il avait failli dire qu'Ivy avait besoin de se couvrir, elle aussi. Elle tremblait si fort que ses jambes s'entrechoquaient.

Le conducteur du hors-bord arrivait en courant, une serviette à la main. Il la tendit à Sione, qui la secoua sous son nez.

— Je vais porter plainte contre vous !

— Je suis désolé !

— Vous auriez pu le tuer ! s'exclama Lucas.

— J'étais en train de démêler une corde, expliqua l'homme. Et ils chahutaient sans faire attention à rien.

Lucas sentit la moutarde lui monter au nez.

— Nous sommes tous témoins, nous avons vu à quelle vitesse vous alliez. La police ne va pas tarder.

Se tournant vers le blessé, il ajouta :

— Donne-moi cette serviette, je vais faire pression sur ton biceps pour endiguer l'hémorragie. Tu as mis du sang partout ! conclut-il avec un sourire pour alléger l'atmosphère.

Ivy s'était agenouillée près de l'adolescent. Lucas tâcha de ne pas s'attarder sur la rondeur de ses seins, sous son soutien-gorge de dentelle blanche. Elle avait rejeté ses cheveux mouillés en arrière et était radieuse, athlétique. Il se rappela la pression de ses cuisses contre les siennes, lorsqu'ils avaient fait l'amour.

Mais pour l'instant, elle tremblait de froid.

Le chevalier servant d'Ivy rapporta leurs affaires au moment où l'ambulance arrivait. Quelques minutes plus tard, chacun avait récupéré ses vêtements et buvait une tasse de chocolat chaud apportée par le propriétaire du café le plus proche.

Pendant ce temps, les policiers interrogeaient tout le monde.

— Je vais avoir des ennuis ? demanda Sione à Lucas.

— Pourquoi ? Parce que tu t'amusais ?

— Ma mère me reproche toujours de faire le pitre pour amuser la galerie. Je suis vraiment minable.

— C'est faux, Sione. Le conducteur du hors-bord allait beaucoup trop vite sans regarder ce qu'il y avait devant lui.

— Mais j'aurais dû regarder aussi.

— Exact, mais tu n'as causé aucun mal à autrui. En revanche, la prochaine fois, mets un gilet de sauvetage.

— Promis, dit Sione en montant dans l'ambulance. Et merci.

— Passe-moi un coup de fil si tu as des problèmes avec cette blessure. Je suis chirurgien plasticien, alors je pourrais t'aider.

Après qu'il eut donné son numéro de téléphone à l'adolescent, il sentit une présence à côté de lui.

— C'est vraiment gentil de ta part, dit Ivy. Tu n'étais pas obligé de lui proposer ton aide.

— Ce n'est qu'un gosse.

Lucas suivit des yeux l'ambulance. Il se rappelait le sentiment de honte et de regret qu'il avait ressenti, lui aussi. À l'époque, la douleur physique l'avait moins affecté que les remords.

Ivy glissa un bras sous le sien.

— On devrait aller retrouver nos chevaux.

— Tu as raison.

Elle avait le don de l'apaiser et de le rassurer. Il aurait voulu la prendre dans ses bras et sentir son cœur battre contre le sien, respirer son parfum et la serrer contre lui.

Mais s'il croyait que quelqu'un pouvait effacer sa souffrance, il était stupide. Pis encore, il ne le méritait pas.

8

Lucas resta silencieux pendant tout le trajet du retour sans qu'Ivy en comprenne la raison. Il avait agi en super-héros lorsqu'il avait plongé dans le fleuve pour secourir Sione. Mais ensuite, il s'était refermé comme une huître.

Bien entendu, il s'était assuré qu'elle avait chaud et qu'elle se sentait bien. Il s'était même montré presque jovial avec George et Ivan, mais c'était comme s'il avait épuisé toute son énergie. Elle ne pensait pas avoir dit ou fait quelque chose de mal, elle savait donc qu'il n'était pas fâché contre elle.

Mais il paraissait… troublé.

Aussi, lorsqu'il l'invita à dîner chez lui, elle accepta volontiers, souhaitant découvrir ce qui le perturbait et l'encourager à lui confier ce qu'il ne disait pas. De toute façon, elle avait besoin d'en savoir un peu plus sur son passé si elle devait rencontrer ses parents.

Elle voulait aussi voir où il vivait et, pour être totalement honnête, rester un peu plus longtemps avec lui.

Une fois dans l'ascenseur elle regarda les bâtiments et les arbres qui devenaient de plus en plus petits, puis il n'y eut plus rien à voir, hormis un mur de béton.

— Ça me donne le vertige, murmura-t-elle.

Il lui tendit le bras en souriant, et l'espace de quelques secondes elle retrouva le Lucas qu'elle connaissait.

— Tiens-toi à moi, si tu veux.

Mais il ne la plaqua pas contre la paroi de la cabine comme il l'avait fait contre l'arbre.

L'ascenseur s'arrêta, et la porte s'ouvrit. Lucas en sortit et lui fit signe de le suivre.

— On y est.

— Waouh ! Je n'ai pas d'autre mot.

Le souffle coupé, elle fit quelques pas dans l'appartement et s'approcha de la fenêtre. Elle pouvait voir le Harbour Bridge et au-delà l'océan, mais son attention se reporta sur les murs albâtre, le marbre noir et blanc de la cuisine ouverte et les canapés bruns de la salle de séjour.

C'était un intérieur accueillant et confortable, mais tout cela avait dû coûter très cher. En tout cas, bien plus qu'elle ne pourrait jamais se le permettre.

La famille de Lucas était très influente dans le milieu médical. Ils avaient probablement des amis à la direction de l'hôpital central. Un mot de leur part, et la carrière d'Ivy pourrait être ralentie, voire même stoppée. Elle avait donc besoin de savoir jusqu'à quel point elle pouvait mentir sans s'exposer à ce risque.

Dehors, le soleil commençait à se coucher, baignant les nuages et le port d'une lueur rose et orangée. Des lampes s'allumaient dehors, telles des myriades de lucioles.

— C'est extraordinaire, soupira-t-elle. J'ai l'impression que ma vision porte à des kilomètres.

— Parce que c'est le cas. Dès que j'ai vu cet immeuble en construction, j'ai sauté sur l'occasion. C'est la meilleure vue de Sydney, je pourrais la contempler pendant des heures.

Lucas semblait plus détendu, comme si son appartement était son sanctuaire.

Étant elle-même casanière, Ivy aimait cette idée.

— En tout cas, je pourrai parler de cet endroit avec ta mère. Il n'y a pas de mots pour décrire ce spectacle.

— C'est vrai.

Elle eut l'impression qu'il était de nouveau plongé dans ses pensées.

— Tu es plutôt distrait, depuis que nous avons quitté Sione, remarqua-t-elle. Quelque chose te contrarie ?

Lucas battit des paupières, puis il secoua la tête comme pour se débarrasser d'une pensée importune.

— Ah bon ? Je décompresse, c'est tout.

— Je connais ce sentiment. Parfois, j'ai une telle montée d'adrénaline, qu'à la fin d'une journée difficile je ne sais pas quoi faire. Parfois, courir peut aider… ou prendre un long bain.

Lucas l'attira contre lui.

— Désolé. Je ne suis pas toujours de bonne compagnie.

Posant la tête contre sa poitrine, elle respira son odeur.

— Tu es d'excellente compagnie. Tu as organisé pour moi une balade à cheval, et j'ai passé un très bon moment… Sauf quand j'ai assisté à ce qui aurait pu tourner au désastre. Pour être honnête, j'ai vraiment cru que ce bateau allait causer bien plus de dommages.

— L'eau était glaciale. J'aurais préféré que tu n'y entres pas.

Cette sollicitude la toucha profondément.

— Je ne risquais rien. Je nage sans doute aussi bien que toi.

— Bien sûr. J'en ai conscience, maintenant, tout comme j'ai compris que tu étais bien décidée à faire partie de l'équipe de secours. Je n'aurais pas dû me faire de souci, conclut Lucas avec un petit rire.

— Tu n'as pas à me protéger, répliqua Ivy en lui caressant la joue. Je peux veiller sur moi toute seule.

— J'aurais dû me rappeler comment tu m'as balancé un fauteuil dans les jambes, dit Lucas avec un sourire.

— C'est tout moi. Tu t'en souviens ? L'enfant du milieu, la rebelle. Mais je peux être gentille, aussi. Ombres et lumière, tu connais ?

— C'est amusant, parce que c'est exactement ce que je me suis dit cet après-midi.

— À mon propos ?

— Je pensais à la façon dont tu peux être si gaie et si serviable, et à d'autres moments si… possessive, disons. Je veux dire avec des patients, tout comme tu es très attentive à tes amies. C'est pourquoi j'en veux beaucoup à Grant de t'avoir aussi mal traitée.

— Oh ! J'ai oublié de te dire de te dire que je l'ai croisé au Père Up, l'autre jour.

Cessant de sourire, Lucas s'écarta d'elle.

— Et ?

— Je ne sais pas trop. Il n'est pourtant pas du genre à flirter, mais il m'a dit que j'étais superbe.

— Il veut te récupérer ?

— Je dirais que c'est possible. Je te rappelle qu'un de nos objectifs était de le rendre jaloux.

Lucas fit un autre pas de côté.

— Et toi ? Tu en as envie ?

Cette seule pensée fit frissonner Ivy.

— On parle de Grant ! Je ne veux plus rien avoir à faire avec lui. D'ailleurs, je n'ai pas l'habitude d'embrasser un homme quand je veux être avec quelqu'un d'autre.

Lucas s'immobilisa.

— Tu veux *être* avec moi ?

Le cœur d'Ivy cessa de battre. La conversation prenait un tour dangereux.

— C'est juste une façon de parler. Je ne suis pas du genre à sortir avec deux hommes à la fois. J'ai à peine suffisamment d'énergie pour un, alors pour deux, dit-elle avec un petit rire gêné.

— D'accord.

— Je ne veux pas de Grant dans ma vie… ou de n'importe qui d'autre. Je profite de ce que je vis en ce moment ; je m'amuse un peu, et ça me plaît.

— C'est exactement comme moi : je ne suis avec personne d'autre.

Lucas parut se détendre, et l'atmosphère redevint légère.

— On est sur la même longueur d'onde. J'apprends à te connaître et j'avoue que le côté sexuel de l'aventure me plaît bien.

Une lueur passa brièvement dans les yeux de Lucas.

— À moi aussi.

— Mais ne crois pas que je vais m'accrocher, après le gala. Je ne suis pas du genre collante.

— Parfait.

Ivy songea à son petit appartement… son propre sanctuaire. Après le départ de Grant, elle avait apprécié de retrouver son espace, de ne plus devoir ranger derrière quelqu'un. Elle n'était plus obligée de faire la conversation quand elle n'en avait pas envie. À cet instant, elle s'en voulait presque d'envahir l'intimité de Lucas alors qu'il avait besoin de tranquillité.

— Je n'ai pas envie de vivre avec quelqu'un, conclut-elle.

Il y eut un long silence durant lequel elle songea qu'elle en avait beaucoup appris sur Lucas ce jour-là. Qu'il montait à cheval aussi bien qu'elle et qu'il avait organisé cette sortie pour elle. Elle avait fait la connaissance de ses charmants amis, qui le tenaient visiblement en haute estime. Elle avait vu Lucas agir dans l'urgence, plonger dans l'eau glacée et offrir à Sione son aide ultérieure s'il en avait besoin.

Enfin, elle avait vu où il vivait.

Désormais, ils avaient une histoire. Ils étaient complices, et qu'ils le veuillent ou non, leurs vies étaient liées.

Entre eux, le lien n'était pas seulement physique. Même si cet aspect était grandiose.

Elle pensa au moment où ils avaient failli se faire surprendre en train de faire l'amour cet après-midi-là…

— Ivy ?

— Oui ?

— À quoi penses-tu, en ce moment ?

— Pourquoi cette question ?

— Parce que ton sourire me renverse.

— Vraiment ?

— On dirait que tu viens de vivre la meilleure partie de jambes en l'air de ton existence.

— Tu prends tes désirs pour des réalités.

Tendant le bras, elle lui prit la main. Ce simple contact suffit à la faire frémir de désir. C'était fou ! Elle touchait des gens tout le temps, c'était son job. Mais jamais elle n'avait ressenti ce fourmillement, ce besoin presque douloureux.

— Tu aimerais revivre cet instant contre l'arbre ? demanda-t-elle.

Le renflement dans le jean de Lucas lui disait que oui, mais il haussa nonchalamment les épaules.

— J'ai besoin d'être convaincu, répliqua-t-il.

Mais son sourire montrait qu'il l'était déjà.

La bouche de Lucas fut sur la sienne dans la seconde qui suivit.

Il n'avait pas eu besoin de se le faire dire deux fois. Tout en embrassant Ivy, il se délecta de son goût délicieux, de ses lèvres douces. L'embrasser était comme une drogue. C'était chaque fois différent mais toujours savoureux. Tendre. Sauvage. Il ne savait jamais ce qu'il allait éprouver, quel baiser était le meilleur ou lequel il voulait.

Mais elle lui donnait toujours exactement ce dont il avait besoin.

— Regarde-moi, lui ordonna-t-il.

Les pupilles d'Ivy étaient dilatées, et un gémissement échappa de sa gorge. Ce simple bruit mit le feu dans les reins de Lucas. Prenant le visage d'Ivy entre ses mains, il l'embrassa passionnément, et leurs langues entamèrent une danse érotique.

Il l'aida à retirer son sweater et son T-shirt, puis son jean, après quoi elle en fit autant pour lui. Il l'embrassa de nouveau, ne voulant pas s'éloigner de sa bouche plus de quelques secondes. Il glissa ensuite les mains sous son soutien-gorge encore humide. Elle avait la chair de poule et frissonnait de froid. Lucas se reprocha aussitôt de ne pas s'en être aperçu.

— Très bien, déclara-t-il en passant un bras sous ses genoux pour la soulever de terre.

— Qu'est-ce que tu fais ? demanda-t-elle en riant. Nous sommes bien trop vieux pour ça, et tu risques de te faire mal.

Il gagna la salle de bains et la déposa par terre.

— Certainement pas. Il est temps de te réchauffer.

Il fit couler l'eau de la douche, puis lui ôta son slip et son soutien-gorge. Quand l'eau eut atteint une température parfaite, il retira son boxer et la prit par la main pour la faire entrer dans la cabine.

En riant, elle rejeta la tête en arrière pour laisser l'eau ruisseler le long de sa gorge, sur ses seins et plus bas. Immobile, Lucas la contemplait.

— Tu es la plus belle femme que j'aie jamais vue, dit-il.

Il versa du shampooing sur ses cheveux et se mit à lui masser le cuir chevelu.

— C'est trop bon, murmura-t-elle.

Le visage extasié, elle incarnait la perfection et la vulnérabilité. Elle était parfaite !

Après avoir rincé ses cheveux, Lucas prit le gel douche et commença par sa nuque, puis il lui lava le dos et les seins, taquinant au passage ses mamelons avant de les sucer l'un après l'autre.

— Oh ! Lucas ! soupira-t-elle.

Ivy versa à son tour un peu de gel dans le creux de sa paume. Elle frotta les épaules de Lucas, sa poitrine et son ventre avant de s'emparer de son sexe dressé.

— Seigneur ! grommela-t-il

Remontant la jambe le long de la cuisse de Lucas, elle pressa le pubis contre lui.

— Attends !

Tendant la main vers une étagère, il prit un sachet qu'il déchira pour en sortir un préservatif qu'il mit aussitôt.

— Tu les as dispersés dans toute la maison ? demanda Ivy en riant. Lucas Matthews, vous êtes un vrai tombeur.

— Uniquement dans la salle de bains et dans la chambre, répliqua-t-il.

Elle fit courir les doigts sur sa poitrine et leva les yeux vers lui.

— J'ai envie de toi. Maintenant.

Il saisit sa jambe et la souleva jusqu'à sa taille avant de s'enfoncer en elle. Elle poussa un cri.

Il se figea aussitôt. Lui avait-il fait mal ?

— Eh ! bébé, tout va bien ?

— Mieux que bien. C'est... si bon ! dit-elle en se balançant pour s'accorder au rythme de Lucas. Je ne vais pas tenir très longtemps.

— Alors, n'essaye pas.

Il agrippa ses hanches, et la pénétra plus profondément. Il voulait la voir perdre tout contrôle, jouir intensément.

Et soudain, elle se tendit contre lui, emportée par l'orgasme.

Cet après-midi-là, il avait eu peur de la perdre dans le fleuve. Il avait craint de ne pas être capable de la sauver si elle était en danger. Mais c'était elle qui l'avait sauvé. Grâce à la douceur de ses mots, sa compréhension. Parce qu'elle lui avait fait confiance et offert le cadeau de son sourire et de ses baisers.

Et là, elle était dans ses bras et criait son prénom d'une voix étranglée tout en s'affaissant contre lui.

Le cœur de Lucas se serra, sa poitrine se contracta. Donnant un dernier coup de boutoir, fort et profond, il la suivit dans l'extase.

9

Rassasié et hors d'haleine, Lucas enveloppa Ivy dans une serviette, puis il la souleva et l'emporta jusqu'à son lit. Il s'étendit ensuite auprès d'elle et lui caressa la hanche, autorisant son esprit à trouver l'apaisement, tout comme son corps.

Du moins pour le moment.

Qu'on lui donne cinq minutes…

Ivy battit des paupières et ouvrit les yeux.

— Oh ! Lucas ! s'exclama-t-elle en lui prenant le bras.

— Quoi ? Qu'est-ce qu'il y a ?

— Ta bibliothèque occupe un mur entier !

Il laissa échapper un soupir de soulagement et se mit à rire. Apparemment son besoin de la protéger était disproportionné.

— Tu m'as fait peur ! Oui, j'ai des livres.

Les yeux d'Ivy brillaient d'excitation.

— Tu m'as dit que tu étais un vrai surfeur.

— C'est toi qui l'as dit.

— Tu m'as laissée le croire.

— Tu semblais apprécier l'idée que je sois un bellâtre dépourvu de cerveau. Tu n'en avais que pour mon corps, chuchota Lucas.

— Eh bien, il n'est pas vraiment moche. Mais ton cerveau… et ces livres ! Quelle bonne surprise !

Tout en gloussant, elle s'enveloppa dans le drap et sortit du lit. Cette pudeur fit sourire Lucas. Comme s'il n'avait pas embrassé et exploré chaque centimètre de ce corps délicieux. De là où il était, il pouvait voir la rondeur de sa poitrine et son petit nez retroussé. Elle parcourait sa bibliothèque d'un regard avide. Une amoureuse des livres, elle aussi ?

— Tu les as tous lus ?

— La plupart.

— Il se peut que tu sois parfait.

— J'en doute beaucoup.

Il se retint d'évoquer ce qui s'était passé cette fameuse nuit, des années auparavant. Il ne voulait pas que ses souvenirs viennent gâcher cet instant. Cela faisait longtemps qu'il ne s'était pas senti aussi heureux, et il voulait prolonger ce moment durant lequel quelqu'un l'appréciait.

Parce qu'elle ne savait pas qui il était vraiment, et il ne le lui dirait pas. Il ne voulait pas qu'elle feigne de sourire pour lui montrer qu'elle n'était pas choquée. Ensuite elle lui dirait que ce n'était pas sa faute, que tout allait bien.

Comment serait-ce possible, alors que sa sœur en gardait les cicatrices ?

Mais maintenant, juste pour une fois, il voulait oublier tout cela, laisser croire à Ivy qu'il était aussi « parfait » qu'elle le croyait.

Elle revint près de lui, le dernier roman d'Amor Towles à la main.

— Je pourrai te l'emprunter ? J'ai envie de le lire depuis très longtemps.

— Bien sûr. Il est excellent et à mon avis meilleur que le précédent.

— Sûrement pas. J'ai adoré *Un gentleman à Moscou*. Quand je te le rendrai, je te ferai mon rapport.

Lucas se mit à rire.

— J'ai hâte de connaître ton avis.

Il était sincère. Jamais il ne s'était senti aussi proche d'une femme. Mais c'était sans doute parce qu'il n'avait jamais prolongé une liaison très longtemps.

Ivy lui décocha un coup de coude dans les côtes.

— Combien de secrets as-tu encore, que j'ai besoin de découvrir ?

Bien trop !

— Je suis exactement tel que tu me vois. Du muscle, certes, mais aussi un cerveau, dit Lucas en l'enveloppant de ses bras pour qu'elle s'étende près de lui. Regarde ! Tu vas peut-être apprécier ceci. En dehors de moi, personne n'en connaît l'existence.

— De quoi parles-tu ?

Il prit une télécommande posée sur la table de chevet.

— J'appuie sur ce bouton et… vois ce qui se passe.

Au-dessus du lit, des volets s'écartèrent. Une bouffée d'air frais se déversa dans la chambre. Ivy écarquilla les yeux.

— Waouh ! Une lucarne de toit. C'est extraordinaire… je vois les étoiles.

Lucas déposa un baiser sur son front, ravi de cet enthousiasme. Prenant son téléphone sur le sol, il ouvrit une application permettant d'observer le ciel.

— On dirait qu'il y a pas mal de constellations du zodiaque visibles, ce soir. Quel est ton signe ?

— Toi d'abord.

— Capricorne.

Montrant l'écran à Ivy, il trouva la constellation dans le ciel.

— Tu vois ? Ça ressemble à une pointe de flèche.

— Je la vois. Tu es né en décembre ou janvier ?

— Le 28 décembre.

— Pas de chance ! Juste après Noël, fit Ivy avec une petite moue. Mon frère est né le 2 janvier, et il se plaint que personne n'accepte son invitation, juste après le premier de l'An. En tout cas, il vaut mieux que nous ayons abordé ce sujet. Ta mère aurait pu trouver bizarre que j'ignore la date de ton anniversaire.

Sa mère. Lucas avait presque oublié leur accord…

— Et toi ? Quel est ton signe ?

— Balance.

Lucas consulta de nouveau l'écran de son téléphone.

— Là ! Tu vois ce triangle à l'envers ?

— Ça ne ressemble absolument pas à une balance.

— Apparemment, nos ancêtres n'étaient pas très doués en dessin. J'en conclus que tu es née en septembre ou en octobre, c'est ça ? Ton anniversaire tombe bientôt. C'est noté.

— Oublie ! À cette époque, je ne serai plus que de l'histoire ancienne, pour toi.

— Ah oui ! Bien sûr.

Elle venait de le poignarder en plein cœur. La fin de l'aventure se rapprochait…

Profite de l'instant présent.

C'était ce qu'il devait faire.

C'était aussi ce qu'il voulait, non ?

D'ailleurs, Ivy comptait sans doute les jours.

Et pourtant… il aimait beaucoup la façon dont elle le regardait, dont elle riait de ses blagues minables, et enfin la façon dont elle se blottissait contre lui en lui disant qu'elle le désirait.

Ce n'était pas entièrement du fake, non ?

Il resserra légèrement son étreinte.

— Si tu avais une journée de libre, qu'est-ce que tu aimerais faire ?

Ivy inspira profondément, puis elle expira lentement tout en réfléchissant.

— Cela dépendrait de la météo. S'il pleuvait, je m'assiérais près de ta fenêtre et je lirais tous les livres dont j'aurais envie. Si le soleil brillait, je passerais la journée à faire de la randonnée dans les montagnes. Et je ferais du cheval.

— Tout ça en une seule journée ? demanda Lucas en riant.

— Absolument. Et toi ? Qu'est-ce que tu ferais ?

Je regarderais ton visage, je verrais toutes les émotions s'y succéder. La joie, l'excitation, le bonheur, la satisfaction. Chacune avec son parfum particulier.

Un certain scintillement dans ses yeux, un frémissement de ses lèvres. La façon dont elle tremblait presque de plaisir. Le bonheur lui seyait.

L'orgasme aussi.

Et lorsqu'il l'embrassait… ses yeux étaient embués, ses lèvres gonflées, et elle avait ce sourire à la fois sexy et mystérieux. À l'idée qu'il pouvait faire naître ce sourire, Lucas sentit sa poitrine se gonfler d'orgueil.

Waouh !

Une sonnette d'alarme résonna dans son crâne.

Regarder son visage !

Il commençait à ressembler à un héros de ces comédies romantiques dont elle lui avait parlé. Et tout cela allait beaucoup, beaucoup trop vite.

Il devait se protéger, les protéger tous les deux. Parce que cet accord stupide l'avait bien plus rapproché d'elle qu'il ne l'aurait imaginé. Le mieux serait d'arrêter de se voir aussi souvent. Ils pouvaient communiquer par SMS, ou bien il ferait la liste de toutes les choses qu'elle devait connaître à son sujet, et elle en ferait autant.

De cette façon, il ne verrait plus son beau visage, ne la goûterait plus, ne la toucherait plus, ne lui parlerait plus et ne la prendrait plus dans ses bras.

Oui.

Non.

Ça ne marcherait pas puisqu'il la croiserait encore à l'hôpital. Et il pressentait qu'il continuerait aussi de la désirer.

— Lucas ?

— Oui ?

Il la voudrait encore, même après la fin de cette comédie. Il sentit son cœur s'emballer dans sa poitrine.

Elle lui décocha de nouveau un coup de coude.

— J'ai dit que c'était ton tour. Qu'est-ce que tu ferais, si tu avais une journée de libre ? demanda-t-elle en souriant.

— Je ne sais pas. Peut-être du kitesurf. Ou alors je verrais des amis.

— Oui, bien sûr. Moi aussi, je pourrais voir les miennes.

Lucas devina que sa réponse l'avait déçue, mais il ne pouvait pas la laisser se glisser ainsi sous sa peau.

Après un bref silence, elle demanda :

— Tu accepterais de m'apprendre le kitesurf ?

L'espace d'un instant, Lucas fut pris de court.

— Je ne sais pas.

— Pourquoi ?

Il ne pouvait pas lui dire que c'était une très mauvaise idée, parce qu'il passerait encore plus de temps avec elle avant le gala.

— Tu en as vraiment envie ?

— Eh bien… Tu as organisé pour moi une séance d'équitation, alors j'aimerais que nous fassions quelque chose qui te plaît. À mon avis, nous apprendrons mieux à nous connaître dans notre environnement naturel.

— Je vois.

Lucas hocha la tête malgré lui. Après tout, il s'agissait d'une activité de plein air n'impliquant aucune intimité.

Ivy semblait l'observer attentivement.

— C'est-à-dire… si tu penses que je ne cours aucun risque, dit-elle.

— Je m'en assurerai, fais-moi confiance.

— Mmm… Pourquoi je me sens un peu nerveuse, quand tu dis ça ?

Elle éclata de rire, inconsciente de la confusion qui régnait dans l'esprit de Lucas.

— Je suis un pro, dit-il avec un haussement d'épaules. Je te ramènerai saine et sauve sur la rive.

Mais elle avait raison d'avoir des doutes, songea-t-il. Parfois, il valait mieux ne pas se fier à lui.

C'était devenu une habitude. Chaque fois qu'elle arrivait à l'hôpital, Ivy espérait que Lucas y était aussi. Quand ce n'était pas le cas, elle en éprouvait une déception amère. Quatre jours s'étaient écoulés depuis cette merveilleuse journée, et elle ne l'avait pas vu. Soit il l'évitait, soit leurs emplois du temps ne coïncidaient vraiment pas.

Le cœur battant, elle l'aperçut à la station centrale.

— Bonjour, Lucas, dit-elle en le rejoignant.

Levant les yeux, il lui sourit.

— Bonjour, Ivy. Tu es ravissante.

Elle sentit le rouge lui monter aux joues. Personne ne l'avait entendu, mais elle n'était pas habituée à ce qu'on lui fasse des compliments au travail.

— Comment ça va ? demanda-t-elle.

Il lui montra l'écran de l'ordinateur.

— Je suis en train de rédiger mes notes, à propos d'Emma.

— Tout va bien, après ton intervention ?

— Ce n'est que le début, mais les greffes cicatrisent bien. Elle ne souffre pas trop, mais ses mouvements sont limités.

— Je suppose que ça s'améliorera.

— Absolument. Avec le temps et la kinésithérapie. Je serais heureux de l'amener à un stade où elle pourra tenir ses jumeaux sur les genoux quand ils seront nés. Nous n'avons pas encore regardé sous les pansements compressifs, mais j'ai bon espoir qu'ils fassent leur boulot et que nous n'ayons pas à attendre encore très longtemps.

Quand Emma rentrerait chez elle, Ivy n'aurait plus de prétexte pour aborder Lucas. À cette idée, elle sentit son cœur faire un bond dans sa poitrine.

— Je peux te poser une question ?

— Bien sûr.

— Quel est le *dress code*, le soir du gala ?

— Tu semblais si sérieuse, que j'ai eu peur pendant une seconde, dit Lucas en riant. Désolé, j'aurais dû te montrer l'invitation. Smoking pour les hommes et robe de bal pour les femmes.

— D'accord. On dirait que je vais devoir faire du shopping.

— Si tu as besoin d'aide, n'hésite pas à demander.

— Lucas, tu ne vas pas faire les boutiques avec moi. J'ai des copines, pour ça. On va bien s'amuser, d'autant que je ne les ai pas vues depuis longtemps.

Lucas se pencha vers elle pour lui chuchoter à l'oreille :

— Dommage ! Je t'aurais accompagnée dans la cabine d'essayage. Maintenant, je vais être obligé de t'imaginer toute nue.

— Lucas ! Je serai en sous-vêtements.

— C'est regrettable.

— Pas pour moi. C'est toujours d'accord pour la leçon de kitesurf ?

— Absolument. La météo est favorable, mais tu auras besoin d'une combinaison.

— Pas de souci.

— Génial, je vais pouvoir t'imaginer toute nue au-dessous.

— Tu es vraiment obsédé par le sexe ! dit Ivy en posant la paume sur sa joue.

— Tout à fait.

Il fit une petite grimace qui inspira à Ivy l'envie immense de l'embrasser. Mais elle retira la main pour ne pas céder à la tentation.

Pas ici.

Pas au travail.

— Je viendrai te chercher à 8 heures, proposa Lucas.

— Tu pourrais… non. Oublie.

— Quoi ?

— Rien.

Il regarda autour d'eux. Le personnel était occupé à servir le déjeuner aux patients.

— Allez, crache le morceau. Personne ne peut t'entendre. Tu crains le contact du caoutchouc sur ta peau nue ?

Ivy ne put s'empêcher de rire.

— Non… enfin peut-être… Je me disais juste que tu pourrais venir manger une pizza chez moi le vendredi soir. Comme ça, on irait ensemble à la plage le samedi matin.

Voyant que Lucas hésitait à répondre, Ivy regretta aussitôt sa proposition. Pour lui, le sexe n'incluait pas de passer la nuit avec elle.

— Je le répète, dit-elle, oublie.

— Non, répondit-il en secouant la tête. Seulement…

— Ivy !

C'était Alinta qui venait vers eux, un grand sourire aux lèvres.

Mauvais timing, mon amie.

— Salut, Ali. Tu connais Lucas Matthews ?

— De loin. Bonjour, docteur Matthews. Je suis Alinta Edwards, chef du service de gynécologie-obstétrique.

— Ravi de faire votre connaissance, Alinta.

— Je viens voir Emma pour son examen anténatal. Vous n'avez rien à me dire à son sujet ?

— De mon côté, répondit Ivy, tout semble aller bien. L'appendicectomie n'a pas causé d'accouchement prématuré, et Lucas vient de m'apprendre que les greffes cicatrisent.

— C'est exact, enchaîna Lucas. Si son état continue de s'améliorer de cette façon, elle pourra bientôt quitter l'hôpital à condition d'être suivie à l'extérieur par une infirmière et un kiné. Malgré tout, elle n'est pas au bout de ses peines.

— Pauvre femme, murmura Alinta.

Lucas jeta un coup d'œil à sa montre.

— Désolé, mais j'ai une opération dans quelques instants. Si vous avez d'autres informations à me demander, Alinta, je suis à votre disposition.

— C'est noté, merci.

Dès que Lucas se fut éloigné, Alinta se tourna vers son amie.

— Qu'est-ce que j'apprends, à propos de toi et du délicieux Dr Matthews ?

— Qu'est-ce que tu veux dire ? s'enquit Ivy avec inquiétude.

— Phoebe a peut-être mentionné un certain accord que tu as passé avec ce chirurgien plasticien. Elle n'a pas eu tort de m'en parler, j'espère, fit Alinta avec un sourire malicieux.

— Non. Je n'ai aucun secret pour vous, les copines. Je l'aurais fait moi-même si je n'avais pas été aussi occupée.

— Avec le charmant chirurgien ?

— Peut-être, mais aussi au travail.

— Pfft ! Avoue qu'il est chaud, parce qu'il en a l'air. Il semble sympa, aussi.

Ivy décida de changer de sujet :

— J'ai un problème et j'aurais besoin d'en discuter avec toi.

— Mon Dieu ! Tu es enceinte et tu as besoin d'une obstétricienne.

— Désolée de te décevoir, mais je dois seulement m'acheter une robe pour un bal de charité.

— Ouf ! Tu m'as inquiétée pendant un instant. D'accord, je t'aiderai à la choisir. Tu veux qu'on s'en occupe samedi ?

— Impossible, je vais faire du kitesurf.

Les yeux d'Alinta semblèrent sur le point de sortir de leurs orbites.

— Tu peux répéter ?

— Du kitesurf. Tu sais ? L'océan. La voile. La planche.

— Pourquoi tu ferais ça ?

— Apparemment, c'est amusant.

— C'est aussi froid et mouillé. Ça y est ! J'ai compris. C'est un rencard. Ensuite, vous pourrez vous réchauffer ensemble.

Ivy s'énerva.

— Ce n'est pas un rencard. On apprend juste à se connaître mutuellement pour pouvoir faire croire à sa famille qu'on est ensemble.

— Vous pourriez faire ça dans un café ou par téléphone, ou encore par mail. Je te connais, Ivy Hurst, jamais tu ne te lancerais dans cette aventure si ce n'était pas un rencard.

Alinta n'avait pas tort, mais Ivy tenait à partager avec Lucas une activité qu'il appréciait.

— Je me renseigne, c'est tout.

— C'est ça ! Tu peux me mentir, mais ne te mens pas à toi-même.

— Pourquoi tout le monde tient-il à se mêler de mes affaires ? Je suis parfaitement capable à mon âge de faire mes choix. Et je ne mens pas.

— Bon. Dimanche, je suis prise, alors…

— Pourquoi pas le samedi suivant ? Ça me laissera une semaine avant le bal.

— D'accord. Va batifoler dans l'océan et fais attention à toi.

— Je nage très bien.

— Je ne parlais pas de nage.

Ivy soupira. Toujours le même refrain !

— Inutile de t'inquiéter pour moi.

Alinta passa un bras autour de ses épaules.

— Tu sais qu'on t'aime et qu'on ne veut pas que tu sois blessée. On a vu ce que Grant t'avait fait et on souhaite ne plus jamais te voir dans cet état.

— Tu parles comme Phoebe. C'est juste du kitesurf, Ali. Il n'y a que ma fierté qui risque d'en prendre un coup, mais pas mon cœur. Je suis immunisée, d'accord ?

C'était loin d'être vrai parce qu'elle aimait un peu trop Lucas.

— Immunisée contre un homme tout mouillé et plein de muscles qui va t'essuyer avec une serviette ? Quand il s'est éloigné tout à l'heure, on aurait dit que tu avais envie de le dévorer. Allez, Ivy !

Elle leva les mains en signe de capitulation et se mit à rire. Alinta avait raison, bien entendu. Elle savait que ses amies l'aimaient énormément, et c'était réciproque.

— Ce n'est pas un rencard, d'accord ?

Mais c'est ce qu'elle aurait souhaité. Elle aurait voulu que cette relation ne s'arrête pas après le bal, contrairement à Lucas, sans doute. Il n'avait pas envie de passer toute une nuit avec elle, et visiblement le sexe lui suffisait. À elle aussi, au début, mais quelque chose avait changé de son côté.

Cependant il était inutile de convoiter ce qu'elle ne pouvait pas avoir. Elle en avait fait l'expérience avec Grant, et aussi avec sa famille.

Alinta posa la main sur son épaule.

— Eh ! je plaisantais ! Tu vas bien ?

— Bien sûr.

Si elle se le répétait assez souvent, elle finirait bien par le croire.

10

Le cœur battant, Lucas frappa à la porte d'Ivy.

Au bout d'un instant, elle l'entrouvrit comme pour vérifier qui pouvait bien venir la voir un vendredi soir. Elle écarquilla les yeux à sa vue, mais ne sourit pas.

— Oh ! salut, Lucas. J'allais justement t'envoyer un SMS. Je n'étais pas certaine que nous nous étions mis d'accord.

— Pour être honnête, moi non plus.

Lorsqu'elle lui avait proposé de passer la nuit chez elle, il avait immédiatement eu envie de hurler : « Oui ! » Une nuit entière avec elle ? À la tenir dans ses bras ? À l'embrasser ? S'éveiller auprès d'elle ? Faire l'amour le matin ?

Mais sa raison lui avait suggéré de se calmer.

Pour finir, il avait décidé d'ignorer son cerveau et d'accepter l'invitation. En revanche, elle ne paraissait pas spécialement enthousiaste de le voir sur le seuil de son appartement.

Aurait-il dû téléphoner d'abord ?

S'engager ?

Aïe ! Le mot était lourd de sens.

Il souleva son sac de voyage et une boîte à pizza.

— Dîner et soirée pyjama ? Comme des adolescentes ?

Ivy eut un petit sourire.

— J'espère que non.

— Pas de bagarres d'oreillers ? On ne va pas se vernir les ongles de pieds ?

— Si tu en as vraiment envie.

Décidément, il aurait dû téléphoner.

— Je peux entrer ?

— Qu'est-ce qu'il y a, dans ton sac ?

— Mes affaires de toilette, mon pyjama, deux bouteilles de vin, du rouge et du blanc parce que j'ignorais lequel tu préférais.

Elle écarquilla les yeux.

— Tu portes des pyjamas ?

— Pas si je peux l'éviter, mais tu sais, au cas où il ferait froid…

— Ce ne sera pas le cas, ne t'inquiète pas, répliqua Ivy en ouvrant largement la porte.

Elle portait un T-shirt et un short révélant ses longues jambes. Lucas la suivit dans la cuisine et posa la pizza sur la table avant de se tourner vers elle.

— J'aurais dû t'appeler, dit-il en lui caressant la joue.

— C'est vrai. J'aurais pu avoir d'autres projets.

— D'autres projets ? répéta Lucas, légèrement dépité.

— Tu n'es pas la seule personne avec qui je souhaite passer du temps, Lucas.

— Bon sang, Ivy !

L'attirant contre lui, il déposa un baiser derrière son oreille, puis il frôla ses lèvres des siennes, la faisant gémir contre sa bouche.

— Mais je suis la seule personne qui te fait ça.

— Peut-être, répliqua-t-elle en riant. Ou peut-être pas.

Lucas tenta d'ignorer le pincement au cœur qu'il ressentit à l'idée qu'un autre homme puisse la toucher ou l'embrasser. Il était presque sûr qu'elle le taquinait. N'avait-elle pas dit qu'elle ne sortait pas avec deux hommes à la fois ? Oui, elle plaisantait.

— Allez, dis-moi qui te fait cet effet.

Il s'empara de sa bouche et l'embrassa longuement, jusqu'à ce qu'elle se tortille contre lui.

— D'accord, d'accord. Je suis contente que tu sois là, Lucas.

— Moi aussi.

Une douce musique provenait de la cuisine. Les cheveux d'Ivy étaient ébouriffés comme si elle avait dormi où qu'elle était en train de lire. Ses yeux étaient clairs et brillants ; son sourire, incroyablement sexy. Sans dire un mot, elle prit sa main. C'était un geste simple, mais profondément intime.

Pas le genre de geste que Lucas faisait d'ordinaire.

Mais son cœur battit plus vite lorsqu'elle porta ses doigts à ses lèvres et les embrassa avec une sorte d'adoration. Il en fit alors autant et embrassa la paume d'Ivy, puis l'intérieur de son poignet. Le temps sembla s'arrêter. C'était un de ces moments dont Lucas savait qu'il resterait à jamais gravé dans sa mémoire.

— Lucas, dit-elle d'une voix enrouée.

— Ta chambre ?

— Oui, répondit-elle avec une sorte de désespoir. J'ai besoin de te sentir en moi. Ça fait trop longtemps.

— Cinq jours, vingt-deux heures et trop de minutes.

Une telle précision le choqua. Apparemment son subconscient avait compté le temps pour lui.

— Trop, oui.

Elle l'entraîna vers sa chambre, se débarrassa de ses vêtements et le déshabilla. Quelques minutes plus tard, il était en elle.

Le seul endroit où il voulait être.

Blottie contre lui, Ivy semblait ensommeillée. Lucas posa la joue sur le sommet de son crâne.

— Je me sens nettement mieux.

Elle eut un petit rire contre sa poitrine.

— Mauvaise journée ?

— Pas vraiment. Et elle est meilleure de seconde en seconde. Et pour toi ?

— Affreuse, répondit-elle en fronçant le nez. J'ai dû apprendre à un gamin de vingt-deux ans qu'il a un cancer de l'estomac. Vraiment merdique.

— Pauvre gosse ! À son âge !

— Ça arrive, malheureusement. Il est apprenti électricien et m'a rappelé Sione, avec son visage imberbe et son corps mince. Au début, il a essayé de plaisanter. Ensuite, à mesure qu'il intégrait la nouvelle, il est devenu incrédule. Quand je lui ai parlé du traitement et de ses chances de survie, il s'est mis en colère, il a essayé de ne pas pleurer. Il voulait se montrer courageux.

Les lèvres d'Ivy se mirent à trembler.

— Ce qui n'est pas mon cas, conclut-elle.

— Eh ! Je comprends exactement ce que tu ressens. Ça m'est arrivé tellement de fois ! Tu es tendre et compatissante, ajouta Lucas en embrassant son nez, puis ses paupières et sa bouche.

Le cœur serré, il vit qu'elle avait les larmes aux yeux.

— Tu veux m'en parler ?

— Non, c'est bon. Grant disait qu'on devait toujours laisser le travail au travail.

— Je ne suis pas Grant. Parle-moi.

Et c'est ce qu'elle fit. Blottie dans ses bras, elle lui raconta que son patient avait sacrifié son rêve de faire partie d'un groupe de rock pour satisfaire ses parents. Il avait donc appris le métier d'électricien. Maintenant, il se répétait qu'il aurait dû suivre son instinct.

— Souvent, les désirs de nos proches l'emportent sur les nôtres, et c'est regrettable. Je suis content de ne pas m'être plié aux exigences de ma famille.

— Moi aussi. Dans l'autre sens, certaines personnes voudraient pouvoir se réconcilier avec leur famille. J'aurais voulu que les choses ne soient pas aussi compliquées.

— Qu'est-ce qui s'est passé, avec tes parents ?

Ivy laissa échapper un long soupir.

— Ils estimaient que je pouvais être médecin dans l'armée, que notre vie devait être vouée au devoir et au service de la patrie. Que c'était même un honneur. Mais j'étais dans une phase de rébellion. Tu me connais… Ombres et lumière. Je leur ai dit que je voulais être libre et ne pas obéir aux ordres.

— Ce qui explique que tu m'aies aboyé dessus quand j'ai voulu t'en donner un ce soir-là, dans ton bureau.

Lucas laissa échapper un petit gloussement. Elle s'était montrée tellement désagréable, énergique et vibrante d'émotion qu'elle avait éveillé son intérêt… et surtout sa libido. Maintenant qu'il la connaissait mieux, il savait qu'elle n'était pas que cela.

Ivy se mit à rire franchement.

— Oui. Je n'aime pas qu'on me dise ce que je dois faire ou ne pas faire. Entrer dans l'armée ne m'a jamais semblé être un honneur. J'avais essentiellement l'impression qu'elle contrôlait leur vie. Avec le recul, je me rends compte que ce n'est pas tout à fait vrai. Les militaires ont une certaine autonomie, mais leur métier exige des limites et des règles. Bref, on s'est disputés, et ils m'ont jetée dehors en me disant que j'étais ingrate, égoïste, et que je m'estimais meilleure qu'eux.

— C'est dur.

— Oui. Depuis ça ne s'est pas arrangé. On discute une ou deux fois par an au téléphone pour prendre et donner des nouvelles, mais je crois que le fossé qui nous sépare ne se comblera jamais. Je les aime, pourtant, mais je refuse qu'on m'oblige à suivre leur voie.

— Je ne te blâme pas. Tu as été courageuse.

— Pas courageuse, désespérée. Je ne pouvais pas rester, je n'avais pas le choix.

— Tu es devenue médecin et tu sauves des vies.

— Merci, Lucas.

— De quoi ?

— D'être toi.

Réduit au silence, il songea que personne ne lui avait jamais fait un compliment aussi sincère. Ils avaient tant de points communs, ils étaient si intimement connectés qu'il aurait pu facilement se laisser aller à tomber amoureux.

Mais c'était impossible. Elle ignorait à quel point on ne pouvait pas lui faire confiance.

À cet instant, l'estomac d'Ivy se mit à gargouiller.

— Quelqu'un a faim, dit-il en déposant un baiser sur son nez.

Elle pressa la paume sur son ventre.

— Je crois que je n'ai rien mangé depuis le petit déjeuner.

— Reste ici, je vais préparer un pique-nique.

Et du même coup, il tenterait de mettre ses pensées et ses émotions en ordre.

Lorsqu'elle avait vu Lucas sur le pas de sa porte, Ivy n'avait pu définir ses sentiments. Était-elle soulagée qu'il soit là, ou frustrée qu'il n'ait pas annoncé sa visite ?

Elle avait été excitée, et c'est ce qui l'avait emporté sur le reste.

Ensuite, il lui avait prouvé à quel point elle lui avait manqué, et elle en était profondément heureuse.

Lucas revint avec un plateau sur lequel il avait déposé la pizza réchauffée, deux verres à vin et une bouteille de chardonnay. Il mit le tout sur le lit, puis s'inclina avec révérence, un essuie-mains sur le bras. Il avait noué une serviette de bain autour de sa taille mince, dévoilant son ventre plat et la délicieuse toison qui pointait plus bas. Il était certainement plus appétissant que la nourriture.

— Ta-da ! fit-il. Le dîner est servi, m'dame. Je ne savais pas quelle pizza tu préférais, alors j'ai pris une margherita.

— Tant qu'il n'y a pas de l'ananas… L'ananas sur une pizza, c'est un vrai sacrilège.

— Les grands esprits se rencontrent. Ne jamais mettre de fruit sur une pizza. Et pas d'anchois non plus.

— Absolument.

Ivy se servit une part, étonnée par la concordance de leurs goûts. Lucas en prit une autre et effleura la sienne.

— À ta santé.

— À la tienne.

À cet instant, le téléphone d'Ivy sonna. Elle se pencha pour le sortir de la poche de son short, resté par terre.

— C'est Harper, annonça-t-elle.

— Décroche.

— Tu es sûr ?

— Tu m'as dit que tu ne voyais pas assez souvent tes amies. Je peux attendre tout en me remplissant le ventre, ne t'inquiète pas.

— Laisse-moi une part, ce ne sera pas long.

Ivy s'assit au bord du lit et tourna le dos à Lucas pour répondre à son amie, consciente de son regard sur elle. Elle souhaitait écourter la conversation pour prolonger sa soirée avec lui, ce qui lui donna l'impression d'être une mauvaise amie.

— Salut, Harper, comment vas-tu ?

— Super bien ! J'ai de grandes nouvelles.

Harper semblait hors d'haleine, mais visiblement heureuse.

— Lesquelles ?

— Je… j'ai demandé à Yarran de m'épouser.

— Tu n'as pas fait ça ? Il a accepté ?

— Il a dit oui.

— Waouh ! Je suis tellement contente pour toi ! J'ai du mal à y croire, après tout ce temps.

Maintenant le téléphone entre son menton et son épaule, Ivy se tourna vers Lucas et désigna l'annulaire de sa main gauche.

Il parut surpris, mais nettement moins enthousiaste qu'elle.

D'un autre côté, il ne connaissait pas Harper et Yarran, pas plus que leur histoire.

— Vous avez fixé une date ? demanda-t-elle à son amie.

— Non. On va acheter les alliances demain, mais nous ne comptons pas presser les choses. Nous attendrons que Yarran soit complètement guéri.

— Je suis vraiment heureuse pour vous.

Ivy se réjouissait réellement pour son amie, pourtant elle avait le cœur un peu lourd sans savoir pourquoi. Lorsqu'elle eut raccroché, elle se tourna de nouveau vers Lucas.

— Harper a demandé à Yarran de l'épouser, expliqua-t-elle.

— C'est ce que j'ai cru comprendre. Ce n'est pas un peu rapide ? Ils ne sont pas ensemble depuis très longtemps.

— Eh bien, oui et non. En réalité, ils étaient presque fiancés il y a douze ans, mais Harper a décidé de partir pour Londres. Quelque chose ne va pas ? Tu fronces les sourcils.

— Pas du tout. Tu sembles très excitée, à l'idée de ce mariage.

— Harper est une de mes meilleures amies, et je me réjouis de son bonheur. Je suis certaine que toi aussi, tu étais content pour George et Ivan.

— Connaissant George, c'était une surprise, mais… une bonne surprise, je suppose.

Je suppose ?

— Pourquoi n'as-tu pas épousé Grant ? reprit Lucas.

— Grâce à Dieu, ce n'est pas arrivé, répondit Ivy en riant. Nous en avons parlé, mais nous étions tellement occupés par nos carrières respectives que finalement la question ne s'est pas réellement posée. Sans doute n'en avions-nous pas vraiment envie. J'en suis venue à la conclusion que lorsqu'on veut vivre avec quelqu'un, il faut le lui faire savoir et s'engager auprès de lui.

Lucas hocha la tête, mais son regard était morne.

— Je suppose.

— Tu n'as jamais voulu te marier ?

Il secoua vivement la tête.

— Non.

— C'est tout ? Juste non ?

— Juste non, Ivy.

Elle s'étendit de nouveau près de lui mais en dépit de leur proximité elle se sentit soudain très seule. Cela n'avait pas de sens. Il ne leur restait que deux semaines avant de se séparer définitivement. Elle l'avait su dès le départ. Que Lucas projette un jour de se marier, cela ne la regardait pas. De toute façon, elle n'avait jamais envisagé d'être l'heureuse élue.

Alors pourquoi avait-elle le cœur si lourd ?

11

— On gèle.

Ivy était assise près de Lucas sur la plage. Elle tirait une combinaison de plongée le long de ses superbes jambes et avait la chair de poule.

— Pourquoi ai-je accepté de faire ça ? continua-t-elle.

Il se mit à rire et se plaça derrière elle pour l'aider à remonter sa combinaison.

— Je t'avais avertie. Tu aurais pu rester chez toi dans ton lit bien chaud. Nous aurions trouvé une occupation très différente.

Elle leva vers lui un visage rougi par l'effort.

— Et j'aurais manqué l'occasion de te voir dans ton lieu de prédilection ? Tu as sûrement déjà amené une petite amie ici, et pas seulement une fausse, non ?

Le cœur de Lucas se serra. Ce qui se passait à ce moment-là n'avait rien de faux pour lui. Il adorait sa compagnie, tout comme il avait adoré dormir auprès d'elle cette nuit.

C'était très réel, en réalité.

Il secoua la tête, espérant que son visage n'exprimait pas la panique.

— Non, pas une.

— Pourquoi ?

Il haussa les épaules, refusant de lui dire qu'il n'avait jamais eu de petite amie, juste des aventures.

— Ce n'est pas arrivé, c'est tout.

En vérité, il avait failli ne pas l'amener non plus ce matin-là. Il avait cherché des excuses, sans rien trouver de convaincant. Pis encore, la tentation d'être avec elle avait été irrésistible en dépit de l'impression bizarre qu'il avait depuis qu'elle avait parlé mariage.

Bon sang ! Elle n'avait pas parlé de *leur* mariage !

Il n'avait même pas été capable de veiller sur la sœur qu'il adorait, alors comment le pourrait-il pour quelqu'un d'autre ?

Ivy s'agenouilla et se tortilla pour remonter la combinaison sur ses hanches et ses seins, puis elle passa les bras dans les manches.

— Tu peux remonter la fermeture Éclair ?

— Bien sûr.

Mais il ne put résister à la tentation de glisser les mains sous sa combinaison et de caresser son ventre, ravi de la sentir frissonner.

— Lucas, chuchota-t-elle, ôte tes mains glacées de sous ma combinaison ou bien je ne ferai plus jamais l'amour avec toi.

— Tu n'oserais pas.

— Ne me provoque pas, répliqua-t-elle en riant.

Elle se tourna vers lui si vite qu'il dut retirer les mains pour ne pas risquer d'avoir les poignets brisés.

— On dirait que tu es sérieuse, dit-il en riant.

— Je déteste avoir froid.

— Dans ce cas, tu es venue au mauvais endroit.

Il se releva d'un bond pour réprimer ses pulsions. Une seconde de plus, il lui arrachait cette fichue combinaison et lui faisait l'amour sur la plage. Cela n'aurait pas été une très bonne idée, car à 9 heures il commençait à y avoir du monde.

— Viens, dit-il, on va commencer là où tu as pied.

Lorsqu'il lui eut expliqué les bases, ils s'enfoncèrent davantage dans l'eau. Lucas montra à Ivy comment piloter à l'aide de la barre à laquelle étaient reliées les lignes de traction. Munie d'un harnais, Ivy tremblait d'impatience.

— J'ai compris tout ça, quand est-ce que je commence ?

— Du calme, jeune padawan. Je dois être sûr que tu sauras revenir vers la plage. On ne veut pas que tu termines en Nouvelle-Zélande parce que tu n'auras pas pu contrôler un coup de vent.

La leçon se poursuivit, et quand Lucas fut certain qu'Ivy saurait maîtriser sa planche, il lui permit de grimper dessus. Propulsée de quelques mètres, penchée en avant, le visage éclaboussé, elle se mit à crier :

— C'est génial !

— Redresse-toi, si tu ne veux pas avaler la moitié de l'océan. Dès que tu te sens bien au bord de la fenêtre de vent, positionne ton aile, et tu t'envoleras.

Il l'embrassa avant de la laisser partir.

— Sois prudente et tiens bon la barre.

Ivy ne comprit pas instantanément comment prendre le vent, puis elle y parvint.

— C'est ça, Ivy ! Tu y es !

Elle décolla en poussant des cris de joie. Lâchant une main, elle agita triomphalement le poing en l'air. Le cœur de Lucas s'emballa, comme lors de sa première expérience. Il la vit glisser au-dessus des vagues, et sa poitrine se gonfla de fierté, de respect et d'admiration. Et peut-être d'autre chose encore. Cette femme lui plaisait, elle lui plaisait vraiment, et il savait que c'était réciproque.

L'espace d'un instant, il songea à de longues nuits et à des réveils matinaux. Il s'imagina partager avec elle des souvenirs.

De l'amour.

Il serait difficile de laisser partir une femme comme elle… tout aussi difficile que de commencer à se faire confiance.

Lorsqu'ils se retrouvèrent sur le sable, Ivy sautait littéralement de joie.

— Je l'ai fait ! Je l'ai fait !

La soulevant de terre, il la fit tournoyer autour de lui.

— Je suis fier de toi.

Elle posa les mains sur les épaules de Lucas et l'embrassa rapidement, mais il ne lui permit pas de reculer.

— Viens là, grommela-t-il en l'attirant contre lui pour s'emparer de sa bouche.

Elle avait le goût du sel, de l'air marin et du bonheur.

— Alors ? demanda-t-il au bout d'un long moment.

— C'était incroyable ! J'adore ça. Merci, Lucas, c'est le meilleur moment de ma vie.

Merci.

Elle n'arrêtait pas de le dire, comme si ce qu'il faisait pour elle lui importait vraiment.

— Tout le plaisir était pour moi. On s'en va ? proposa-t-il en jetant un coup d'œil à sa montre. La marée va bientôt descendre, et ce sera plus difficile pour toi. Tu as le temps de recommencer une fois.

— Seulement si tu viens aussi, que je puisse te regarder.

Sûrement pas ! Il ne voulait pas la perdre de vue une seconde.

— Je ne pourrai pas t'observer correctement, si je ne reste pas sur la plage.

— Allez ! Tout va bien se passer. Le vent nous pousse quasiment vers la terre, de toute façon.

— Non, Ivy.

— Allez ! Je veux te voir excité par quelque chose.

Il lui caressa les seins.

— Ça, c'est très excitant.

— Je veux dire : « par autre chose que le sexe ». Je ne peux pas dire à ta mère que tu es obsédé par ma poitrine. Allez ! Juste cinq minutes. Je veux te voir voler, moi aussi.

— Non.

— Tu as peur ? Est-ce que par hasard tu m'aurais menée en bateau depuis le début ? Tu ne peux pas vraiment le faire, c'est ça ?

— Bien sûr que si.

— Alors prouve-le.

Elle voulait vraiment apprendre par l'exemple. Lucas sentit sa résistance s'amenuiser.

— D'accord, juste une fois, mais tu restes là où tu as pied.

De nouveau, elle sauta sur place en battant des mains.

— Génial ! Je vais voir le professionnel en action.

Après s'être assuré qu'elle tenait bien sur sa planche, il grimpa sur la sienne. Un instant plus tard, il se trouvait au centre de la fenêtre de vent.

— Ne fais pas comme moi, cria-t-il.

Il s'envola au-dessus des vagues, sautant, virevoltant. Mais lorsqu'il se retourna pour voir Ivy, elle n'était nulle part. Tout en parcourant des yeux la surface de l'eau, il revint à l'endroit où il l'avait laissée.

Elle n'y était pas.

Enfin, il l'aperçut, rampant à quatre pattes sur le sable en tirant sa planche derrière elle.

Elle était blessée.

Non !

Un sentiment de panique familier submergea Lucas. Après avoir regagné le rivage, il courut vers elle.

— Ivy ! Ivy ! Tu vas bien ?

Elle porta la main à son front en faisant la grimace.

— J'espère que je n'aurai pas de bleu le soir du gala.

— Bon sang ! Ivy, je me fiche du gala.

Il n'y a que toi, qui sois importante !

Il le savait sans doute depuis un certain temps, mais c'était la première fois qu'il l'admettait.

Tout en s'agenouillant auprès d'elle pour l'examiner, il se reprocha amèrement d'avoir voulu l'impressionner au lieu de veiller sur elle comme il l'aurait dû.

Pourquoi, pourquoi, pourquoi ?

Cette question résonnait dans sa tête. Il croyait avoir tiré une leçon de son expérience, mais apparemment il se trompait.

Repoussant les cheveux d'Ivy en arrière, il examina sa bosse.

— Que s'est-il passé ? demanda-t-il.

— Je ne sais pas. Je crois que j'ai trop pris le vent, je me suis affolée, les lignes se sont emmêlées, et je suis tombée à l'eau. Ensuite, la planche m'est retombée sur la tête.

Il commença à démêler les lignes de ses mains tremblantes, puis il lui enleva son harnais.

— Bon sang, Ivy !

Elle tressaillit comme si elle venait d'être frappée à nouveau.

— Quoi ? demanda-t-elle.

— Putain de bordel ! c'est tout.

— Lucas ?

Imbécile ! C'est ta faute.

— Lucas, regarde-moi. Je vais bien. Qu'est-ce qui ne va pas ?

— Je n'aurais pas dû m'exhiber de cette façon au lieu de rester sur la plage pour te surveiller. J'ai failli à mon devoir.

— Il y a seulement eu une rafale de vent et un accident. Tu n'es pas responsable de moi, Lucas.

— Bien sûr que si ! Tu es...

— Continue. Qu'est-ce que je suis, exactement ?

Tout.

Elle était trop importante pour lui, ce qui était stupide et dangereux, mais il ne pouvait pas l'empêcher. Il avait besoin de son approbation, de son respect, de son admiration. Et où cela l'avait-il mené ? Elle avait été blessée.

— Je suis censé veiller sur toi, Ivy.

— Absolument pas. Je m'en charge très bien moi-même, merci.

Tu devais seulement m'apprendre le kitesurf. Et ce n'est qu'une petite bosse.

— En tout cas, tu n'y retourneras pas.

— Pardon ?

— On rentre à la maison.

— Arrête, Lucas ! Je ne sais pas à quoi tu penses ou qui tu penses être, mais tu n'as pas à me donner d'ordres. Si je veux retourner dans l'eau, je le ferai. Et si je n'en ai pas envie, je ne le ferai pas. Tu es en train de surréagir.

Super ! Ils se disputaient et c'était sa faute.

— Pas le moins du monde. Tu sais que nous pouvons mettre fin à cette histoire à n'importe quel moment. Tu as déjà eu ta récompense, puisque Grant a fait des tentatives d'approche.

— Quoi ? J'ai eu un petit accident en pratiquant ce sport pour la première fois, et tu en fais une affaire d'État ? Tu ne veux plus que je t'accompagne au gala parce que je me suis cogné la tête ? Je ne comprends pas.

Les yeux d'Ivy exprimaient incompréhension et chagrin.

— Je te dis seulement que je ne te retiens pas.

— Waouh ! Lucas. Tu veux te débarrasser de moi ?

— J'expose seulement tes options.

— Mes options ? J'ai le choix entre tenir ma parole ou me rétracter ? C'est vraiment ce que tu veux ? Tu veux que j'abandonne ?

— Je souhaite juste que tu ne te sentes plus liée par ce stupide marché. Ton ex te trouve à nouveau sublime, et je peux gérer ma mère s'il le faut.

Ivy passa les doigts sur la bosse à son front.

— Je ne suis pas une lâcheuse, Lucas, et je t'ai fait une promesse. J'ai la nette impression qu'il ne s'agit pas seulement de cet accident. C'est quelque chose d'autre dont tu ne veux pas me parler. C'est arrivé dans le passé ? En tout cas, chaque fois que nous abordons un sujet un peu trop personnel, tu rentres dans ta coquille. Tu ne veux pas m'expliquer pourquoi tu as pris tes distances avec ta famille, alors je soupçonne que ça la concerne. Mais évidemment, je ne peux être sûre de rien.

Ivy était dangereusement proche de la vérité, et elle avait raison sur un point : il ne voulait pas en parler.

— C'est trop...

Il expira lentement, comme pour expulser le stress et la colère qui l'habitaient. Comment expliquer ce qui était arrivé ? Comment exposer l'immensité de sa faute ? De sa négligence.

— C'est de l'histoire ancienne, continua-t-il. Un terrain sur lequel je ne souhaite pas revenir et que tu n'as pas besoin de connaître avant le gala.

— Je n'en ai peut-être pas besoin, mais je veux savoir. Entre amis, on partage le bon, le mauvais et le sale, tu ne crois pas ?

Ivy le foudroya du regard. Un instant plus tôt, ses yeux brillaient de fierté et d'excitation. C'était une lumière qu'il avait réussi à chasser.

— Parce que nous sommes amis, Lucas, bien au-delà du reste. Et quand le gala sera passé, c'est ce que nous resterons.

Lucas fixait ses genoux. Ses pieds. Le sable. Il n'y trouva aucune réponse. Lorsqu'il releva la tête, il s'efforça de trouver les mots pour décrire ce qui s'était passé.

— Je ne sais pas quoi te dire, Ivy. Je veux dire... je voudrais le faire... mais je ne sais pas comment.

Elle le scrutait comme si ses yeux étaient des rayons X et qu'elle pouvait plonger dans son âme. Apparemment, elle n'était pas très impressionnée par ce qu'elle voyait.

Elle n'avait aucune idée de l'énormité de ce qu'il lui cachait.

— Tu voudrais le faire ? C'est déjà un début.

Elle s'assit sur la plage et enveloppa ses genoux repliés de ses bras. Lucas fixait l'océan comme s'il pouvait y trouver les réponses qu'il cherchait.

Il attendit. Les mots qu'il ne pouvait dire se succédaient dans sa tête.

Brûlures au troisième degré. Soins intensifs. Pronostic pessimiste.

Il revoyait sa petite sœur hurlant de douleur, entourée de tuyaux. Une fois droguée et réduite au silence, elle était immobile, et il avait cru qu'elle allait mourir.

Il avait cru qu'il l'avait tuée.

La honte envahit à nouveau chacune des cellules de son corps.

Comment raconter tout cela à Ivy et espérer qu'elle ne le considérerait pas comme un monstre ?

Ce fut elle qui rompit le silence :

— Très bien. Tu ne te décides pas à me dire que tu veux résilier notre contrat et tu attends que je le fasse. Malheureusement pour toi, Lucas, je ne compte pas renoncer. Je t'ai promis de jouer le rôle de ta petite amie au gala et je le ferai.

Le soulagement submergea Lucas.

— Je ne le mérite pas, mais merci.

Elle eut un petit sourire.

— Est-ce que nous ne venons pas d'avoir notre première dispute ?

— Je crois bien, oui.

— Tu le *crois* parce que je t'ai un peu houspillé, mais je peux t'assurer que j'ai connu pire.

Elle frissonna et resserra la serviette autour de ses épaules.

— J'admets ne pas avoir beaucoup d'expérience en la matière, dit-il, mais ça ne m'a pas vraiment plu.

— J'ai vécu cinq ans avec Grant et je peux te dire que nous avions perfectionné l'art de la discorde. Mais tu verras, la prochaine fois ce sera bien mieux, surtout si tu te joins à moi et acceptes de me dire quelques petites choses, comme par exemple ce qui se passe dans ta tête.

Il était certain qu'elle n'aimerait pas le savoir. Il régnait dans son esprit une confusion totale, et il était tiraillé entre les remords, l'attirance et le besoin.

— Je m'efforcerai d'être un meilleur partenaire.

— Excellent. Tu as vraiment besoin d'améliorer tes compétences en communication, sinon ta mère va s'apercevoir que nous ne sommes pas très bons dans ce domaine.

— Avec un peu de pratique, le tour sera joué.

Ivy se leva et lui ouvrit les bras.

— Viens là. Nous pouvons continuer à développer nos compétences non verbales.

Lucas la serra contre lui, comme pour la réchauffer ou sceller leur réconciliation, mais c'était bien davantage que cela. Il avait besoin de ce contact, alors que sa tête bouillonnait des souvenirs de ce jour-là, toutes ces années auparavant, lorsqu'il s'était montré incapable de protéger sa sœur.

En vérité, il était profondément heureux qu'Ivy souhaite poursuivre leur comédie, tout en ayant honte de ne pas avoir de mots pour lui expliquer ce qui était arrivé dans le passé.

12

— Je crois que nous avons une sorte de routine, expliqua Ivy en sortant de la cabine d'essayage. Nous nous efforçons d'en apprendre autant que possible l'un sur l'autre.

Elle baissa les yeux vers la robe champagne qu'Ali avait choisie pour elle.

— Trop courte, non ?

— C'est plus une ceinture qu'une robe. Tu as des jambes superbes, mais je ne crois pas que cette tenue convienne à un gala de charité ou à une rencontre avec des beaux-parents, remarqua Harper.

Assise entre Phoebe et Ali, sur le canapé de velours, elle sourit à son amie. C'était la troisième boutique qu'elles faisaient et jusqu'à maintenant Ivy avait réussi à esquiver les questions sur Lucas.

— Et cette connaissance mutuelle implique des soirées pyjama ? reprit Harper.

Ivy feignit l'indifférence.

— Peut-être… Oh ! d'accord, il a dormi chez moi quatre nuits sur sept.

— Waouh ! s'exclama Ali. Ça a l'air intense, entre vous.

Intense, en effet… et follement sexy.

— Il se peut aussi que j'en aie passé deux chez lui.

— Donc vous vivez pratiquement ensemble, en conclut Phoebe. Tu es sûre que c'est prudent ?

Se détournant de ses amies, Ivy examina ostensiblement son reflet dans le miroir. Elle préférait qu'elles ne voient pas les émotions qui se succédaient sûrement sur son visage.

— Dans une semaine, ce sera terminé, dit-elle.

« Tu sais que nous pouvons mettre fin à cette histoire à n'importe quel moment. »

« Je te dis seulement que je ne te retiens pas. »

Elle ne voulait pas arrêter. Entre eux, le sexe était toujours aussi incroyable et la connexion remarquable, pourtant elle sentait que Lucas commençait à prendre ses distances.

Entre eux, le contrat de départ était d'ailleurs simple : il s'agissait seulement de tromper ses parents.

Seulement, de son côté à elle, les choses étaient devenues plus sérieuses en chemin. Elle avait commencé à penser qu'il ne serait pas aussi facile qu'elle l'avait cru de le quitter après le gala. Désormais, elle savait sans l'ombre d'un doute que ses sentiments pour Lucas s'étaient approfondis.

Il lui plaisait, et elle le désirait trop.

Bien trop.

De nouveau, son cœur était en danger, mais elle préférait prendre ce risque que de s'éloigner de lui.

— Tu pourrais essayer la robe bordeaux, suggéra Phoebe en désignant un autre rayon. La troisième en partant de la droite, avec des perles sur le bustier.

— Celle-ci ?

— Non ! Pas la rouge vif ! L'autre, la bordeaux.

Phoebe se leva d'un bond.

— Laisse-moi… Oh ! dit-elle en vacillant, les bras écartés.

Ivy se précipita vers elle pour l'empêcher de tomber.

— Tu te sens bien ?

Son amie hocha la tête, le visage blême.

— Je crois que je me suis levée trop vite. En plus, je viens d'avoir une gastro.

Ali lui jeta un regard soupçonneux.

— Je devrais peut-être prendre ta tension.

— Franchement, c'est le problème quand on a des amis médecins. Ils sont toujours trop pressés d'intervenir. Je me sens déjà beaucoup mieux, conclut Phoebe en se rasseyant.

— Tu as pris ton petit déjeuner ?

— Tu ne serais pas enceinte ?

Un concert de rires accueillit cette suggestion.

— Pour ça, il me faudrait un homme, vous ne croyez pas ?

Elle plaisantait, mais Ivy remarqua que son ton était un peu forcé.

Pendant qu'elle essayait la robe dans la cabine, elle entendit

Harper et Ali interroger Phoebe sur son régime alimentaire et ses activités physiques. Elles lui firent un sermon sur les causes probables d'une soudaine baisse de tension, comme si Phoebe n'avait pas été au courant. Mais Ivy était contente de ne plus être au centre de l'attention de ses amies, pour changer.

En remontant la fermeture Éclair de la robe, elle se rappela comment Lucas avait glissé les mains sous sa combinaison de plongée. Elle éprouva un fourmillement sous sa peau à cette pensée.

Après avoir lissé le tissu de la jupe, elle se regarda dans le miroir.

Oh oui !

Phoebe avait raison… c'était la bonne ! Ses épaules étaient dénudées, le bustier orné de perles, et des flots d'organza cascadaient depuis sa taille jusqu'au sol. C'était à la fois pudique et sexy.

Lorsqu'elle sortit de la cabine, ses amies cessèrent de parler pour la regarder.

— Qu'est-ce que vous en pensez ? demanda-t-elle, le cœur battant.

— Elle est absolument parfaite ! s'exclama Phoebe.

Harper et Ali acquiescèrent.

— Tu es sublime, commenta cette dernière.

Ivy tourna sur elle-même devant le grand miroir.

— J'espère que Lucas va aimer.

— Il va adorer, répliqua Harper. Tu es époustouflante.

— Je me sens époustouflante, admit Ivy.

Mais la fin suivrait inévitablement la réception, et Ivy ne pensait pas qu'elle se sentirait aussi bien pendant très longtemps.

— Nous ne traitons pas souvent des blessures aussi sévères, dit Lucas à Chao, son nouvel interne. Je suis content que tu aies l'occasion de voir ça.

La tournée des malades avait été retardée par l'arrivée en urgence d'une patiente qu'il fallait opérer. Du coup, Lucas n'avait pas pu observer les progrès d'Emma, mais il s'en occuperait plus tard. Elle était en bonne voie de guérison, et il voulait simplement s'assurer qu'elle accouche dans des conditions presque normales.

— Il est impératif de conserver la symétrie du contour des lèvres, dit-il, tout en reconstruisant la ligne de jonction cutanéo-muqueuse.

— Pas facile, répliqua l'interne, dont seuls les yeux étaient visibles au-dessus du masque chirurgical. C'est une morsure de chien plutôt moche.

— En effet. C'est une leçon de vie. Certaines personnes aiment embrasser leur chien, mais l'animal n'apprécie pas forcément que leur visage soit aussi près de lui. Je viens de terminer la reconstruction. Tu veux refermer ?

Lucas s'écarta pour permettre à Chao un meilleur accès, puis il jeta un coup d'œil à la porte du bloc.

Il sentit son cœur faire des bonds dans sa poitrine avant même qu'il ait vu qu'il y avait quelqu'un.

Était-ce vraiment Ivy, de l'autre côté de la vitre ?

Il ne voyait que son dos, mais il l'aurait reconnue n'importe où. Il connaissait ces cheveux, cette posture. Oui, c'était bien Ivy qui discutait avec son anesthésiste. Elle allait sans doute utiliser la salle d'opération après lui.

Comme si elle s'était sentie observée, elle se retourna et lui adressa un bref sourire avant de reprendre sa conversation.

Lucas se sentit frustré. Comment pouvait-elle se contenter de cela, après la nuit qu'ils avaient passée ensemble ?

— Lucas ? fit une voix masculine, près de lui.

Il se focalisa sur le très compétent Chao et vérifia la suture.

— Parfait ! Excellent travail. Merci, tout le monde. Notre patiente est maintenant prête à être emmenée en salle de réveil. Chao, veille à ce que la zone ne s'infecte pas et installe une perfusion d'antibiotiques. Je vais voir le mari de Mme Jameson et lui dire que tout s'est bien passé.

Mais il allait faire un détour rapide…

Il trouva Ivy en train de discuter avec un proche d'un patient, dans une salle d'attente. Il resta à l'écart jusqu'à ce qu'elle ait terminé, puis il lui prit le bras.

— Tu as une minute ?

— Juste une. Je vais opérer.

— Je me suis aperçu que nous n'avons pas encore décidé comment nous nous organisons pour le gala. À quelle heure je viens te chercher, ce genre de choses.

— On peut en parler ce soir ?

— Je suis de garde, tu te rappelles ? J'ai déjà un patient qui m'attend aux urgences, la journée va être chargée.

Ivy fit la grimace.

— Oui. Et moi, je suis de garde demain. Vu que nous sommes en sous-effectif, je n'aurai pas beaucoup de temps pour dormir et encore moins pour bavarder.

Ils ne seraient pas ensemble, alors. Lucas eut l'impression que son estomac se nouait.

— On n'a pas de chance, avec nos emplois du temps.

— Je sais, mais nous sommes médecins, et c'est comme ça. Je suis désolée, mais je dois aussi travailler pendant presque tout le week-end. J'ai essayé d'y échapper, mais l'un des deux autres chirurgiens est à Melbourne parce que son père vient de mourir, et l'autre est en vacances. Samreen me remplacera samedi soir et dimanche matin pour me permettre d'assister au gala.

— Très bien. Je passerai te prendre là où tu me diras. Je peux t'amener directement à l'hôtel après le travail. Je prendrai tes affaires un peu plus tôt, et nous pourrons nous préparer dans notre suite.

Les yeux d'Ivy scintillèrent.

— On a une suite, pas une simple chambre ?

— Je l'ai retenue dans l'hôtel où se tient le gala. De cette façon, nous n'aurons pas à rentrer chez nous. Tout ce que nous aurons à faire, c'est monter l'escalier.

Ivy parut hésiter.

— Tu veux que je reste toute la nuit, après ?

Lucas n'y avait même pas pensé.

— Eh bien, je...

Mais Ivy se mit à rire.

— Si tu as réservé une suite, je compte bien en profiter. Quel luxe ! Je n'arrête pas d'oublier que tu es un Matthews.

— Après cette soirée, je crois que tu ne l'oublieras plus jamais.

Elle lui tapota le bras.

— Tout va bien se passer.

Mais Lucas n'y croyait guère. Cette fois, il ne redoutait plus de passer la soirée avec sa famille, mais de devoir quitter définitivement Ivy le lendemain.

13

On y était.

C'était la fin.

Le cœur serré, Ivy traversa le hall de l'hôtel cinq étoiles au bras du plus bel homme de la soirée. Vêtu d'un smoking, il ressemblait à une star de cinéma foulant le tapis rouge d'un festival.

Ils avaient fait bien du chemin, en trois semaines. D'une relation professionnelle distante et glaciale, ils étaient passés à une compréhension et à une connexion qu'elle n'avait jamais connues auparavant.

Le hall était rempli d'invités, bavardant et riant. Un quatuor jouait de la musique classique dans un coin. L'*Adagio en sol mineur,* d'Albinoni. Exactement ce qu'il fallait pour remonter le moral.

Accroche-toi.

Elle était censée être heureuse et amoureuse.

Amoureuse ?

Elle leva les yeux vers l'homme qui se trouvait à son côté. Il lui plaisait, oui, mais il ne s'agissait pas d'amour.

Une grosse boule se forma dans sa gorge, mais elle l'ignora et regarda autour d'elle. De l'autre côté de la salle, elle aperçut quelques dirigeants de l'hôpital. Grant se tenait seul dans un coin, un verre vide à la main, l'air un peu perdu. Son regard s'éclaira lorsqu'il la vit.

— Qu'est-ce que… ?

Grant la dévorait des yeux, la bouche entrouverte.

Lucas lui pressa le bras.

— Je vois l'effet que tu lui fais dans cette robe, et je ne l'en blâme pas. J'ai hâte de te déshabiller et d'embrasser chaque centimètre de ton corps. Il n'y a pas de plus belle femme que toi, dans cette salle. Savoure, Ivy.

Mais elle n'était pas d'humeur à savourer quoi que ce soit. Elle aussi brûlait d'être déshabillée par Lucas et de faire l'amour avec lui. Elle avait presque oublié que sa récompense devait être de rendre Grant jaloux.

Sans savoir comment, elle se sentit propulsée en direction de son ex, qui referma la bouche.

— Waouh ! Ivy. Bonjour.

— Grant.

Elle le salua d'un signe de tête. Comment avait-elle pu le trouver séduisant ? Il était plus petit et plus mince que Lucas. Ses yeux étaient nettement moins beaux. Il était... quelconque.

— Je ne m'attendais pas à te voir ici, dit-elle.

— Je suis venu avec Myriam, répliqua-t-il en pointant du doigt une grande femme blonde, qui confiait son manteau à une employée.

— Oh ! Elle travaille à la pharmacie de l'hôpital, c'est ça ?

— En effet. Mais nous ne sommes pas ensemble, Ivy, je...

Grant hocha la tête et jeta un coup d'œil à Lucas, qui se tenait auprès d'elle, immobile et silencieux.

Grant déglutit et ferma la bouche de nouveau.

— Tu ne nous présentes pas, ma chérie ? demanda Lucas en glissant un bras autour de sa taille.

Soudain, elle fut proche des larmes. Il jouait si bien son rôle de petit ami qu'elle aurait pu y croire. En revanche, elle découvrait qu'elle n'était pas une aussi bonne actrice que lui.

En réalité, Lucas et Grant se connaissaient déjà, mais c'était un jeu de pouvoir que Lucas était décidé à gagner.

— Lucas, je te présente Grant. Grant, voici Lucas Matthews, mon... petit ami.

Il y eut un silence gêné durant lequel les deux hommes se toisèrent comme des lions se disputant une proie, prêts à l'attaque.

Puis Lucas déposa un baiser sur sa joue.

— On ferait bien d'y aller, chérie. Nous avons des gens à rencontrer.

Tandis qu'ils s'éloignaient, Lucas sourit, visiblement satisfait de lui-même.

— Comment ai-je été ?

Chérie.

— Qu'est-ce que tu veux dire ?

— J'ai été assez possessif ? Tu crois qu'il a bien reçu le message ?

Ivy jeta un coup d'œil à Grant, qui la regardait toujours.

— J'en suis certaine. Ce n'est plus très important, de toute façon.

— Je croyais que tu voulais lui montrer ce qu'il manquait.

Elle soupira.

— Ce n'est plus le cas.

S'immobilisant, Lucas souleva son menton d'un doigt.

— Eh ! C'était bien le but du contrat, en ce qui te concerne ? Tout va bien ?

— Oui.

Elle s'écarta de lui. Cette démonstration publique d'affection ou de possession était un peu excessive, même pour un couple amoureux.

— Tes parents sont là ? demanda t-elle.

La prenant dans ses bras, il déposa un baiser sur ses cheveux.

— Tu es nerveuse à l'idée de les rencontrer, c'est ça ? Plus vite nous en aurons terminé, mieux ce sera. Ma mère est cette dame en longue robe bleue, dit-il en lui montrant un groupe au milieu de la pièce. Mon père est à sa gauche. Il est chauve.

Bien qu'elle soit au summum de sa carrière, Estelle Matthews semblait plus douce qu'Ivy ne l'avait imaginé. Moins sévère aussi que Lucas la lui avait dépeinte. Elle adressa de loin un sourire chaleureux à son fils. Le père de Lucas, Bob, riait en serrant la main d'un homme plus âgé.

— Ils ont l'air très gentils, remarqua Ivy.

— Les apparences peuvent être trompeuses, murmura Lucas.

À cet instant, sa mère leur fit signe d'approcher.

— J'espère qu'on va s'en sortir, dit Ivy.

— Si tu ignores une réponse, tu n'as qu'à rester vague. Tu es prête ?

— À mentir à tes parents ? Non, mais allons-y quand même.

Elle prit la main de Lucas pour se donner du courage. Son cœur battait la chamade. Que se passerait-il, si Mme Matthews voyait clair dans leur jeu ?

Elle retint son souffle pendant les présentations, souriant poliment aux parents de Lucas, puis à ses frères. Ils lui serrèrent tous la main avec un sourire. La mère de Lucas déposa même un baiser sur sa joue.

Ils allaient entamer une conversation dont Ivy savait qu'elle serait éprouvante, lorsqu'ils furent tous dirigés vers la salle de réception et prirent place dans leur siège.

— Sauvés par le gong, chuchota-t-elle à Lucas.

— Ce n'est qu'un répit temporaire, malheureusement. Tu es parfaite. Contente-toi d'être toi.

La question était de savoir qui était Ivy Hurst, à cet instant précis. Une femme sans scrupule et menteuse ? Un médecin dévoué ? La partenaire parfaite pour leur fils ?

Elle était assise entre Lucas et son père et, pour l'instant, avait surtout l'impression d'être un animal de foire, observée et attentive à ne pas faire le moindre faux pas. Par bonheur, Bob était un gentleman et entretint avec elle une conversation légère et sans danger, uniquement interrompue par le service et les discours.

Comme il l'avait interrogée sur sa carrière, Estelle, qui se trouvait de l'autre côté de son mari, interpella Ivy :

— Vous ne projetez pas de quitter Sydney ?

Ivy comprit le message silencieux : « Vous n'allez pas briser le cœur de mon fils en le quittant, ou briser nos cœurs en l'emmenant avec vous ? »

— J'adore Sydney, et mon travail est ici. Je n'ai aucune intention de m'en aller.

— Tant mieux !

Estelle laissa échapper un soupir de soulagement. Il était clair qu'elle adorait son fils, en dépit de ce qu'il disait.

— Le travail en hôpital public vous convient ? demanda Bob.

— Absolument. On a beaucoup de travail, évidemment, et la paperasse prend du temps, mais je mets un point d'honneur à aider les gens, en particulier ceux qui n'ont pas les moyens de payer. La liste d'attente est longue, et nous courons constamment après le temps, mais ça en vaut la peine.

— Sûrement, admit Bob en inclinant légèrement la tête comme le faisait Lucas.

— Est-ce que vous prodiguez des soins gratuitement, dans votre clinique, docteur Matthews ?

— Appelez-moi Bob, s'il vous plaît. Nous en avons discuté...

Ivy répondit très vite avant qu'il puisse ajouter quelque chose comme : « mais nous avons décidé de ne pas le faire ».

— C'est formidable et tellement généreux ! Vous ne le regretterez pas, Il y a tellement de gens, sur la liste d'attente de l'hôpital public, que nous avons bien besoin d'aide. Je suis sûre que Lucas vous en a parlé.

— C'est...

Bob jeta un regard interrogateur à sa femme, puis il sourit et se détendit.

— Nous ajouterons cette question à notre ordre du jour, lundi prochain, dit-il.

Se tournant vers Lucas, Ivy remarqua son expression étonnée. Il lui adressa discrètement un signe de victoire. Au cours de l'une de leurs conversations, il lui avait dit avoir harcelé ses parents à ce sujet... sans succès.

À cet instant, George s'approcha et serra Ivy dans ses bras.

— Ivy ! Je suis si content de vous revoir. J'espère que vous n'avez pas eu trop de courbatures, après votre promenade à cheval.

Il lui adressa un grand sourire, les yeux pétillants de malice.

— J'espère que nous reviendrons bientôt, répondit-elle.

— Je vous réserverai des chevaux n'importe quand, dit George en se tournant vers Lucas. On ne te voit pas assez souvent. Venez passer le week-end chez nous, et nous ferons un tour en bateau sur le fleuve.

Lucas le fixa un instant, comme s'il cherchait une réponse qui ne soit pas un mensonge. Ivy vint aussitôt à son secours.

— Ce sera très volontiers, dit-elle. C'est un endroit si paisible ! Mais pour cela, il faut que nous parvenions à synchroniser nos emplois du temps, et ce n'est pas facile.

— Oh ! Vous avez fait la connaissance de notre cher George, intervint Estelle, visiblement radieuse.

De nouveau, Ivy se sentit honteuse de tromper cette famille si charmante.

— Oui, il a eu la gentillesse de nous prêter des chevaux pour la journée.

Au moins ce n'était pas un mensonge.

Estelle regarda son fils.

— Eh bien ! C'est quelque chose !

— À bientôt, dit George. Lucas, je compte sur toi pour m'appeler.

Se penchant devant son mari, Estelle prit la main d'Ivy.

— C'est la première fois que Lucas nous présente l'une de ses petites amies, vous savez ? C'est ce qui vous rend très spéciale.

— Je ne pense pas, non.

— Moi, si ! s'exclama Estelle en scrutant son visage avec intensité. Je vois bien que vous l'êtes. Je vois bien la façon dont vous vous regardez, tous les deux.

Ivy jeta un coup d'œil à Lucas. Était-ce si évident pour tout le monde, qu'elle était profondément attachée à lui ? Est-ce qu'il s'en était aperçu ?

Estelle continuait de parler :

— Et le fait qu'il vous ait emmenée chez George ! C'est son ami le plus proche et le plus ancien. Il fait pratiquement partie de la famille.

— Il est adorable.

Là encore, c'était la vérité. Malheureusement, les mensonges l'emportaient largement. Ivy se détestait d'avoir accepté de jouer cette comédie. Estelle et Bob voulaient que Lucas soit heureux, et ils auraient le cœur brisé lorsqu'il leur annoncerait leur rupture.

Et ils ne seraient pas les seuls.

— George ferait un témoin parfait, reprit Estelle, mais Lucas a des frères, et le choix sera difficile.

Lucas interrompit brusquement sa mère :

— Allons danser, Ivy, dit-il en lui prenant la main.

Elle n'eut pas d'autre choix que de se lever et d'aller avec lui jusqu'à la piste de danse. L'orchestre jouait un morceau rapide, et il était difficile de discuter, mais il était clair que Lucas n'était pas content.

— Tu vois ce que je veux dire, quand je te dis qu'elle abuse ? Qu'elle fait pression sur moi ? « George ferait un témoin parfait »... De quoi se mêle-t-elle ?

— Elle t'aime.

— Elle fourre son nez dans les affaires des autres.

— Parce qu'elle veut te voir heureux.

Nouant les bras autour du cou de Lucas, Ivy se balança au rythme de la musique, puis elle lui frotta les épaules et lui caressa le dos. C'était si bon d'être contre lui, même si c'était la dernière fois. Et même si elle regrettait d'avoir à mentir, elle bénissait le ciel de lui avoir accordé ces quelques semaines magiques.

— Tu crois qu'ils nous ont crus ? demanda-t-elle.

Le rythme ralentit. Lucas la prit par la taille et enfouit le nez dans ses cheveux.

— Oui. Tu as été parfaite. Ils t'adorent. Je…

Elle s'agrippa à lui.

— Oui ? Tu… quoi ?

Il secoua la tête.

— Je voulais te dire que tu es sublime. Cette robe est belle. Tu es belle, Ivy. Merci pour tout.

Je voudrais que ce ne soit pas un mensonge. Je voudrais que ce ne soit pas la fin.

Ivy réprima les larmes qui lui montaient aux yeux.

— Ivy ?

— Oui ?

La fixant d'un regard intense, il se pencha vers elle, et ce fut comme si le temps s'arrêtait.

Mais il se redressa sans la quitter des yeux.

— Que se passe-t-il ?

Le visage de Lucas n'exprimait pas une adoration feinte, mais une vraie panique.

— Rien. Je veux dire…

Il recula, très pâle, l'air égaré.

— Je dois… j'en ai pour une minute, dit-il avant de faire volte-face et de la laisser seule au milieu de la piste de danse.

Lucas avait du mal à respirer.

Comment pouvait-il être aussi stupide ?

Il avait failli le dire.

Lorsqu'il avait baissé les yeux, juste avant de l'embrasser, il avait vu l'expression d'Ivy… sereine, paisible. Il y avait aussi la façon dont elle le regardait, décrite par sa mère, comme si elle avait vraiment de l'affection pour lui.

Ce n'était pas dans leurs plans.

Elle était là pour reconquérir Grant.

Mais si elle nageait en pleine confusion, comme lui ?

Et en dépit de tout ce qu'il avait pu dire, il était content qu'elle le fixe ainsi. Il le *souhaitait* !

Il avait même failli lui avouer ses sentiments pour elle.

De ses mains tremblantes, il tira sur sa cravate et ouvrit le col de sa chemise. Sur ce balcon, il pouvait voir les lumières de la ville, il entendait le chant des oiseaux qui s'installaient pour la nuit.

Il imagina qu'il pouvait voir son immeuble, son appartement. Il aurait voulu y être pour tenir Ivy dans ses bras. Il aurait voulu remonter dans le passé, jusqu'à ce jour fatal, quand tout avait changé. Il pourrait alors être un frère attentif, et maintenant il aurait le droit de vivre avec Ivy, d'avoir l'avenir auquel il devrait pouvoir aspirer.

Pas le présent qu'il vivait actuellement, à se rappeler chaque jour qu'il ne méritait rien.

À quel moment les choses étaient-elles devenues réelles, avec Ivy ?

Il fallait qu'ils jouent le jeu encore quelques heures, ensuite ils se sépareraient comme prévu. Ils mettraient un terme à cette comédie avant que l'un ou l'autre soit blessé. Il oublierait les bons moments à faire l'amour, à discuter ou à rire.

Il oublierait l'amour.

L'amour ?

Non.

Il s'était juré de ne jamais s'engager envers personne. De ne jamais être responsable de quelqu'un d'autre. Il ne pouvait pas aimer une femme alors que Flora était si… abîmée.

Bon sang ! il était chirurgien plasticien, et il savait qu'elle devrait vivre toute sa vie avec ses cicatrices.

Sa vie appartenait à sa sœur.

Non ! Il n'aimait pas Ivy. Il surréagissait, voilà tout ! Tout simplement parce qu'il avait passé trop de temps avec une femme et lui avait ouvert son cœur, du moins jusqu'à un certain point.

Mais il pourrait le faire.

Ayant recouvré son sang-froid, Il retourna dans la salle de bal et s'apprêta à passer encore quelques heures avec Ivy. Soudain, il se figea. Par la fenêtre, il voyait qu'elle se dirigeait vers Flora.

Que faisait sa sœur ici ? Elle refusait toujours de participer aux événements mondains.

Seigneur !

Il était trop tard, maintenant. Il n'était plus temps de se préoccuper de ses sentiments pour Ivy. Lorsqu'elle aurait parlé avec Flora, elle le haïrait.

Presque autant qu'il se détestait lui-même.

Ivy s'assit à une table éloignée de la famille Matthews pour que personne ne soit le témoin de son désarroi. Devait-elle attendre Lucas ou monter dans la suite ? Ou encore rentrer chez elle ?

Elle ne savait que faire.

— Bonjour !

Une jeune femme était assise en face d'elle. Ivy était tellement troublée qu'elle ne l'avait pas remarquée.

— Oh ! Bonjour. Je peux m'asseoir ici une minute ? Mes pieds me font horriblement mal. Je ne suis pas habituée aux talons aiguilles. D'habitude, je porte plutôt des Crocs.

— Je comprends.

La jeune femme lui fit signe de s'installer plus près d'elle. En approchant, Ivy constata que ses bras étaient couverts de cicatrices. Le genre de cicatrices qu'on garde après des brûlures sérieuses.

— Merci. Je m'appelle Ivy, et je suis médecin. Je porte des Crocs en caoutchouc, au cas où vous vous interrogeriez sur mes goûts en matière de mode.

— Je sais qui vous êtes, docteur Hurst, dit l'inconnue en riant.

Ivy remarqua d'autres cicatrices sur le côté gauche de son visage et sur son cou.

— Vraiment ?

— Je suis la sœur de Lucas et j'avoue avoir cherché des renseignements sur vous, quand je vous ai vue danser avec lui.

Elles se serrèrent la main.

— Ravie de vous rencontrer, dit Ivy. Je ne vous ai pas vue, pendant le dîner.

— Je ne participe jamais à ce genre de soirées. Voir mes parents parader m'ennuie mortellement. Et... Je suis lasse qu'on regarde avec pitié la pauvre fille brûlée.

— J'imagine.

— Mais quand j'ai appris que Lucas amenait une petite amie, je suis venue espionner. C'est la première fois qu'il présente quelqu'un à mes parents. Toute la famille s'est demandé à quoi vous ressembliez.

Lucas n'avait jamais confié à Ivy que sa sœur avait été brûlée. Mais il avait paru hésitant, quand il avait parlé d'elle. « Flora n'est pas médecin », avait-il dit.

Ensuite, il avait changé d'attitude.

Cela avait-il quelque chose à voir avec ces brûlures ?

Seigneur ! Peut-être que oui.

Les pièces du puzzle se mettaient en place. Lucas ne lui avait pas vraiment expliqué ses motivations, quand il s'agissait de soigner des grands brûlés, ou pourquoi il s'impliquait à ce point auprès d'eux.

— J'espère ne pas vous avoir déçus.

— Sûrement pas ! s'exclama Flora. J'ai deviné à quel point vous êtes importante, pour lui. Et si une femme est capable de le rendre heureux, après tout ce qui s'est passé, je la remercie.

« À quel point vous êtes importante, pour lui. »

— Après ce qui s'est passé ?

— Il ne vous a pas parlé de l'accident ?

— Non.

Flora regarda ses bras, puis elle passa la paume sur ses cicatrices.

— C'était il y a longtemps, mais il ne s'en est jamais vraiment remis.

— Je l'ignorais.

— Je le reconnais bien là. Mon frère garde toujours tout pour lui, mais interrogez-le, Ivy. Cela lui fera du bien de parler.

Le visage de Flora s'éclaira à la vue d'un jeune homme qui venait vers elles, deux verres à la main.

— En tout cas, reprit Flora, je suis très heureuse, aujourd'hui. Cette soirée est beaucoup plus amusante que je ne l'avais imaginé. C'est la première fois depuis longtemps que je suis ravie d'être sortie dans le grand monde. Et finalement, rencontrer un garçon qui voit autre chose en moi que les cicatrices, ça change de l'habitude.

Ivy lui sourit.

Pourquoi Lucas ne lui avait-il pas parlé de cet accident ? À en croire Flora, il en avait été très affecté.

Elle éprouva des fourmillements sous sa peau, ce qui arrivait chaque fois que Lucas n'était pas loin. Levant les yeux, elle le vit dans un coin de la pièce, immobile, fixant l'endroit où elle était assise près de Flora.

C'était complètement absurde.

À moins qu'il craigne qu'elle ne révèle à sa sœur la réalité de leur marché.

Oh ! Ivy, dans quel pétrin t'es-tu mise ?

C'était un véritable gâchis.

Et le pire, c'était qu'elle ne voulait plus mentir à sa famille. C'étaient de braves gens, mais surtout elle savait qu'elle se mentait aussi à elle-même. Parce qu'en dépit de tout ce qu'elle s'était promis, elle était tombée amoureuse de Lucas.

Profondément.

Irrévocablement.

Prise de panique, elle se mit à trembler de tous ses membres.

Il fallait qu'elle s'en aille de toute urgence.

14

— Qu'est-ce que tu fais ?

La voix sonore de Lucas retentit dans la suite, faisant frissonner Ivy. Elle l'avait entendu l'appeler lorsqu'elle avait fui la salle de bal, mais elle ne s'était pas arrêtée.

— J'emballe mes affaires, répondit-elle.

— Tu pars ? Maintenant ?

Il se tenait devant elle et secouait la tête. Sa cravate était défaite ; son col de chemise, ouvert. Si c'était possible, il était encore plus beau que d'habitude.

Mais ça n'avait pas d'importance. C'était fini.

Elle plongea dans ces yeux sombres qui la faisaient vaciller de désir.

— C'est bien ce que nous avions conclu, non ? Après le gala, on se séparait. C'est terminé, en ce qui me concerne, du moins.

Demande-moi de rester. Confie-moi tes secrets.

Il enfonça les mains dans ses poches.

— Tu as fait la connaissance de Flora.

— C'est vrai.

— Et vous avez parlé ?

Pensait-il qu'elle avait mis Flora au courant de leur comédie ? Elle prit sa trousse de toilette et la posa dans son sac de voyage dont elle tira sèchement la fermeture Éclair.

Lucas sembla surpris.

— Tu es fâchée ?

Fallait-il vraiment qu'elle s'explique ? Elle posa les mains sur le sac sans le regarder.

— Oui, Lucas, je suis fâchée que tu m'aies plantée sur la piste de danse comme une idiote. Fâchée que tu ne m'aies pas parlé des blessures de Flora. Je n'étais au courant de rien, quand je l'ai rencontrée.

— Je ne voyais pas de raisons de le faire puisque je ne pensais pas que tu la verrais.

Ivy se retourna vers lui.

— Sous prétexte que c'était notre dernier jour et qu'elle ne vient jamais aux réceptions, tu as pensé qu'il était inutile de me dire qu'elle a eu un accident qui a gravement affecté sa vie ? Un accident dont apparemment tu te crois responsable.

Lucas serra les dents.

— Parce que c'était ma faute.

— Comment le saurais-je ? Tu ne m'as rien dit à ce sujet.

— Elle... ne t'a rien raconté ?

— Non, ce qui semble te soulager. Si tu veux le savoir, elle m'a dit de t'interroger. Dis-moi ce qui s'est passé, Lucas.

— Pourquoi ? Pour que je t'ajoute à la liste des gens qui ne me pardonneront jamais ? Pour que tu puisses voir qui je suis vraiment ?

Malgré sa colère et sa frustration, Ivy posa les paumes sur la poitrine de Lucas.

— Je sais qui tu es, Lucas. Tu es bon, bienveillant, sexy et drôle. Tu es un homme extraordinaire qui a beaucoup à donner, mais quelque chose en toi t'en empêche. Et je suis persuadée que cela a un rapport avec cet accident. Quoi qu'il soit arrivé à Flora, c'est ce qui t'empêche de vivre.

Lucas s'approcha de la fenêtre et fixa l'obscurité.

— Elle n'est plus la personne qu'elle était, ou du moins la personne qu'elle aurait dû être. Elle a tellement perdu, cette nuit-là ! Et c'est ma faute.

Ivy pensa à la jeune femme intelligente et drôle dont elle venait de faire la connaissance.

— Elle n'est pas aussi abîmée que tu l'imagines. Et je suppose qu'elle détesterait que tu parles d'elle de cette façon. Elle s'est remise de ce drame et va bien mieux que tu ne le crois. Raconte.

— Non !

— Raconte, ou je m'en vais immédiatement.

Lucas se tourna vers elle.

— Ce serait sans doute la meilleure solution.

— Pour l'amour du ciel, Lucas, je suis lasse de tes échappatoires.

Sois honnête avec moi, s'il te plaît. Pour la dernière fois, confie-toi à moi !

Tandis qu'il la fixait longuement, son visage refléta une succession d'émotions : la peur, la panique, la douleur. Il finit par se retourner vers la fenêtre en soupirant, les épaules courbées.

— Elle était toute petite... à peine trois ans. J'avais seize ans et j'étais assez âgé pour faire preuve de bon sens.

— Tu n'étais qu'un gamin, en fait, murmura Ivy.

— Nous faisions du camping de luxe dans l'arrière-pays, bien avant qu'on parle de glamping. Toute la famille retrouvait la nature avec tout ce qui va avec : les sacs à dos, les randonnées, les feux de camp. On ne l'avait jamais fait auparavant, et c'était une vraie aventure. Le premier matin, nous devions faire une marche, mais maman était obligée de rester au camp parce que Flora était trop petite. Elle dormait encore après une nuit difficile, et on ignorait quand elle se réveillerait.

Lucas serra les poings et continua :

— Je voyais bien que ma mère avait vraiment envie d'aller marcher, alors je lui ai dit que je pouvais rester et veiller sur Flora. En réalité j'avais chopé un virus et je ne me sentais pas très bien, mais je n'avais pas voulu en parler pour qu'on n'annule pas la sortie. Nous étions tous très excités par cette expédition, et je ne voulais pas gâcher les vacances de tout le monde.

Il inspira et expira lentement avant de poursuivre :

— Ils sont partis très tôt. Le guide avait préparé le petit déjeuner grâce à une belle flambée. J'avais mal au ventre et envie de vomir. Je suis donc allé au soleil pour lire, en attendant que Flora se réveille.

Lucas secoua la tête et se retourna vers Ivy, son beau visage crispé par l'angoisse.

— J'ai dû m'endormir, car tout ce dont je me souviens, ensuite, c'est des hurlements de ma petite sœur.

Ivy n'eut aucun mal à deviner ce qui s'était passé.

— Oh ! Lucas...

— Elle était tombée dans les braises du feu de camp.

Ivy porta la main à sa bouche, des images horribles lui venant à l'esprit.

— Il n'avait pas été éteint ? C'est pourtant l'une des règles primordiales du camping.

— Le guide a juré qu'il l'avait fait, mais peu importe. Le temps que j'arrive pour la secourir, Flora avait des brûlures sur les bras, les jambes et le visage. Sa jolie peau était...

Lucas se tut. Il n'avait pas besoin d'en dire davantage, Ivy était médecin et elle savait.

S'approchant de lui, elle posa la main sur son épaule.

— C'est un lourd fardeau à porter, Lucas. Bien trop lourd.

— J'aurais dû rester éveillé. C'était mon job, mon devoir.

Ivy déglutit pour faire disparaître la boule qui obstruait sa gorge. À l'époque, il n'était pas tout à fait un homme et, de plus, il était malade. Dans ces conditions. Il n'était pas étonnant qu'il ait cédé au sommeil.

— J'en connais un rayon sur le devoir, Lucas. Je comprends pourquoi tu as le sentiment que c'est arrivé par ta faute.

— Parce que c'est vrai, répliqua-t-il entre ses dents serrées.

— Non. Le guide aurait dû s'assurer que le feu était éteint. Tes parents aussi, et ils auraient dû voir que tu n'allais pas bien. Flora ne te reproche rien, j'en suis certaine.

— Contrairement au reste de la famille, elle ne le formule pas à voix haute, c'est tout.

— Je n'ai pas entendu le moindre mot à ce sujet.

— Plus maintenant. Mais ils n'ont pas besoin de parler pour que je les entende.

Ivy ferma les yeux pour réprimer ses larmes. Lucas supportait cette souffrance chaque jour. Rien d'étonnant à ce qu'il se soit spécialisé dans la chirurgie reconstructrice, parce que s'il ne pouvait pas aider sa petite sœur, il pouvait au moins soulager d'autres personnes comme elle.

Mais la culpabilité lui interdisait aussi d'être heureux, de partager sa vie avec quelqu'un. Tout cela parce qu'il pensait avoir échoué dans son rôle de grand frère. Ivy comprenait mieux, maintenant, pourquoi il s'était montré aussi protecteur avec elle à deux reprises. Une première fois lorsqu'il avait sauvé Sione, et une seconde lorsqu'elle avait été heurtée par la planche de kitesurf.

— Tu dois laisser le passé derrière toi, Lucas. Flora l'a fait. Il est clair qu'elle ne te reproche rien.

— Je n'ai pas besoin de son pardon, si je ne peux pas me pardonner moi-même.

Lucas se tut de nouveau, et un lourd silence s'abattit dans la pièce. Ivy ne voulait pas le quitter dans cette atmosphère étouffante, mais elle ne savait pas quoi faire. Selon le marché qu'ils avaient conclu, leur relation s'arrêtait là, et il ne lui avait donné aucune indication qu'il souhaitait autre chose.

Elle prit donc son téléphone pour appeler un taxi.

— Qu'est-ce que tu fais ? demanda Lucas en se tournant vers elle.

— J'appelle un taxi.

Il fit deux pas dans sa direction, les traits crispés par le chagrin.

— Non ! Reste, s'il te plaît.

« Reste. »

C'était tout ce qu'elle voulait entendre de sa part, depuis quelques jours. Elle lâcha son téléphone sur le lit. Elle ne lui demanderait pas ce qu'il voulait dire, si c'était pour la nuit, pour une semaine ou pour toujours.

Mais elle prit le visage de Lucas entre ses mains et l'embrassa, s'efforçant de chasser la douleur et la culpabilité.

Elle l'embrassait aussi pour tout ce qu'il était. Un homme bon, un chirurgien dévoué, un médecin compatissant qui avait certainement remboursé sa dette depuis très longtemps.

Un homme merveilleux, attentif aux autres et sexy.

Elle sentit le corps de Lucas lui répondre, tandis qu'il l'attirait contre lui et lui rendait ses baisers avec passion.

Il la désirait autant qu'elle le désirait, mais jamais il n'irait au-delà d'une relation purement sexuelle. Il n'y aurait rien de sérieux entre eux, aucun engagement. Il était trop abîmé, trop submergé par la honte pour se permettre d'autres émotions. Trop emprisonné au fin fond de ses souvenirs et de sa culpabilité pour se libérer.

Il la fit tourner sur elle-même et baissa la fermeture Éclair de sa robe. Fermant les yeux, Ivy s'abandonna au désir qui la submergeait.

Et lorsqu'il s'enfonça en elle, elle noua les bras autour de son cou. Elle aurait voulu que cet instant dure à jamais, mais elle savait que certains rêves sont irréalisables.

Après leur étreinte, il l'enveloppa de ses bras et s'endormit, apaisé, mais pour combien de temps ?

Ivy savait qu'elle devait partir. Elle avait beau l'aimer de tout son cœur, cela ne suffirait pas tant qu'il ne s'aimerait pas lui-même et ne s'autoriserait pas à l'aimer aussi.

Le cœur lourd, elle ferma les yeux pour ne pas pleurer. Elle en avait terminé avec ce genre de larmes. Jamais elle n'aurait dû accepter ce stupide contrat avec un homme qu'elle n'appréciait même pas au départ. Bien entendu, elle n'avait pas imaginé qu'elle tomberait amoureuse de lui.

Je t'aime.

C'était dit. Elle l'aimait.

Elle avait pourtant lutté de toutes ses forces pour que cela n'arrive pas, elle s'était répété que tout était faux, que ce n'était que temporaire, qu'elle était aux commandes.

Elle s'était lourdement trompée, parce qu'elle l'aimait.

De tout son être. Totalement. Irrévocablement.

Et désormais, elle allait devoir le croiser dans les couloirs ou les services. Elle entendrait son rire, sa voix. Elle verrait sa bonté en action avec ses patients et ses collègues.

Elle devrait rester sur le bas-côté de sa vie, avec les souvenirs des moments précieux passés avec lui.

Elle se dégagea très doucement de ses bras, attentive à ne pas le réveiller. Elle s'habilla et appela un taxi pour rentrer chez elle, le corps encore imprégné de ses caresses et le cœur brisé.

Elle déposa un baiser sur son front.

Je t'aime.

15

« Je t'aime. »

Est-ce qu'elle l'avait dit ou était-ce le fruit de son imagination ? Ou un rêve, peut-être.

Les yeux fermés, Lucas se trouvait encore dans la zone nébuleuse située entre le sommeil et le réveil.

Il avait tout dit à Ivy.

À quoi ressemblerait sa vie, s'il avait ce sentiment d'apaisement en permanence ? Ce sentiment de ne plus être seul, que quelqu'un… l'aimait ?

Mais l'avait-elle dit ? Sa voix était si douce qu'il n'en était pas certain.

Elle l'aimait ?

Éprouvait-il du ravissement, ou de la panique ?

Et lui, l'aimait-il ? Il tenait à elle, mais était-ce de l'amour ?

S'il était capable d'aimer, Ivy serait en haut de la liste.

La seule sur la liste.

Lorsqu'il l'avait rejointe dans la suite, il avait voulu lui dire que c'était fini. Mais en la voyant emballer ses affaires, il avait été pris de panique, déchiré entre le désir et la conviction que demander davantage aurait été une erreur.

Elle était restée.

Il tendit le bras pour la toucher.

Elle n'était plus là !

Lucas se redressa brusquement et parcourut la pièce des yeux. La jolie robe n'était plus sur le canapé où il l'avait jetée. Plus de sandales scintillantes. Plus de sac.

Se levant d'un bond, il se rendit dans la salle de bains déserte. Il retourna dans la chambre et posa les mains sur son côté du lit. Les draps étaient froids.

Cela faisait un certain temps qu'elle était partie.

Ivy.

Elle était partie, comme c'était prévu, comme il le souhaitait… avant.

Mais si elle l'aimait, pourquoi partir ? Il fallait qu'il lui parle ! Prenant son téléphone, il commença à composer son numéro, puis il s'arrêta, repensant au soir où ils avaient conclu ce marché. Elle avait accepté pour se venger de son ex.

La réalité s'imposa à Lucas. Elle était partie, une fois leur plan couronné de succès.

Que serait sa vie, désormais, si elle n'y était pas ?

Après avoir fixé l'écran de son téléphone pendant un temps infini, il se leva et prit une douche, effaçant de son corps le parfum et l'odeur d'Ivy.

La taille ceinte d'une serviette, il gagna le salon et s'assit sur le canapé, ne sachant que faire… ni ce qui l'attendait ensuite. Il s'était attendu que sa relation avec Ivy prenne fin, mais pas à ressentir un tel poids sur sa poitrine ou une telle douleur.

Il lui avait tout dit, et son monde s'était écroulé.

Parce qu'elle était partie.

Ivy posa son sac sur son lit et tenta de réprimer le flot de larmes qu'elle avait réussi à contenir depuis qu'elle avait quitté l'hôtel.

Mais cela devenait de plus en plus difficile.

Son téléphone sonna.

Alinta.

Ne se sentant prête à discuter avec quiconque, elle ignora l'appel et entreprit de ranger ses affaires. Elle suspendit sa robe dans la penderie et la caressa.

Entrer dans la salle de bal au bras de Lucas avait été une expérience merveilleuse. Et aussi voir le visage tourmenté de Grant, elle devait l'admettre. Elle avait adoré rencontrer la famille de Lucas et faire la connaissance de la charmante Flora. Si seulement Lucas pouvait comprendre que sa sœur ne lui en voulait pas !

Son téléphone sonna de nouveau.

Phoebe.

Ivy ne décrocha pas. Que pourrait-elle dire, de toute façon ?

Je gérais la situation. Je m'étais promis de ne pas tomber amoureuse. J'ai fait la plus grande erreur de ma vie.

Ce n'était pas comme si ses amies ne l'avaient pas mise en garde. Mais elle avait fait sa maligne et cru qu'elle ne perdrait pas de nouveau son cœur.

Il y eut un bip. Un message de Harper au groupe d'amies.

Alors, Ivy ? Comment ça s'est passé ?

Elle n'avait pas l'énergie nécessaire pour répondre, et certainement pas l'enthousiasme pour décrire la soirée. Mais si elle ne répondait pas, les filles taperaient à sa porte, et elle ne serait pas capable de les affronter.

Elle tapota sur son clavier :

Ça s'est passé.

La réponse de Harper ne tarda pas :

Qu'est-ce que tu veux dire ?

Ivy ne voulait plus mentir à personne :

On a fait ce qu'on avait décidé.

Alinta répliqua aussitôt :

Vous avez rompu ?

Ivy ravala un sanglot. Elle ne pleurerait pas ! Elle avait été assez stupide pour tomber amoureuse. Elle était la seule à blâmer.

Elle répondit :

Comment rompre quelque chose qui n'a jamais existé ?

Harper :

Oh non ! On arrive tout de suite.

Surtout pas ! Elle devait commencer son service quelques heures plus tard. Bien sûr, elle apprécierait une embrassade générale, mais pas maintenant. Pour l'instant, elle avait besoin d'être seule. Mais comment refuser sans paraître ingrate ou inamicale ?

Son bipeur se mit à sonner.

Lucas ?

Il ne l'avait pas appelée, pas plus qu'il ne lui avait envoyé de message pour savoir pourquoi elle était partie au milieu de la nuit. Apparemment, il ne se souciait pas assez d'elle pour cela.

De toute façon, il n'aurait pas utilisé le bipeur.

Pauvre idiote !

Et elle l'aimait.

Elle se frappa le front avec la paume de la main.

— Pauvre idiote ! Arrête tout de suite !

Mais après avoir lu le message, elle écrivit immédiatement à ses amies :

Désolée. Samreen a besoin de moi. Splénectomie en urgence.

Au moins, elle avait autre chose à quoi penser. Elle allait faire comme après sa rupture avec Grant : se plonger dans le travail. Et franchement, cela ne la gênait pas. Elle adorait son métier. En dehors de ses amies, c'était la seule chose de stable dans sa vie.

Le travail était la seule façon de soigner son cœur brisé. D'accord, s'enivrer avec ses amies pourrait aussi l'aider à oublier l'homme qu'elle aimait.

Non. Rien ne pourrait chasser Lucas de son cœur.

Mais les amies pourraient rendre la rupture supportable.

Lucas fixait toujours l'écran de son téléphone, quand quelqu'un frappa à la porte.

Était-ce... elle ?

Son cœur fit des bonds dans sa poitrine.

— Ivy ! s'écria-t-il en se précipitant pour ouvrir. Oh ! Flora. Bonjour.

Sa sœur déposa un baiser sur sa joue, puis elle baissa les yeux vers la serviette qui ceignait toujours sa taille.

— J'espère que je n'interromps rien, mais je me demandais si toi et Ivy, vous accepteriez de prendre un café avec moi avant que je retourne à la maison.

Lucas s'écarta pour la laisser entrer, s'efforçant de ne pas regarder les cicatrices qui lui rappelaient constamment sa défaillance.

— Je ne vais pas tarder à en faire autant, dit-il.

Flora lui jeta un regard interrogateur.

— Où est-elle ? Elle prend sa douche ? Elle est encore au lit ? Oh ! ne me dis pas que j'ai interrompu quelque chose !

— Qui ça ? Ivy ?

Flora agita la main devant ses yeux.

— Bien sûr, Ivy !

— Elle est partie.

— Tu veux dire... pour nourrir son chat ? Ou bien...

S'approchant de Lucas, Flora braqua sur lui un regard soupçonneux, puis elle fronça les sourcils et secoua la tête avec désapprobation.

— Tu n'as pas recommencé ?

— Qu'est-ce que tu entends par « recommencé » ?

— Qu'est-ce que tu fais aux femmes ? Elles ne restent jamais longtemps.

— Incompatibilité d'humeur.

— Tu aimes être seul ?

— Je ne suis pas seul.

— Menteur. Ivy me plaisait bien. Elle est sympa, drôle et trop bien pour toi. Je plaisante… Mais elle est adorable, Lucas. Tu avais l'air de l'apprécier, hier. On aurait dit que tu ne pouvais pas décrocher tes yeux d'elle.

— Ça n'a pas marché, c'est tout.

— Je ne te crois pas, dit Flora en se laissant tomber sur le canapé. Qu'est-ce que tu as fait, Lucas ?

— Pourquoi penses-tu que j'y suis pour quelque chose ?

— Parce que c'est toujours comme ça. Cette fille a l'air formidable, et il est clair qu'elle t'adore.

Flora réfléchit un instant avant de reprendre :

— Seigneur ! C'est à cause de moi ? Je lui ai dit de t'interroger à propos de l'accident. Tu lui as tout raconté ?

— Oui.

— Et tu lui as bien précisé que ce n'était pas ta faute ?

— Tu sais bien que c'est faux. Regarde-toi, Flora.

Elle fit courir la main sur son bras gauche, puis foudroya son frère du regard.

— Pour l'amour du ciel, Lucas, arrête ! J'ai tourné la page. Tu es désolé pour toi-même, tu te fais des reproches, tu m'étouffes sous ta protection excessive. Tu refuses d'avancer alors que ça s'est passé il y a plus de vingt ans. Tout cela est derrière moi, et je vais bien.

Comment cela pourrait-il être vrai ? Après toutes ses douleurs, les opérations et la kinésithérapie.

— Tu ne vas…

Les yeux de Flora brillèrent de colère.

— Waouh ! Ne t'avise pas de dire que je ne vais pas bien. Ne t'avise pas de me diminuer. Oui, j'ai des cicatrices, et elles ne sont pas jolies.

J'ai accepté l'idée de ne jamais remporter un concours de beauté, pas de souci. Mais j'aime qui je suis avec mes cicatrices. Je suis quelqu'un de bien, j'ai une vie géniale et j'aime mon métier. Hier soir, j'ai même rencontré un garçon qui m'apprécie pour ce que je suis à l'intérieur et à l'extérieur. Il est temps pour toi de t'apprécier aussi.

— C'est facile à dire pour toi, Flora.

— Tu m'as sortie du feu, tu as appelé à l'aide, tu m'as *sauvée,* Lucas.

Il s'assit près de sa sœur. L'avait-il sauvée ? Non… enfin, oui, il avait fait certaines choses. Mais il ne l'avait pas empêchée de tomber dans les braises, pour commencer. Pendant toutes ces années, il s'était efforcé de réparer sa faute en la protégeant.

— Tu n'aurais jamais dû tomber.

— Et alors ? Des malheurs peuvent se produire, Lucas. J'avais trois ans et j'étais casse-cou, tout comme toi. Tu t'en souviens ? Tu te rappelles à quel point tu étais joyeux et insouciant, avant l'accident ?

Lucas haussa les épaules.

— Les gens changent.

Tendant le bras, Flora posa la main sur la sienne.

— Je ne te reproche pas ce qui est arrivé. Je ne l'ai jamais fait. Mais toi, tu ne cesses de te blâmer et tu refuses d'être heureux. Tu imagines ce que cela me fait ? À cause d'une bêtise que j'ai commise il y a des années, je te vois te flageller sans cesse parce que tu penses ne pas mériter le bonheur. Il est temps d'arrêter de te punir, Lucas, et d'être heureux. Crois-moi, c'est ce qui me rendra heureuse.

Elle battit des paupières, presque aussi remuée que lui par sa tirade. Flora, sa timide petite sœur, avait grandi. Non, pas seulement cela, elle était incroyable. Comment ne s'en était-il pas aperçu auparavant ?

Parce qu'il était trop occupé à se faire des reproches.

Mais alors qu'elle s'était libérée du passé et avait pris son envol, il s'était enfermé dans son malheur.

— C'est trop tard, dit-il, Ivy est partie.

— Pourquoi ? Il est clair que tu tiens beaucoup à elle. Ce n'est pas réciproque ?

— Je n'en sais rien.

— Comment est-ce possible ?

Il ne pouvait pas révéler à sa sœur le contrat qu'il avait passé avec Ivy.

— C'est compliqué.

« Je t'aime. »

L'avait-il rêvé ?

— Eh bien, essaye de réfléchir, dit Flora avec un sourire.

Elle le regardait comme s'il avait été un petit garçon pas très intelligent mais qu'elle aimait beaucoup.

— À ta place, reprit-elle, je commencerais par des questions faciles. Les complications seront à traiter ensuite. Alors pour commencer, est-ce que tu l'aimes ?

— C'est ce que tu appelles une question facile ?

Lucas ferma les yeux, revoyant Ivy en train de nager, en train de rire, nue. Ivy... Son sourire, sa tendresse, sa générosité. Elle lui manquait affreusement. Il n'y avait qu'elle et rien qu'elle. Il n'avait jamais rien ressenti de tel.

Relevant la tête, il regarda sa sœur et prit une profonde inspiration.

— Oui. Je pense que je l'aime.

Flora applaudit.

— Bravo ! Qu'est-ce que tu vas faire, maintenant ?

— Qu'est-ce que je peux faire ? Elle est partie.

Flora arbora une expression apitoyée.

— Mon pauvre Lucas ! Tu es un brillant chirurgien et un homme merveilleux, mais tu es complètement nul en amour.

— Je manque d'expérience en la matière.

Le regard de Flora s'éclaira.

— Tu vas devoir le lui dire.

— Et si elle ne veut pas de moi ?

« Je t'aime. »

Il était presque sûr de l'avoir bien entendue. Mais comme un imbécile, il ne s'était pas autorisé à l'aimer en retour.

— Est-ce qu'elle vaut la peine de prendre ce risque ? demanda Flora en lui serrant la main.

— Absolument.

Elle se mit à rire.

— Dans ce cas, je te suggère de t'habiller et de mettre au point un plan.

16

— Merci tout le monde. Beau travail, déclara Ivy dans la salle d'opération après qu'elle eut suturé son patient. Vous pouvez l'emmener en salle de réveil.

Elle n'avait pas revu Lucas depuis un peu moins d'une semaine. Elle s'était surprise en train de le guetter au coin de chaque couloir, dans chaque service ou à la cafétéria. Leurs chemins ne s'étaient pas croisés… ou alors il l'évitait.

Elle avait appris par la rumeur qu'il aidait ses parents à installer un service de soins gratuits dans leur clinique. Elle en avait éprouvé un grand sentiment de fierté… mais elle ne l'avait pas vu.

De toute façon, elle ignorait comment il réagirait s'ils se rencontraient par hasard. Il ne lui avait pas envoyé de SMS, ne l'avait pas appelée. C'était comme si leur relation n'avait jamais existé. Pendant qu'elle souffrait le martyre, il devait se réjouir qu'elle soit partie.

— Vous allez bien ? lui demanda Samreen pendant qu'elles faisaient une pause pour écrire quelques notes sur l'intervention.

Ivy jeta un coup d'œil à son interne, qui était presque devenue une amie.

— Oui, pourquoi ?

Samreen eut un doux sourire.

— Vous avez été très silencieuse, ces derniers jours. Je veux dire… Je sais que cela ne me regarde pas, mais je voulais juste m'assurer que vous n'avez pas de souci.

Alinta lui avait dit la même chose lorsqu'elles avaient pris un café ensemble, et Harper aussi, un soir après le travail.

— Je vais bien, Samreen. Je te remercie d'avoir posé la question, mais j'ai fait quelque chose de stupide et maintenant je dois en supporter les conséquences.

Samreen ouvrit de grands yeux.

— Vous ? Stupide ? Impossible.

— Malheureusement, si. J'ai rencontré un homme qui me plaisait énormément, mais ce n'était pas réciproque. C'est terminé. Tu sais comment c'est.

Sans doute en disait-elle un peu trop, mais elle avait décidé de ne plus mentir.

Samreen haussa les épaules.

— J'ai épousé mon premier amour, alors je ne sais pas trop, mais je peux imaginer. Je suis vraiment désolée, Ivy.

— Merci. Mais je vais m'en remettre.

À force de le répéter, elle finirait peut-être par s'en convaincre.

— En tout cas, si vous avez besoin de parler, je suis là.

Le bipeur de l'interne se mit à sonner.

— Désolée, Ivy, je dois y aller.

— À plus tard.

Ivy inspira profondément. Très bien… Elle allait prendre une douche rapide. Ensuite, elle boirait quelques verres avec ses amies comme chaque vendredi soir. Elle avait le choix entre jouer la comédie du bonheur ou leur dire la vérité.

Une demi-heure plus tard, elle sortit du bloc et s'immobilisa net, le cœur battant, à la vue de Lucas. Vêtu d'un pantalon bleu marine et d'une chemise bleu clair, il était incroyablement beau.

Était-il là pour elle ?

Respire.

— Lucas ?

— Ivy.

Il se tenait devant elle, l'air grave.

— Qu'est-ce qu'il y a ? Que se passe-t-il ?

Il fit un pas dans sa direction.

— On peut discuter ?

— Ici ?

— Ça m'est égal. N'importe où.

Mais il lui prit le bras et l'entraîna dans le jardin qui se trouvait sur le toit de l'hôpital. Il lui fit signe de s'asseoir sur un banc, mais elle resta debout.

— De quoi s'agit-il, Lucas ?

— De nous.

Elle leva la main.

— Il n'y a pas de « nous ». Tu me l'as fait clairement comprendre depuis le début.

Si l'on exceptait les soirées pyjama, le sexe, la complicité et les conversations. Mais il ne lui avait pas fait suffisamment confiance pour lui révéler ses secrets et lui ouvrir son cœur.

— Je sais, dit-il en lui prenant la main, et je suis désolé. Je n'arrêtais pas de me dire que c'était une sorte de rêve… ce sentiment que j'éprouvais chaque fois que je te voyais. Quand tu riais et que ma poitrine se gonflait. Quand tu travaillais si dur et que j'étais fier de toi. J'ai voulu prétendre que ce rêve n'avait aucune réalité, qu'il ne pouvait pas devenir réel. Parce que je ne le méritais pas. Parce que je ne méritais pas d'être heureux.

Il avait lutté contre le bonheur qu'elle lui procurait ?

Oh ! Lucas !

— Si, tu le mérites. C'est juste que tu ne veux pas être heureux. Tu as passé la plus grande partie de ta vie honteux et en te croyant coupable d'un accident qui s'est produit alors que tu n'étais qu'un adolescent. Tu as peur.

— C'est vrai. J'ai eu peur d'être responsable de toi, de vouloir te protéger et d'échouer.

Donc il voulait s'excuser, mais c'était un peu tard.

— Je suis tout à fait capable de veiller sur moi.

Il lui adressa un sourire hésitant.

— Je le sais, maintenant. J'ai abandonné cette idée de te protéger, mais pas celle de cheminer à ton côté. Flora m'a fait comprendre à quel point j'avais été stupide pendant des années. Je m'empêchais de vivre parce que je voulais me punir.

— Stupide ? J'aime beaucoup ta sœur. Elle est pleine de bon sens !

— Elle a raison. Aucune de mes relations n'a duré plus de dix minutes, alors ne parlons pas d'une vie entière.

N'osant pas espérer que cette discussion pouvait avoir une issue favorable, Ivy voulut donner à Lucas une échappatoire :

— Entre nous, c'était juste une liaison, Lucas. Non, même pas une liaison : nous faisions semblant.

Ce fut comme si elle venait de lui donner un coup de poing dans l'estomac.

— C'est ainsi que tu vois les choses ? Parce que si c'est le cas, je n'ai plus qu'à m'en aller.

Reste !

Les larmes aux yeux, Ivy s'écria :

— Je ne pensais pas que ça se terminerait comme ça !

— Attends, dit-il en levant la main. On est en train de s'embrouiller, là. Je peux te poser une question ?

— Bien sûr.

— La dernière nuit, dans la suite, après que nous avons fait l'amour, est-ce que tu m'as dit que tu m'aimais ?

L'avait-elle dit à voix haute ?

— Quoi ? Je... ne pense pas.

— Je dois avoir rêvé, alors. Donc, tu ne m'aimes pas ?

— Je...

— Parce que je t'aime, moi, Ivy Hurst. J'ai lutté de toutes mes forces, mais j'ai échoué. Tu me manques, et je veux vieillir à tes côtés. Je veux qu'il y ait un « nous ».

Il l'aimait ? Une larme coula le long de la joue d'Ivy. Se penchant vers elle, Lucas l'essuya d'un baiser.

— Je te demande de me pardonner de ne pas avoir été honnête avec toi à propos de mes sentiments. Je te promets que si tu veux de moi, je te dirai chaque jour à quel point je t'aime.

— Je te le rappellerai. Moi aussi, je t'aime, Lucas.

— Ce sont des mots que tu me répéteras toi aussi chaque jour, je l'espère. Avec une alliance au doigt.

Que disait-il ?

— Waouh ! Attends... Est-ce que tu... ?

Soudain, Lucas posa un genou à terre devant elle. Il sortit une boîte de velours de sa poche et l'ouvrit. Une magnifique bague en diamant scintillait dans l'écrin.

Il toussota.

Son homme si fort et si confiant était nerveux.

— Ivy Hurst, je t'aime. Tu as rendu mon univers parfait. Tu es toi-même parfaite à tous les égards. Acceptes-tu de m'épouser ?

Ivy faillit éclater en sanglots.

— Entre notre liaison sans lendemain et aujourd'hui, tu as parcouru un bien long chemin, fit-elle d'une voix tremblante.

— Je suis tombé amoureux d'une merveilleuse femme. Je t'en prie, ne me fais pas attendre plus longtemps. Mon genou me fait un mal de chien.

Les larmes d'Ivy se muèrent en rire.

— C'est oui, bien sûr. Toi aussi, tu m'as réappris la confiance en l'amour.

Lucas se releva et la prit par la taille.

— Maintenant, allons célébrer l'événement.

— Je suis censée retrouver mes amies.

— Tu crois qu'elles se formaliseront beaucoup si, juste cette fois, je t'enlève pour une célébration privée ? Ce n'est pas tous les jours qu'on décide de passer le reste de sa vie avec quelqu'un.

Sur ces mots, il lui prit la main, et ils quittèrent le toit. Un instant plus tard, ils étaient dans le parking où était garée la petite voiture de sport de Lucas. Il avait déplié la capote et déposé des brassées de fleurs sur la banquette arrière.

— C'est pour toi, dit-il. Tout le monde sait que les plantes rendent le monde meilleur, non ?

— Lucas...

Ivy se rappela toutes les choses romantiques qu'il avait déjà faites pour elle : la balade à cheval, le kitesurf, sa déclaration sur le toit...

— Tu te rappelles, ce premier soir chez moi ? demanda-t-elle.

— Je n'oublierai jamais un seul moment passé avec toi. Je t'aime, Ivy.

— Je t'aime aussi, Lucas.

— N'arrête jamais de le dire.

La prenant dans ses bras, il l'embrassa longuement et passionnément.

— Eh ! vous deux ! Toutes nos félicitations !

Harper, Ali et Phoebe s'approchaient en agitant les bras au-dessus de leur tête.

— Prenez une chambre ! cria Phoebe.

— C'est l'idée, répondit Ivy, mais j'étais censée boire un verre avec vous.

— Tu es dispensée, dit Harper. Appelle-nous, ajouta-t-elle quand Ivy s'installa dans la voiture.

— D'accord.

— On veut tous les détails.

— Plus tard ! dit Ivy en leur envoyant un baiser.

Lucas démarra, et une minute plus tard, ils filaient vers leur avenir, le vent dans les cheveux et l'amour dans le cœur.

Vous avez aimé ces romans ?
Découvrez la suite de votre série « Retrouvailles à Sydney »
dès le mois prochain dans votre collection Blanche !